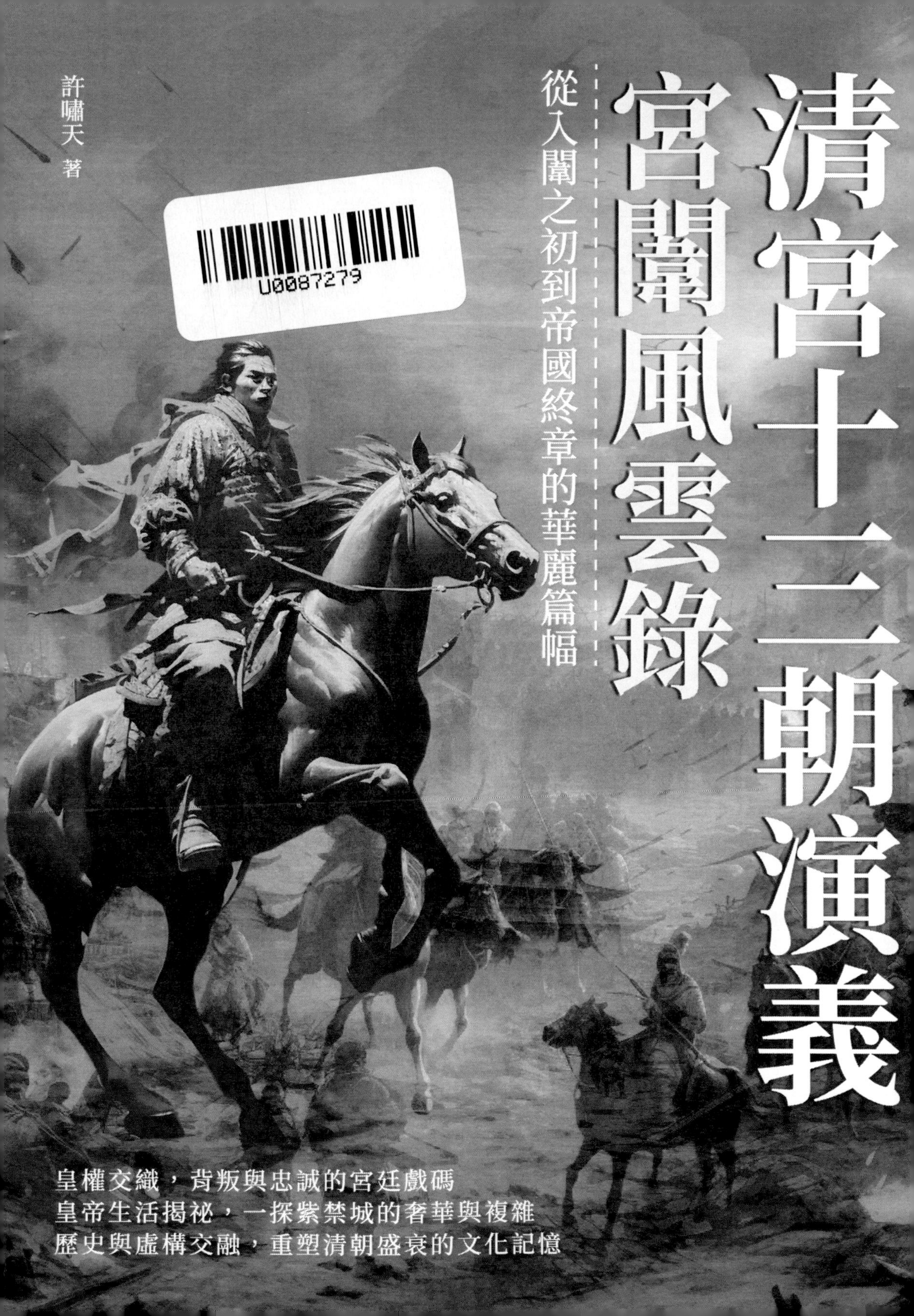

# 清宮十二朝演義
## 宮闈風雲錄

從入關之初到帝國終章的華麗篇幅

許嘯天 著



皇權交織，背叛與忠誠的宮廷戲碼
皇帝生活揭祕，一探紫禁城的奢華與複雜
歷史與虛構交融，重塑清朝盛衰的文化記憶

# 目錄

# 目錄

# 目錄

# 杏花天裡鶯鳴燕唱　布林湖邊月證山盟

翠巒列枕，綠野展茵；春風含笑，杏花醉人。在這山環水繞、春花如繡的一片原野裡，黃金似的日光，斜照在一叢梨樹林子裡。那梨花正開得一片雪白，迎風招動；那綠頂紫領的小鳥，如穿梭似的在林子飛來飛去，從高枝兒飛到低枝兒，震得那花瓣兒一片一片的落下地來，平鋪在翠綠的草地上，好似一幅綢子上繡束花朵兒。夾著一聲聲細碎的鳥語，在這寂靜的林子裡，真好似世外桃源一般。

正靜悄悄的時候，忽然遠遠的聽得一陣鈴鐺聲響；接著一片嬌脆說笑的聲音。只見當頭一匹白馬，馬背上馱著一個穿紫紅袍的女孩兒。看她擎著白玉也似的手臂，一邊打著馬，斜刺裡從梨樹林子裡跑了出來，後面接二連三的有兩個姑娘，一般也騎著馬，從林子裡趕出來。看去，一個穿翠綠旗袍的年紀大些，約摸也有二十前後了；另一個穿元色旗袍的，年紀大約十七八歲。她兩個一邊趕著，一邊嘴裡笑罵道：「小蹄子！看你跑到天上去？」看看趕上，那女孩兒笑得伏在鞍轎上，坐不住身；後面一個姑娘，拍著手笑嚷道：「倒也！倒也！」這穿紅袍的女孩兒，一個倒栽蔥真的摔下馬來。後面兩個姑娘，已經趕到面前，她們急忙跳下馬來，搶上前去，一個按住肩兒，一個騎在她胸脯上，按得個結實，一起捋起了袖子數她的肋骨。那地下的女孩子，笑得她只是雙腳亂蹬。她擎起了兩條腿兒，袍服下面露出蔥綠色的褲腳來，一雙瘦凌凌的鞋底兒向著天。她們玩夠多時，才放手，讓她坐起來。

這小女孩子，望去年紀也有十五六歲了，長著長籠式的面龐兒，兩面粉腮兒上擦著濃濃的胭脂，一雙水盈盈的眼珠子斜溜過去，向那姑娘狠狠的瞪了一眼，接著嗤的一聲笑了出來。這一笑，真是千嬌百媚，任你鐵石人看了也要動心。那年紀大的姑娘，指著她對那穿元色旗袍的姑娘說道：「二妹子，你看三妹子，又裝出這浪人的樣兒來了。」那三妹子笑說道：「我浪人不浪人，與你們什麼相干？」說話的當兒，那大姑娘蹲下身去，擎著臂兒，替三妹子攏一攏鬢兒。說道：「你看梳得光光的後鬢兒，出門便弄毛了；回家去給媽見了，又要聽她嘰咕呢！」那三妹子一邊低著脖子讓姊姊給她梳頭；一邊嘴裡嘰咕著說道：「還說呢！回家去媽媽問我時，我便說兩個姊姊欺侮一個妹妹。」原來她姊妹三人，梳著一式的大圓頭，油光漆黑，矗在頭頂上，越顯得裊裊婷婷。那兩片後鬢，直披在腦脖後面，襯著白粉也似的頸，便出落得分外精神。前鬢兒兩邊，各各插一朵紅花，越顯得眉清目秀，唇紅齒白。

一會兒，那二姑娘拔著一小把小草兒來。三人團團圍坐著鬥草玩兒。正玩得出神，忽聽得一聲吹角響，大姑娘嚷道：「爹爹回來了，我們看去！」三姑娘回頭看時，果然見他父親跨著一匹大馬，領頭兒跑在前面。後面跟著一大群驢馬，有七八條大漢，手裡擎著馬鞭子，個個騎著馬趕著，望去黑壓壓的一串，慢慢的在山坡下走過去。三姑娘看見了，便丟下她兩個姊姊，急急爬上馬背，飛也似的趕了過去。這裡大姑娘和二姑娘，也個個騎上馬背，跟在後面。

父親干木兒，遠遠的見女兒們趕來，便停住了馬候著。他是最喜歡三姑娘的，看到三姑娘一匹馬跑到面前，便在馬背上摟了過來，和自己疊坐在一個鞍子上，一面說笑著走去。走了一程，遠望山坳裡，露出一堆屋子來，那屋子也有五六十間，外面圍著一圈矮矮的石牆。干木兒回過頭來，對他的同伴說道：「我們快到家了！」一句話不曾說完，忽然聽得半空中嗚嗚嗚一聲響，三枝沒羽箭落在他馬前。干木兒看了，臉上陡的變了顏色，只說得一聲「惡！」便氣得他胡鬚根根倒豎，眼睛睜得和銅鈴一般大。自言自語道：「他們又來了嗎！」隨即回過頭去高聲嚷道：「夥計，留神呵！我們又有好架打了！」那班大漢聽了，齊喝一聲：「拿傢伙去！」便著地上捲起了一縷塵土，飛也似的向山坳裡跑去。

那姊妹三人也跟著快跑。三姑娘一邊跑著，一邊回過頭去看看布庫裡山尖上，早見有一個長大漢子，騎著馬站著，好似在那裡獰笑呢。靜悄悄的一座山鄉，一霎時罩滿了慘霧愁雲。干木兒家裡，人聲鬧成一片。干木兒的大兒子諾因阿拉，爬在屋脊之上，不住的吹號角兒，嗚嗚的響著。這一村裡的人聽了這聲音，知道又要械鬥了，便各個跳起身來，手裡拿著傢伙，往屋外飛跑，也有騎牲口的，也有走著的。干木兒領著頭兒，一簇人約有三五百個，一齊擁出山坳來。山坳口原築有一座大木柵門，他們走出了柵門，干木兒便吩咐把柵門閉上，娘兒們都站在柵門裡張望。

那布庫裡山北面梨皮峪的村民，和山南面布林胡裡的村民原是多年積下的仇恨，兩村的人常常尋仇雪恨，一言不合，便以性命相搏。梨皮峪的村主名喚猛哥，已是一個六十多歲的老頭兒，他膝下有一個兒子，名喚烏拉特，出落得一表人才，膂力過人。他常常帶領村眾過山去報仇，總是得勝回來。這布林胡裡村上的人，吃他的虧已是不少；人人把這烏拉特恨入骨髓。如今打聽得干木兒從嶺外趕得一批驢回來，他又帶領著一大群村民過山來，意欲劫奪那一群驢馬。他一個人立刻山頂，先發三枝沒羽箭，算是一個警報。後來見干木兒領了大隊人馬出來，他便把槍桿兒一招，那梨皮峪的村民，跟著他和潮水似的衝下山來。到得一片平原上，兩邊站成陣勢，發一聲喊，刀槍並舉，弓箭相迎，早已打得斷臂折腿，頭破血流。干木兒騎在高大的馬上，指揮著大眾；見有受傷的，忙叫人去搶奪回來，抬到柵門裡面去。那班娘兒們忙著包腿的包腿，扎頭的扎頭。便是那干木兒的三個女兒，也擠在人群裡幫著攙扶包紮。

那姊妹三人，大姑娘名叫恩庫倫，二姑娘名叫正庫倫，三姑娘名叫佛庫倫。恩庫倫已嫁了丈夫；正庫倫已經說定了婆家；只有佛庫倫還不曾說得人家。她三姊妹都長得美人兒似的，只有佛庫倫特別標緻。平日村坊上的男子們見了佛庫倫，誰不愛她！便是沒有話說，也要上去和她兜搭幾句，藉此親近美人兒的香澤。無奈這布里爾胡村坊上的男子雖多，卻沒有一個是她看得上眼的。見了這班男子，連正眼都不肯瞧他一瞧。如今見自己村坊裡的人和別人打架，不覺激發了她興奮的心腸，便幫著她母親姊姊在柵門裡管那班受傷的。一會兒攙扶這個男人，一回兒安慰那個男人；一會兒替他們包紮傷口，一回兒拿水漿牛奶餵他們吃。說也奇怪，那班受傷的人，凡是經過三姑娘服侍的，便個個精神抖擻，包好了傷口，重複跳出柵門去廝打。

這一場惡鬥，布林胡裡的村民，和前三年大不相同；人人奮勇，個個拚命。看看那邊梨皮峪的村民，漸漸打敗下來。那烏拉特站在馬背上，看著自己的村民漸漸有點支援不住了，他便大喊一聲，跳下馬來，舞動長槍向人叢裡殺進去。他那枝槍舞得四面亂轉，大家近不得他的身；讓出一條路來，他直奔干木兒馬前。干木兒眼明手快，看看他到來，便在馬上挽弓搭箭，颼的一聲向烏拉特射去，那烏拉特肩窩上早中個著；只聽得他大喊一聲，轉身便走。這裡干木兒拍馬追去，三五百村民跟著大喊：「快捉烏拉特！快捉烏拉特！」

這時，梨皮峪的村民見頭兒受了傷，人人心驚，個個膽寒。大家轉身把烏拉特一裹，裹在人叢裡，向山頂上逃去。這裡面獨惱了一個諾因阿拉，他在三年前和梨皮峪的人械鬥，曾中烏拉特一箭；如今他見烏拉特也中了一箭，他如何肯舍？便緊緊的在後面追著，一心要把烏拉特生擒活捉過來，以報一箭之仇。他逢人便殺，見馬便刺，把梨皮峪的人殺得落花流水，東奔西跳。他們到這時恨爹孃不給他多生兩條腿跑得快些。看看殺到布庫裡山頂上，離自己人也遠了；那梨皮峪村民，也七零八落，逃的逃，死的死，剩下不多幾個了。但是，那仇人烏拉特兀是找尋不到。諾因阿拉到底膽小，不敢追過嶺去，便停槍勒馬，跑下山來。

這一遭，布林胡裡人得了大勝，人人興高采烈，狂呼大笑，立刻斬了三頭牛，六頭豬，十二腔羊，一百隻雞，召集了許多村民，男女老少，在干木兒院子裡大吃大喝起來。恩庫倫姊妹三人，也跟著他爹孃吃酒。這一夜是四月十五日，天上掛著圓圓的月兒，照在院子裡，分外精神。那佛庫倫姑娘，重勻脂粉，再整雲鬢，在月光下面走來走去，那臉上出落得分外光彩，引得那班吃酒的人，未飲先醉。只聽得滿院子嚷著三姑娘的名字。有幾個仗著酒蓋住臉，上去和她胡纏，惱得三姑娘一溜煙避出院子去玩月兒。

天上明月，人間良夜。這布林胡裡地方，位置在長白山東面，胡天八月，冰雪載途，又在這萬山叢中。雖說是偏僻荒涼，絕少生趣；但是一到了這春夏之夜，一般也是清風入戶，好花遍野。如今這佛庫倫，是人間絕豔，天上青娥！長在這山水窮僻之鄉，毳幕腥氈之地，她孤芳獨賞，對此良辰美景，便不覺有美人遲暮之嘆。她想到布林胡裡的村民，都是一般勇男笨婦，絕少一個英姿颯爽的男兒和我佛庫倫匹配得上的。她想到這裡，又回到日間那個烏拉特：他立刻山頭，何等英雄氣概！後來他指揮村民，直衝柵門，他那面龐兒越發看得親切，真可以稱得上「唇紅齒白，眉清目秀」八個字。像我佛庫倫，倘能嫁得這樣一個夫婿，才可稱得才子佳人，一雙兩好呢。如今我和他是世代仇家，眼見得這段姻緣，只得付之幻影空花了。這是佛庫倫女孩兒的心事。她站在院子外面，抬著脖子，一邊望著月兒，一邊勾起了她一腔情思。佛庫倫想到心煩意亂的時候，便忙撇下，忽然想起那布林胡裡湖邊的夜景，一定不弱。這湖邊是她和兩個姊姊常去遊玩的地方，離家門又不遠。她便悄悄的一個人分花拂柳的走去，才過山坡，便露出一片湖水來。這時四山沉寂，臨流倒影。湖面上映著月光，照得和鏡子一般明淨。她挑選一塊臨水的山石坐下，一股清泉從山腳上流下來，流過石根，發出潺潺的響聲來。佛庫倫到了這時，覺得心曠神怡，心中塵俗都消。她仰著臉，只是怔怔的看著天上的月兒。忽然，聽得山腳下有人微微喘息的聲音，接著悉悉索索的一陣響，從長草堆裡爬出一個人來。他面龐映著月亮，佛庫倫認得他便是烏拉特。這時她一寸芳心不覺一陣跳動，忙把手絹兒按住了朱唇，靜悄悄的在一旁看他。只見烏拉特在地下爬著，可憐他渾身血跡模糊，臉色青白，嘴裡不住的哼著。他掙扎著爬到那泉水邊，低下頭去，伸著兩手，掬起泉水來，往嘴裡送。一連吃了幾口，才覺得精神清爽些。誰知他一回頭，見一個美人兒站在他面前，不覺嚇了一跳。便喘著氣問道：「姑娘，可是布林胡裡村中的人麼？」佛庫倫聽了，不好意思和他答話，便微微的點了一點頭。烏拉特見了，便顫微微的站了起來，一步一步的向佛庫倫身邊走來。佛庫倫看了，認做他要來報仇，忙轉身要逃去。那烏拉特在後面氣喘吁吁的說道：「我烏拉特受了重傷，如今被姑娘看見了，料想要逃也逃不脫身；姑娘你也不用回去驚動大眾，我有一柄刀在這裡，請姑娘把我的頭割下來，拿回村去。一則也顯了姑娘的功勞；二則我死在美人兒似的姑娘手裡，也是甘心的。」他說著從懷裡拔出一柄刀來，哐噹一聲丟在地下，他自己的身子也跟著倒了下來。

佛庫倫聽他話說得可憐，又見他撲倒在地面上，身子動也不動，一時倒也弄得她進退兩難。候了半晌，佛庫倫便忍不住上前去扶他起來。誰知那烏拉特傷口痛得早已暈絕過去，他那衣襟上血跡沾了一大塊，那血水還是往外流個不住。不覺打動了佛庫倫的慈悲心腸，便伸手插在他肋下，慢慢的把他的身子拖到水邊。她屈著一條腿，把烏拉特的頭枕在自己膝蓋上，輕輕的把他衣襟解開，把自己的一方手絹蘸著水，替他洗去血跡；又扯下他一幅衣襟來，紮住傷口。這時烏拉特的臉迎著月光，越發覺得英俊動人；他的鼻息，直衝在佛庫倫的粉腮兒上。佛庫倫正在細細的打量他的面貌，忽聽得他嘴裡喊出一聲「阿唷」來，烏拉特醒過來了。他睜開眼，見自己倒在美人兒懷裡，不覺微微一笑。佛庫倫羞得忙推開他的身子，一摔手要走去。誰知那隻左手被他攥得死緊，任你如何掙扎，他總死揑住不放，不覺惱了這位美人，就地上拾起那柄刀來，向烏拉特的手臂上砍去；烏拉特卻毫不畏懼，只是抬著脖子，不住嘴的說道：「幾時再得和姑娘想見？好說說我感謝姑娘的心意。」佛庫倫說道：「你要和我想見麼，除非到真真廟裡去！」她一句話說完，『嗤』的笑了一聲。一摔手，轉身去得無影無蹤了。

蘭闍雪擁，巫峽雲封。布庫裡山東面有一座孤峰，壁立千仞，高插雲霄。從布林胡裡村望去，好似駱駝頸子，昂頭天外。村裡人便喚它駱駝嘴。那駱駝嘴峰上，隱約望去，繡佛閣，好似有一座廟宇，村裡的人每每要爬上峰去探望探望。苦得羊腸石壁，無可攀援；況又是終年積雪，無路可尋。一到春夏之交，有一股瀑布，從駝嘴直瀉下來，長空匹練，直流湖底。山下面便是布林胡裡湖，到這時，水勢澎湃，早把入山的路徑沒入水底里去了。一到秋天，四山雲氣，又迷住了桃源洞口。所以村裡人雖想盡千方百計，終不得見廬山真面目。因此，這一座孤廟，總如海上仙山，可望而不可接，村裡人便把這座廟宇稱做真真廟。村裡人有一句話：「你要想見麼，除非到真真廟裡去。」這是說不容易見面，和不容易到真真廟裡去一般。佛庫倫姑娘對烏拉特說這句話，只因和他是世代仇家，不容易見面的意思。

閒話少說，這時候又過了一個月。布林胡裡村上早又是四望一白，好似盤銀世界一般。村坊裡人農事早罷，便各個背著弓騎著馬，向山之巔水之涯，做那打獵的營生。干木兒也帶五七個大漢，天天到西山射鵰去。有一天，他射得好大一頭獐，肩在肩膀上，嘻嘻哈哈的笑著回來；恩庫倫和佛庫倫接著進去。一個眼錯，她姊妹三人，在後院子裡商量生烤獐肉下酒吃。干木兒一腳跨進院子去，那獐肉氣味正燻得觸鼻，便嚷道：「好香的肉味啊！」一眼見姊妹三人，正烤著火吃得熱鬧；干木兒便嚷道：「來來來！俺們大家來吃。莫給她姊妹們吃完了我們的！」一招手便來了十二三個，都是一家人，男女老小便團團圍住大嚼起來。吃到一半，干木兒指著他三姑娘，笑說道：「小妮子！人小心腸乖，瞞著人悄悄吃這個，也不知我和你大哥，去打得這只獐來，多麼的累贅呢！你們女孩子們，只知道圖現成。」一句話，說得佛庫倫不服氣了，她把粉脖子一歪，哼了一聲，說道：「女孩子便怎麼樣？爹爹莫看不起我們女兒。明天我和我姊姊上山去，照樣捉一隻來給爹爹看。」干木兒聽了，也把脖子一側，說道：「真的麼？」佛庫倫說道：「有什麼不真！」干木兒說道：「拿手掌來！」佛庫倫真的伸過手去，和他父親打了手掌。頓時引得屋子裡的人鬨堂大笑，都說明天看三姑娘捉一頭大獐來呢！

俊犬快馬，禿袖蠻靴。第二天一早，佛庫倫悄悄的拉著她兩位姊姊，出門打獵去。三匹桃花馬，馱著三個美人兒，一溜煙上了東山。到得山坡上，各個跳下馬來，每人牽著一條狗，東尋西覓。見那雪地上都是狼腳印子，恩庫倫說道：「二位妹妹，我們須要小心些！這地方有大群的狼來過了，還留著爪印兒呢。我們要在一起，不要走散才好。」佛庫倫一邊答應著，一邊只是低著頭找尋。一回兒只見那頭黑狗兒，仰著脖子叫了一聲，飛也似的跑到那山崗子下面去，在壁腳上一個洞口，用它的前爪亂爬亂抓。佛庫倫跟在它後面，知道洞裡面有野獸躲著，忙向她兩個姊姊招手兒。正庫倫和恩庫倫見了，便悄悄的走上去。見壁子下面有三個洞，西面一個洞大些。忙把腰上掛著的網子拿下來，罩住了洞口，對著那小洞裡放了一鳥槍。突然有六七頭灰色野兔，跳出洞外來，一霎時被網子網住了，左衝右突，總是逃不脫身，把個佛庫倫歡喜得什麼似的。她兩手按住那網子，只是嘻嘻的笑。正庫倫上去，把網子收起，把六隻兔子分裝在她三姊妹的口袋裡。正庫倫說道：「我們雖捉得幾頭兔子，三妹子在爹爹前曾誇下海口，說去捉一隻獐來，我想那獐兒是膽小的，必得要到荒山僻靜的地方去找，才有呢。」恩庫倫聽了，說道：「二妹子說得有理。」佛庫倫說道：「既這樣，我們何妨駱駝嘴下面找去？」三姊妹齊說一聲「不錯」！重複走下山坡來，騎上馬，繞過山峽去，便見那駱駝嘴高矗在面前。那布林胡裡湖緊靠著山腳，這時湖面上只看見層冰斷木，凍水不波。她三人騎著馬，繞著湖邊走去，在那盡頭，便露出一條上山的路徑。這山勢十分峻險，又是滿山鋪著冰雪，不容易上得去。大家下得馬來，攀藤附葛往上爬。走了一程，這三姊妹走得嬌喘吁吁，香汗涔涔。正庫倫一抬頭，見那山壁子上飛出一群野鷹來。便嚷道：「大姊姊快射！」那恩庫倫這時也看見了，忙抽箭挽弓颼的一聲，一枝箭上去，一隻鷹跟著翻身落下地來；她的狗名叫「盧兒」的，見了嗚的一聲，飛也似的上去，叼在嘴裡。

她三姊妹這當兒，便在路旁一塊山石上坐下來，說些閒話，把身邊帶著的乾糧，掏出來大家吃一個飽。那「盧兒」嘴裡叼著死鷹送到恩庫倫跟前。佛庫倫又誇張大姊姊眼力手法如何高強，怪不得大姊夫見了姊姊害怕。正說時，正庫倫一眼瞥見一隻山貍，遠遠的沿著山壁走來；她急忙從大姊姊手裡搶過弓箭來，也是颼的一箭，射中在山貍的脊樑上。那山貍正在雪地上翻騰，那頭盧兒也跑去攔頸子一口咬住，拖到正庫倫跟前。佛庫倫看了，便嚷道：「好哇！你兩個上得山來，都得頭彩，獨我沒有嗎？」她話不曾說完，只聽得山崗子上有獐兒的叫聲。佛庫倫聽了，一拍手說道：「好哇！我的也有了！」說著，便站起身來，挾了弓箭，也不等她姊姊，急急繞過山崗子去。恩庫倫在後面喚她，她也不睬。正庫倫看看佛庫倫去得遠了，忙在後面趕上去；恩庫倫看看，只剩下她一個在山腰裡，便也只得跟上去。山陡路滑，一步一步的挨著；捱了半天，看看前面，不見她兩人的影子。誰知才轉過山腰，只聽得正庫倫在前面哭喊；恩庫倫心下一急，腳下一緊，忙追上去。她往前一看，不覺嚇得身子軟癱了半邊。原來那佛庫倫在半山上，正被一隻斑斕猛虎攔腰咬住，往林子裡死拽。那頭「黑盧兒」，也嚇得倒拖著尾巴，跟在正庫倫身後狂吠。一轉眼，那大蟲拖著佛庫倫，向林子裡一轉便不見了。嚇得恩庫倫嚎啕大哭。她和正庫倫兩人死力掙扎著趕上前去。到得林子裡，四面一找，靜悄悄的不見蹤跡，也聽不到佛庫倫的哭喊聲。再看看雪地上的腳跡，見一陣子亂踏。到了林子西面，便找不出腳印兒來了。

她姊姊兩人心裡十分慌張，一邊哭著，一邊喚著，四處亂尋。看著天色昏黑，也找不出一絲影跡來。正庫倫急了，只見她大喊一聲，一縱身向山下跳去。虧得恩庫倫眼快，忙上前挽住了。兩人沒法想，只得淒悽慘慘的尋路下山。回得家去，把這情形一層一節對他父親說了。她兩人話沒有說完，滿屋子的人便嚎啕大哭起來。她母親特別哭得傷心，逼著她丈夫要連夜上山去找尋。干木兒也懊悔昨天不該和她賭手掌說這句玩兒話，逼得她今天鬧出這個亂子來。當下便招呼了許多夥計，擎槍提刀，燈籠火把，一大簇人上山尋去。要知佛庫倫性命如何，且聽下回分解。

## 洞房天半神仙眷　氈幕地中龍虎兒

卻說佛庫倫離了她兩個姊姊，搶上山崗子去。四下里看時，靜悄悄的也不見獐兒的蹤跡。正出神的時候，忽覺得頸子後面鼻息咻咻，急回過脖子去看時，不覺『呵喲』一聲，驚出一身冷汗來。急拔腳走時，可憐她兩條腿兒軟得和棉花做成的一般，休想抬得動身體。原來她身後緊靠一簇松樹林子，林子裡奔出一隻斑斕猛虎來，那虎爪兒踏在雪上，靜悄悄的聽不到聲息。待到佛庫倫回頭看時，那隻虎已是在她背後拱爪兒了。佛庫倫到底是一個女孩兒，有多大膽量，有多大氣力？那隻虎把它屁骨一擺，尾巴一剪，呼的一聲吼，和人一般站了起來。擎著它兩只蒲扇似的大的爪兒，在佛庫倫肩頭一按，可憐她一縷小靈魂兒出了竅，倒在地下，一任那大蟲如何擺布去，她總是昏昏沉沉的醒不回來。隔了多時，她只覺得耳根子邊有人低低的叫喚聲音。佛庫倫微微睜眼看時，她一肚子的驚慌，變了一肚子詫異。原來那老虎說起人話來，只聽他低低的說道：「姑娘莫怕，我便是烏拉特。」看他把頭上的老虎腦袋向腦脖子後面一掀，露出一張俊俏的臉兒來。站起來把身體一抖，那包在他身上的一層老虎皮，全個兒脫下來，渾身緊軟皮衣，越顯得猿臂熊腰，精神抖擻。他身後站著五七個雄糾糾的大漢，烏拉特吩咐把絹椅搬過來，自己去扶著佛庫倫坐在上面。低低的說道：「姑娘莫害怕，這繩子是結實的。」他一舉手，只見那山壁子上繩子一動，把個佛庫倫掛在空中，嚇得她只把眼睛緊緊閉住。那身體好似騰雲駕霧的，直向山峰上飛去。忽然繩子頓住了，睜眼看時，原來這地方駝嘴峰頂、真真廟前。

什麼是真真廟？原來是山峰上一大塊紅色岩石，好似屋簷一般，露出一個黑魆魆的山洞來。從山下望上去，好似一座紅牆的小廟。這時烏拉特也上了山頂，洞裡面走出兩個女娃子來，上前扶住了。佛庫倫向洞門走去，洞口遮著一幅大紅氈簾。揭起簾子，裡面燈光點得通明，只見四壁掛著皮幔，地下也鋪著厚毯子，炕上錦衾繡枕，鋪陳得十分華麗。佛庫倫在炕上坐下，只是低著頭說不出話來。那烏拉特上前來，作了三個揖，又爬下地去磕頭。羞得佛庫倫站起身來，轉過脖子去，再也回不過臉兒來。只聽見烏拉特爬在地下說道：「我烏拉特生平是一個鐵錚錚的漢子，我們梨皮峪地方，美貌的娘兒們，也不知道有多少，俺從不曾向她們低過頭。自從那天月下見了姑娘，又蒙姑娘許我在真真廟裡想見，俺的魂靈兒便交給姑娘了。行也不是，坐也不是，吃也沒味，睡也不安。俺便費盡心計，上這山尖兒來，鋪設這間洞房。又怕明火執仗的來打劫，惱了姑娘；又害怕姑娘得了不好的名兒，便天天的暗地裡打聽。如今打聽得姑娘要上山來打獵，便假裝一隻猛虎，在山崗子下守候。天可見憐，姑娘果然來了。姑娘現在既到了此地，可也沒得說了！是姑娘自己答應在真真廟裡見面兒的，俺拼了一輩子的前程，在這山洞子裡陪伴姑娘。」

一個何等要強的佛庫倫，被他一席話，說得心腸軟下來。從此跟著烏拉特，在山洞子裡暮暮朝朝的度那甜蜜光陰。眼看著一個英雄氣概的男子，低頭在石榴裙下，便說不出的千恩萬愛。他倆在洞子裡，促膝圍爐淺斟低酌，倒也銷磨了一冬的歲月。

到得春天，佛庫倫偶爾在洞口門一望，只見千里積雪，四望皎然，又看看自己住的地方，真好似瓊樓玉宇，高出天外。又向西一望，見山坳裡一簇矮屋，認得是自己的家裡。她想起自己的父母，這時候不知怎的悲傷，便不由得兩行淚珠兒落下粉腮來。急忙回進洞去，坐在炕沿上，只是掉眼淚。烏拉特見了，忙上前來抱住，低低的慰問。這時佛庫倫心中，又是想念父母，又是捨不得眼前的人兒。經不得烏拉特再三追問，她便把自己的心事說出來。烏拉特聽了，低著頭想了一會，說道：「拼著俺一條性命，送姑娘回家去吧！」佛庫倫聽了，連連搖頭，說道：「這是萬萬使不得的，我家恨你，深入骨髓。如今你又搶劫了我，我爹爹如何肯和你干休？你此去，一定性命難保，你不如放我一個人回去，我見了父母，自有話說。」

烏拉特聽說要離開他，忍不住落下幾點英雄淚來。說道：「姑娘去了，怎的發付我呢？」這句話，說得佛庫倫柔腸百折。她心想：我們布林胡裡地方男子，都是負心的，難得有這樣一個多情人兒。可惜我和他兩家，是世代冤仇，眼見這個姻緣是不能成功的了。罷，罷，罷！拼了我一世孤單，我總想法子和他做一對白頭偕老的夫妻。當時她便對烏拉特說明：此番回家去探望一回父母，算是永遠訣別，早則半載，遲則一年，總要想法子來找你，和你做一對偕老的夫妻。只是怕到那時你變心呢。」烏拉特聽了，便向腰裡拔出一柄刀來，在臂膀上搠一個透明的窟窿，那血便和潮水般湧出來，忙拿酒杯接住，送到佛庫倫嘴邊去。佛庫倫喝了半杯，剩下半杯，烏拉特自己吃了。這是他們長白山地方上人最重的立誓法，意思是說誰背了誓盟，便吃誰，殺死了喝他的血。當時烏拉特臂上吃了一刀，佛庫倫一時不忍離開他，忙替他包紮好了傷口，服侍他睡下。兩人又廝守了十多天。

一天晚上，天上一輪皓月，照著山上山下，和水洗的一般，佛庫倫和烏拉特肩並肩兒站在洞口望月，忽然又勾起了思念父母的心事。烏拉特便吩咐掛下繩椅，兩人握著手，說了一句『前途珍重』！那繩椅沿著山壁飛也似的下去。烏拉特站在山頂上，怔怔的望著，直到望不見了，才又嘆了一口氣，回進洞去。

這裡干木兒自從丟了女兒佛庫倫以後，天天帶人到山前山後去找尋，一連尋了一個月，兀自影蹤全無，把個干木兒急得抓耳摸腮，長吁短嘆，她母親也因想念女兒，啼啼哭哭，病倒在床。她兩個姊姊，親眼看妹子被老虎拖去，越發覺得悽慘；想起他妹子來，便哭一回說一回。一家人都被慘霧愁雲罩住了，再加門外冰雪連天，越發弄得門庭冷落，毫無興趣。看看過了冬天，又到春天，恩庫倫回到丈夫家裡了，丟下正庫倫一人，淒悽慘慘的每天晚上爬在炕上，陪伴母親，手裡拈著一片鞋幫兒，就著燈光做活計。心裡想起妹妹死得苦，一汪眼淚包住眼珠子。忽見門簾一動，踅進一個人來，抬頭看時，那來的不是別人，正是闔家人日夜想念著的三姑娘佛庫倫。正庫倫見了，一縱身向前撲去，喊了一聲：「我的好妹子！」她母親從夢中驚醒過來，歡喜得將三女兒摟在懷裡喚心肝寶貝時驚動了闔家老小，都跑進屋子來看望。干木兒拉住了他女兒，問長問短。佛庫倫扯著謊說道：「我當時昏昏沉沉的被老虎咬住了，奔過幾個山頭，恰巧遇到一群獵戶，捉住老虎，把我從老虎嘴裡奪下來。看看腰上已是了受了傷，便送到他家去養傷。他家有一個老媽媽，照看我十分周到，過了兩個月，我的傷才好，接著又害了寒熱病。他家住的是帳篷，我病得昏昏沉沉的時候，跟著他搬來搬去。誰知越搬越遠，到我病好時，一打聽，原來他們搬到靉陽堡去了。」干木兒聽了，說道：「哎喲，靉陽堡，離這裡有八百里地呢！我的孩兒，你怎麼得回來呢？」佛庫倫接下去說道：「幸虧在路上遇到他們的同夥，說到東北長白山射鵰去。孩兒便求著他們，把孩兒帶回家來了。」一席話說得兩位老人家，千信萬信，這一夜佛庫倫依舊跟著正庫倫一被窩睡。到了第二天，恩庫倫也知道了，忙趕回來。姊妹三人，唧唧噥噥說了許多分別以後的話。佛庫倫拉住了她大姊，不放她回家去。從此以後，她姊妹三人，依舊在一起吃喝說笑，布林胡裡全村的人，也不覺人人臉上有了喜色。

寒食過了，春來遲暮。看看四月天氣，在長白山下，兀自桃李爭妍，杏花醉眼，花事正盛呢。布庫裡山前後村坊上，一班居民久蟄思動。春風入戶，輕衫不冷，各個要到山邊水涯去遊玩遊玩。這時駱駝嘴上，一股瀑布，便挾冰雪直洩而下，自夏而秋，奔騰澎湃，沒日沒夜的奔流著。在山下的居民，便是睡在枕上，也聽得一片水聲。這水聲聽在別人耳朵裡，卻沒有什麼難受，獨有聽在佛庫倫耳朵裡，便覺得柔腸寸斷，情淚為珠。因此村中紅男綠女，人人出外去遊玩，獨有佛庫倫悶坐在家裡，不輕出房門一步。她想起了在駱駝峰頂上，和烏拉特的一番恩愛，早已遲遲迷迷的魂靈兒飛上山頂去了。她母親認做她是害病，急得四處求神拜佛，獨有恩庫倫暗暗的留神，早有幾分瞧科。

這一天，干木兒因三女兒害病，便去請了一個跳神的來院子裡做法事，闔家男女和鄰舍，都擠在一塊看熱鬧。恩庫倫趁這空兒，溜進房去，見她妹妹獨自一人盤腿坐在炕上發怔。便上去摟住她脖子，悄悄的說道：「小鬼頭在外面幹的好事！打量你姊姊看不出來嗎？」佛庫倫吃她頂頭一句罩住了，答不出話來，只是兩眼怔怔的向她大姊臉上瞧著。恩庫倫看了，越發瞧透了七八分，便說道：「你且慢和我分辯，聽你姊姊細細說來，你說給老虎拖去咬傷了腰，後來雖說把傷養好了，怎麼現在腰眼上沒有一點傷疤？又說接著害傷寒病，我們關外人，凡是害傷寒病的，一二十天不得便好，便是好了，那臉上的氣色一時也不能復原。況且據你說，跟著他們住在帳篷裡，搬來搬去，這游牧的生涯，何等辛苦，你又是受傷大病之後，如何沒有一點病容？如何沒有一點風塵氣色，你才回家的時候，我細細看你，不但沒有一點憔悴氣色，反覺得你的面龐兒比從前圓潤了些。你告訴我在外面受苦，我看你說話的時候，不但沒有愁容，反卻有喜色，這是你故意嘴裡說得苦惱，肚子裡自然有你快活的事體。再說到你跟著那班獵戶，東里走到西里，你和一班陌生男人住在一處，萬萬保不住你的身子的。你想我們關外地方的男子，誰不是見了娘兒們和餓鬼一般似的？何況妹妹又在落難的時候，他們又是一班粗蠻獵戶，妹妹又長得這樣一副標緻的面龐兒，又跟著他們住在帳篷許多日子，妹妹你有什麼本領保得住你的身子呢？那時妹妹倘然保不住身子，回家來不知要怎樣的苦惱傷心，如今妹妹回來，卻一點沒有悲苦的樣子，這獵戶一節，便是妹妹扯的謊。可是做姊姊的有一句放肆話，妹妹不要生氣，我如今看定妹妹絕不是女孩兒，且肚子裡已有孩兒了！」佛庫倫聽到這裡，不由她粉臉漲得通紅，「啊」的叫了一聲，卻接不下話去。恩庫倫不由她分說，便接下去說道：「妹妹這幾天病了，爹媽為了妹妹的病，急得六神無主。其實妹妹那裡是病，簡直是小孽障在肚子裡作怪！妹妹不用抵賴，妹妹雖不肯告訴我，妹妹那種懶洋洋的神氣，早已告訴我了。妹妹不是常常嘔吐嗎？不是嚷著腰痠嗎？不是愛吃那酸味兒嗎」這樣樣都是小孩作怪的憑據。爹媽只因一心可憐你，被你一時瞞住了。我做姊姊的，你怎麼瞞得呢？再者，你自己拿鏡子照照看，你的眉心兒也散了，還和我混稱什麼小姑娘呢？好妹妹，你還是和我老實說罷，你在外面怎麼鬧的？」這一席話，說得迅雷不及掩耳。

佛庫倫這幾天正因離開他那心上人兒很不自在，又因肚子裡種下禍根，抱著一肚的羞愧悲愁，找不到一個可以商量的人。聽了她姊姊一番又尖刻又親熱的話，不由得她心頭一擠，眉頭一鎖，小嘴一噘，賣起瓢兒來了。一扭頭，倒在她姊姊懷裡，抽抽咽咽哭得柔腸婉轉，雲鬢蓬鬆。恩庫倫上去摟著她，勸著她。佛庫倫這才把自己委屈情形，一五一十的說了出來。

恩庫倫聽了，怔怔的半晌。說道：「這才是饑荒呢！你想俺爹爹也算是布林胡裡村上的一位村長。這村坊上的人，又多麼看重妹妹！去年窩家集牛錄的兒子，打發人來說媒，俺爹爹也不肯給。如今給他知道他寶貝的女兒，給俺村裡的仇人糟踏，叫他老人家這一副老臉擱到什麼地方去？這個風聲傳出去，不但是俺爹爹村長的位置站不住，便是妹妹也要給合村的人瞧不起。妹妹肚子裡的孩子，俺村裡人絕不容他活在世上的。」

恩庫倫說到這裡，佛庫倫從炕上跳下地來，直挺挺的跪在地上，嘴裡不住的說：「姊姊救我！」恩庫倫一面把佛庫倫扶起，拿手帕替她拭去眼淚。正無法可想的時候，忽見正庫倫一腳踏進房來，見三妹子哭得和帶雨梨花似的，忙上前來問時，佛庫倫暗暗對她大姊遞眼色，叫她莫說出來。恩庫倫說：「俺們自己姊妹，不用瞞得。況且二妹子原比俺聰明，告訴她也有一個商量處。」接著把佛庫倫如何與烏拉特結識，如何肚裡受了孕，從頭到尾說個明白。正庫倫聽了，嚇了一大跳，儘是睜著眼，目不轉睛的怔怔的向佛庫倫臉上看著。佛庫倫吃她看得不好意思。忽見正庫倫一拍手說道：「有了！」恩庫倫忙拉著她，連連追問：「二妹子有了什麼好計策呢？」

正庫倫坐上炕來，三妹妹臉貼臉，聽她悄悄的說道：「俺們不是常常聽人說道，高句麗的始祖朱蒙，是柳花姑娘生的嗎？她姊妹三人，大姊姊柳花姑娘，二姊姊葦花姑娘，三妹妹黃花姑娘。那柳花姑娘，也是女孩兒，有一天她獨自一人站在後院裡，天上掉下顆星來，鑽進柳花姑娘嘴裡，便養下這個朱蒙。高句麗人說是天上降下來的星主，便大家奉他做了國王。如今三妹妹也可以找一樣東西吞下肚去，推說是這東西落在肚子裡變成孩兒。過幾天養下孩兒來倘是男孩兒，村坊上也許奉他做村長呢！」

恩庫倫聽了這一番話，頓時恍然大悟。佛庫倫還不十分相信，說道：「怕使不得吧？」恩庫倫說道：「怎麼使不得？你不聽得爺爺也曾和俺們說起，中國古時候商朝的皇帝，他母親簡狄，和妃子三個人在池塘裡洗澡，天上飛過一隻黑雀兒，掉下一個蛋來，簡狄吞在肚子裡，便養下商朝契皇帝來。如今俺們候天氣暖和的時候，也到布林胡裡湖裡洗澡去，那個湖邊上不是長的紅果樹嗎？三妹子吞下一個紅果去……」三人正說得出神，外面跳神也跳完了，走進一群人來，都是鄰舍的姊妹們，圍住了炕，拉著佛庫倫的手問長問短。佛庫倫這時肚子裡有了主意，那臉上的氣色也滋潤了，精神也旺了。

大家說：到底菩薩保佑，跳神的法術高，所以三姑娘好得這樣快？干木兒老夫妻兩個看了。也放心了許多。

匹練孤懸，銀瓶倒瀉。布林胡裡湖上，這時又換了一番景色，一泓綠水，翠嶂顧影，沿山萬花齊放，好似披了一件繡衣。一股瀑布，直瀉入湖心，水花四濺，岩石參差。兩旁樹木蓊茂，臨風搖曳；兩行花草直到山腳。那山腳下的石塊，被水沖得圓潤潔滑，湖底澄清，遊魚可數。布林胡裡村裡的女娘兒們，因為這地方幽靜，常常背著人到湖裡來洗澡，兩岸森林，原是天然的屏障。這一天恩庫倫姊妹三人，偷偷的到這瀑布下面來洗澡，三人露著潔白的身體，在水面上游泳自在。一群一群蜂兒蝶兒，也在她們雲鬢邊飛來飛去。

佛庫倫在水裡戲耍多時，覺得四肢軟綿綿的沒有氣力，便遊近岸邊，挑選一塊光潔的山石坐下。猛回頭，見那駱嘴峰上，青山依舊，人面全非，不覺迎著脖子，怔怔的痴想。正出神的時候，忽聽得一陣鵲兒呫噪的聲音，從北飛向南去，飛過佛庫倫頭頂時，半空中落下一顆紅果來，不偏不斜，恰恰落在佛庫倫的懷裡。佛庫倫拾在手裡看時，見它鮮紅得可愛，忽聽恩庫倫在一旁說道：「三妹子，快把這紅果吞下肚去，這是天賞給你的呢。」佛庫倫聽了，心下會意，便一張嘴，把這紅果子吞下肚去了。接著正庫倫和恩庫倫也爬上岸來，揩乾了身上的水，各個穿上衣服，走回家去。她們三人在路上把話商量妥了。一走進屋；恩庫倫把鵲兒銜著紅果落在三妹妹的嘴裡，三妹妹吃下肚去，覺得肚子裡疼痛，一派鬼話，哄過了他爹媽。

過了一個多月，佛庫倫肚子果然慢慢的大起來。她母親看了詫異，再三盤問。佛庫倫死咬定說是吃紅果起的病。她母親急了，找了村裡有名的大夫來瞧病，也看不出她什麼病症來。又和丈夫干木兒商量，干木兒說：「我也看三姑娘的肚子有些蹊蹺，俺們不如去請薩滿來問問罷。」這句話一說出，嚇得佛庫倫心頭小鹿兒亂撞。原來他們長白山一帶的人民，都十分信仰薩滿。薩滿是住在佛堂裡的女人，傳說這女人法力無邊，人民倘有疑惑不決的事去求薩滿，薩滿便能把菩薩請來，告訴你吉凶禍福。如今佛庫倫聽她爹爹說要請薩滿，深恐薩滿把她的私情通通說出來，心中如何不急？當下她也不敢攔阻，一轉背求她二姊，把大姊姊喚了來。姊妹三人在屋子裡唧唧噥噥的商量了半天，恩庫倫想出一條主意來，說道：「索興弄鬼弄到底，如此如此……」那時三妹子生下孩兒來，管叫合村的人，人人敬重，個個羨慕。說著，佛庫倫從衣包底拿出一粒龍眼似大的東珠來，交給她大姊。恩庫倫懷裡藏了東珠，悄悄的踅到後街去找薩滿說話。

隔了一天，干木兒果然把薩滿請來。只見四個廟祝抬著一張神桌。那神桌四腳向天，薩滿便盤腿兒坐在桌底板上。四個廟祝各抱著一條桌腿，把她送到干木兒的院子裡去。這時干木兒院子裡，擠滿了人。大家聽說干木兒家裡請薩滿，便一齊趕來看熱鬧。

看那薩滿時，原來是一個乾癟的老婆婆，手裡捏著一枝長旱煙桿兒。恩庫倫見了，忙搶上前來扶進屋子去。這時屋子裡燒著香燭，供著三牲，屋子中間掛著一幅黑布，從屋樑上直垂下地來。薩滿上去向地下蹲了一蹲，行過禮兒。干木兒帶領他妻子兒女也向神壇行了禮。薩滿抽了一筒煙，踅到黑布後面去。這時滿屋子人靜悄悄的，恩庫倫捏著一把冷汗，佛庫倫心頭亂跳，臉色急得雪也似白。停了半晌，只聽得布簾裡面重滯的嗓音說道：「菩薩叫布林胡村長干木兒聽話。」那干木兒聽了，忙上去趴在當地。他兒子諾因阿拉也跟著跪下。聽那薩滿接著說道：「你女兒佛庫倫，前生原是天女。只因此地要出一位英雄，特叫神鵲含胎，寄在你女兒肚子裡。生下來這孩子，將來是了不得的人物，你們須好好看待他，他是天上的貴神，不能姓你們的姓，如今我預先賞他一個姓名。將來這孩子生下地來，不論他是男是女，總給他姓愛新覺羅，名叫布庫裡雍順。」那薩滿說到這裡，便再也不做聲了。干木兒知道薩滿的話說完了，忙磕了三個頭，站起來。那薩滿也從布簾裡轉了出來，大家送她出門。這一回把個諾因阿拉，快活得在院子裡亂嚷亂跳，說：「俺爹爹做了村長，俺妹妹索興生出天神來了！」這句話，一傳十，十傳百，一霎時傳遍了全村。那班村民，從這一天起，不斷的送禮物：有送雞鵝的；有送棗慄的；也有送一腔羊一頭豬的，也有幾戶人家合送一頭牛的，干木兒的倉庫裡都堆滿了。

佛庫倫的肚子一天大似一天，她母親每天殺雞宰豬的調理她。到了第九個月上，果然生下一個又白又胖的男孩兒來。眉眼又清秀，哭聲又洪亮，閤家人歡喜得和得了寶貝似的。遠近村坊上，都來看看這個小英雄。佛庫倫想起烏拉特那種英雄氣概，又看看懷中的乳兒，便說不出的又是歡喜，又是傷感。一年容易又春風，這愛新覺羅？布庫裡雍順出生已是一週歲了，干木兒挑選了一個好日子祭堂子謝天。前三天，便在院子裡下一對石樁，樁上樹一枝旗杆，旗杆上裝著一個圓鬥，鬥裡裝滿了豬牛羊肉，高升在桿頂上，算是祭天的意思。過了三天，便是正日，一早起來，便有許多村民進來道喜，院子裡一字兒排列著三頭牛，三頭豬，三頭羊，還有雞鴨鵝鴿許多小牲口。中央神壇上，供著釋迦牟尼、觀世音、關公三位神道。燒上大爐的香，神壇四面又燒著蠟油堆兒，那火光煙氣，直衝到半天。布林胡裡村上的家長，都盤腿兒坐神壇兩旁，兩面圍牆腳下，都擠滿了人頭，個個伸長了脖子，候那跳神的。停了一會，四個跳神的女人連串兒走進院子來。看她們個個打扮得妖妖嬈嬈，頭上插著花朵，臉上擦著脂粉，小蠻腰兒、粉底鞋兒，腰帶上又掛著一串鈴兒，一扭一捏的走著。走一步，那鈴兒叮叮響著。她們一手握著一柄鑾刀，一手擎著一根樺木棍兒，桿上也掛著七個金鈴兒，四個人走到神座前，一齊蹲下，行過禮，站起來，各占一方，唿唧唧搖著樺木桿兒，嘴裡唱著，腳下跳著。身後有八個老婆婆，各個手裡拿著樂器，也有彈月琴的，也有拉弦索的；也有吹箏的，抑揚宛轉，跟著跳神的腳步，來來去去。看得大家眼花撩亂，神魂飄蕩。跳夠多時，便有四個大漢，抬著一隻活豬；一人捉一條腿兒，飛也似的走到神壇跟前放下。那位薩滿便慢慢的走過來，捧著酒瓶，向豬耳朵裡直倒，那豬連扇著耳朵，大家看了，拍手歡呼，說：「菩薩來享受了！」兩個大漢，拿起快刀，割下兩個豬耳，供在神壇上。那班跳神的女人，又圍著豬，跳了一陣，把豬抬去洗剝。這裡把神壇撤去，許多客人圍著干木兒，向他道喜。諾因阿拉便招呼人在院子裡安設座位。只見院子裡滿地鋪著蘆席。席上滿鋪著褥子，中間安設炕桌，每十個人圍著一個炕桌坐下。諾因阿拉和他妹妹恩庫倫，招呼客人。

看看客人已坐齊，大約得六七十席。干木兒便吩咐上肉，便見屋子裡連串走出六七十人來，各個頭上頂著大銅盤，盤裡盛著一塊正方一尺來闊的白煮豬肉。接著又捧出六七十隻大銅碗來，裡面滿滿的盛著肉湯，湯裡浸著一個大銅勺。每一個客人面前，擱著一個小銅盤。每一席上，擱著一個小磁缸，滿滿的盛著一缸酒。干木兒站在上面，說一聲：「請大家動手！」把酒缸捧來呷一口酒。一個一個遞過去，都喝過了，便各個向懷裡拿出解手刀來，割著肉片兒吃著。這肉和湯，都是淡的，客人都從衣袋裡拿出一疊醬紙來，這紙是拿高麗紙浸透了醬油曬乾的，看他們都拿紙泡在肉湯裡吃著。滿院子只聽得喊添肉添湯的聲音，把這許多侍候的人忙得穿梭似的跑來跑去。干木兒站在當地，四面看著，他快活得掀著鬍子，笑得閉不攏嘴來。這一場吃，直到夕照含山，才各個罷手，大家滿嘴塗著油膩，笑嘻嘻的上來向主人道謝。

正熱鬧的時候，忽見一個孩兒，斜刺裡從人堆裡擠進來，對著干木兒耳邊低低的說了幾句。把個干木兒氣得兩眼和銅鈴似的，鬍鬚和刺蝟似的，大喝一聲，箭也似的直向大門外跑去。要知干木兒聽了什麼消息，且聽下回分解。

# 三尺粉牆重溫舊夢　六十處女老作新娘

話說干木兒屋子後面，粉牆如帶，繁花如錦。一樹馬櫻花，折著腰兒，從牆缺裡探出頭來，那花瓣兒，一片一片的落下地去。牆根邊，這時有一對男女，靜悄悄的坐著，那女的便是佛庫倫，男的正是烏拉特。佛庫倫軟靠在烏拉特懷裡，一邊哭著，一邊訴說她別後的相思和養孩兒的痛苦。烏拉特一邊勸慰著，一邊伸手替她抹去眼淚。正是千恩萬愛，婉轉纏綿！那一抹斜陽紅上樹梢，也好似替他兩人含羞抱恨。這時干木兒的外孫兒印阿，是恩庫倫的兒子，年紀也有十二歲了，他正爬在樹上採花兒。一眼見牆根下一對男女對泣著。再定睛看時，認得那男人是烏拉特，女人便是他阿姨佛庫倫。這烏拉特，是市爾胡裡村上男女老小人人認識他的，也是人人切齒痛恨不忘記他的。印阿一時興頭，也忘記了忌諱，便悄悄的去告訴了他公公干木兒。

干木兒是一村之長，又是一個好勝的老頭兒，叫他如何忍得呢?便立刻跳起身來，趕出大門去，要和烏拉特去廝拼。這時村坊有一個霍集英，長得高大身材，氣力又大。全村的人，除了干木兒以外，要算他最得人心。當時他見了，忙上前去一把拉住干木兒，問起情由，干木兒又不好說得。這時客人未散，大家便圍著印阿。他母親恩庫倫在一旁聽了，捏著一把冷汗。大家聽完印阿的話，便面面相覷，一時裡說不出話來。霍集英一轉身，把干木兒兩手捉住，反綁起來，同時大家翻過臉來，把干木兒閤家老小一齊捉住，綁在院子裡大樹上。一面，霍集英帶了五十個大漢，趕到後院子，悄悄的埋伏在牆頭上，霍集英自己爬在樹梢頭，倒著耳朵聽時，他兩人唧唧噥噥，正談到情濃的時候，忽聽得一聲大吼，和半天裡起了霹靂似的，牆頭上跳下許多人來。有一個大漢，從烏拉特頭頂上跳下來，騎在他脖兒上，被烏拉特一聳肩，那人直摔在五丈外，腦袋砸在石塊兒上死了。這時佛庫倫嚇得只向烏拉特懷裡倒躲，霍集英見了，怒不可當，趕上前去搶奪，烏拉特一手摟著佛庫倫，倒退在牆角裡，騰出一隻手來，揪住人便摔。也有被他摔死的，也有被他腳踢著受了傷倒在地下哼的。烏拉特地位又站得好，氣力又大，一時被他弄翻了一二十人，看看奈何他不得。可是，村裡的人，越來越多。有許多人拿著刀槍，蜂擁上去。

正在亂哄哄的時候，忽然半空中飛來一條套馬繩子。烏拉特一時措手不及，連臂兒腰兒都被套住了。隨手一拽，掀翻在地，八九十人一齊擁上去動起手來，把他上下十幾道繩子捆綁起來，綁得和粽子相似。佛庫倫也被他們綁住了，一齊推進院子來。霍集英坐在當地審問，烏拉特一句也不躲賴，把上一回如何受傷，如何躲在湖邊林子裡，如何在月下與佛庫倫想見，如何佛庫倫答應他在真真廟裡想見，如何上駱駝嘴去打掃山洞，如何假裝猛虎劫佛庫倫上山峰，如何在山裡結下恩情，如何送她下山，如何打聽得佛庫倫生下小孩，如何暗地裡通消息與佛庫倫第三次想見，商量帶了孩兒逃回梨皮峪去做長久夫妻，從頭至尾，說得一字不漏。兩旁的人，聽得個個咬牙切齒，許多女人都拿手指著佛庫倫，罵她不認恩仇，不顧廉恥，頓時院子裡鬧盈盈的嚷成一片。

霍集英站起來，喝住眾人，便招呼了十二個在村中管事的家長上去，商量了一會，大家都說這私通仇家的罪名，俺村裡祖宗一向傳下來是該燒死的，如今俺們也把烏拉特、佛庫倫和愛新覺羅？布庫裡雍順三人拿去燒死。至於干木兒身為村長，他女兒做下這丟臉的事體，也應該把他全家趕出村去。這番話大家聽了，都說快意。當夜便把烏拉特、佛庫倫和他們孩兒三個人，關在一間屋子裡，又把干木兒兩老夫妻、和正庫倫、諾因阿拉四個人關在一間屋子裡。恩庫倫原也有罪，只因她兒子印阿有報信的功，將功贖罪。又因為她是已經出嫁的人，便依舊放她回丈夫家去。

第二天，在村口山坳裡，搭了一個臺，臺上鋪了許多麻稈柴草引火之物，遠近村坊裡的人，從早起便圍在臺下看熱鬧。直到正午時分，只見一簇人，拿板門抬著烏拉特、佛庫倫二人，那小孩子也綁在佛庫倫懷裡，一會兒推上了臺。臺上豎有兩根木柱，他兩人緊緊的綁在木柱上。看烏拉特時，依舊是笑吟吟的臉不變色，只有佛庫倫低垂粉頸，那眼淚如斷線似的珍珠滴個不止，布庫裡雍順在他母親懷裡，也哭得聲嘶力竭。臺下許多人都圍著看著笑著罵著跳著，鬧成一片。停了一會，佛庫倫睜眼看時，見他爹爹、媽媽和哥哥、姊姊垂頭喪氣的在前面走著，後面一大群村民，各各肩上扛著刀槍，押著走出村去。只有恩庫倫一個人哭哭啼啼跟在後面送著。走過臺下的時候，他母親抬起頭來，喚了一聲「我的孩兒！」早被臺下一班鬧著的人，連聲喊打，推出山坳去了。佛庫倫眼前一陣昏黑，便暈絕過去。隔了多時，一陣一陣濃煙沖進鼻管，驚醒來看時，那臺下早已轟轟烈烈的燒著，一條一條火焰，像毒蛇舌頭似的，直向她身上撲來，可憐嚇得她渾身亂顫。烏拉特回過頭來，只說得一句：「我害了姑娘！」

這時，忽聽得臺下一聲吶喊，接著山峽上潮水似的擁出一大群人來，各個執著刀槍，見人便砍，猛不可當。烏拉特認識是自己村裡的人，便大聲喊道：「快來救我！」便跳上五七個大漢來，在火焰堆裡，斬斷繩索，搶出人來。這時佛庫倫兩條腿已經軟了，一步也動不得。烏拉特挾著她，從臺後面縱下地，有一個人擎著大劈刀砍來，烏拉特一抬腿，踢在那人脈息上，一鬆手，唿啷啷一柄刀落在地上。烏拉特搶過刀來，舞動得颼颼的響，十多個人跟著他近不得他的身。烏拉特且戰且退，直退到布林裡胡湖邊，趕進松樹林子。看看追兵遠了，便扶起佛庫倫來，挑選一塊山石坐下息力。看懷中孩子時，早已呼呼入睡。佛庫倫只說得一聲「慚愧」！烏拉特急向她搖手。原來林子外面又有十多個追兵，在四下里搜尋。正緊急的時候，忽然懷裡的孩子「哇」的一聲哭起來，給林子外面的追兵聽得了，急搶進林子來。烏拉特拉著佛庫倫沿湖逃去。那地方左是峭壁，右是深淵，佛庫倫一顛一蹶，在林子裡走時，那懷中的孩兒越是哭得響亮。

看看後面的追兵越近了，烏拉特便站住腳，手裡橫著刀，等待廝打。他一邊揮手，叫佛庫倫快逃。佛庫倫無可奈何，離了烏拉特，抱著孩兒，向前走去。轉過山峽，那孩子越哭得厲害。佛庫倫深怕追兵從背面抄過來，這時一個女人，一個孩兒，性命難保。這地方正是駱駝嘴下面，一股瀑布，疾如奔馬，那淺灘上擱著一隻獨木舟，佛庫倫見景生情，立刻有了主意，忙把孩兒抱在獨木舟上，把船推下湖去。這地方正當急湍，船被一股急流衝著，便和箭似的，瞬息千里。佛庫倫看看船去遠了，聽不見哭聲了，便在湖邊上跪下來，禱告佛爺保佑兒子。佛庫倫正傷心的時候，忽然後面伸過兩隻手來，被攔腰抱住，她嚇了一跳，急回頭看時，原來是烏拉特。看他混身血跡，氣喘吁吁，不住的微笑。問時，原來那些追兵，被他殺得半個不留。問起孩兒，佛庫倫便說放在獨木船裡，沿湖水氽下去了。烏拉特到了這時，也不禁傷心起來。對著湖面出了一回神，兩人便手挽手的向山腳下樹木深處走去，慢慢的不見兩人的影兒了。

山環水繞，柳暗花明。一股桃花春水，依著綠草堤岸，曲折流去。流到一個幽靜所在，鳥鳴東西，樹影婆娑，這水勢便遲緩下來了。一個垂髫女郎，一手提著一個水桶，低著頭，慢慢的走到堤邊，見了這爛漫春光，不覺勾起了她的一腔心事。她且不汲水，一蹲身坐在一株梨花樹下，那樹身倒掛在河邊，一片一片花瓣兒落在水面上，和天上明星似的，動也不動。那一灣春水，越覺得十分明淨。這女郎看了，便向天嘆了一口氣，說道：「好花易謝，春光易逝。我百里長在這窮荒僻野的地方，眼前都是一般勇男蠢漢，那裡有一個是俊秀男兒？我如今年紀已是三十六歲了，女孩兒家最好的光陰都已過去，眼見得把我這如花美眷，埋沒在這似水年華裡罷了！我便是願嫁，哪裡有一個是配做我丈夫的？」

這百里姑娘，在三姓地方也算得是一個出類拔萃的女子，模樣兒長得又好，心眼又聰明，三姓地方誰不願意娶她去做媳婦？但是她卻不把這班蠢男子放在眼裡。她母親早已故世，只有一個父親，名叫博多里，自小視她為掌上明珠，每次勸她嫁丈夫，總吃她女兒搶白一頓，哭鬧一場便罷了。看看她女兒年直蹉跎到三十六歲上，做父親的更急了。這一天，博多里又對他女兒提起婚姻的事，說西山上穆俄爾的大兒子顧順，長得身體魁偉，牲口又多，田地也不少，意思要勸百里嫁給他。百里姑娘說穆俄爾顧順是一個粗魯的漢子，每打架的時候，只知道強姦娘兒們，誰願嫁這凶殘光棍？當時不免和他父親頂撞了幾句，又說自己願一生一世守著身子做女孩兒不嫁丈夫了。她說完話，提著水桶到河邊來汲水，如今見了這一番春景，不覺勾起了方才的心事，怔怔的看著水發怔，這一顆心跟著水不知道流到什麼地方去了。

正寂靜的時候，忽聽得耳邊「颼」的一聲，一枝箭破空飛來，不偏不斜正射在那株梨花樹上。接著遠遠的起了一片吶喊聲音，只慌得百里姑娘玉容失色，忙低著頭走到堤下面去躲著。耳中只聽得人聲嘈雜，也有喝打的，也有哭喊的。原來這三姓地方，自從老村長明德死了，三姓的人大家搶村長做，每搶一回，便打一回。各個拿著刀槍，逢人便殺，見人便刺，每打一回，不知送了多少性命！看看過了三五個年頭，打也打過八九回了，這村長的交椅，還沒有人敢坐。如今春光明媚，正是田地忙的時候，三姓的人在田裡碰到了，一言不合，便拔刀想見。這一場打，直打得血流遍野，屍積成堆，嚇得百里姑娘，躲在堤下，不敢探頭兒。

百里姑娘正驚慌的時候，忽見一個女人哭喊著，連滾帶跌的向堤岸上逃來，後面一個大漢，飛也似的追來。一任那女人在下面哀求悲啼，他總不肯放手。一會兒，那大漢站起身來，百里姑娘留神看時，原來不是別人，正是那西山上的穆俄爾顧順。百里姑娘正探頭時，那大漢一眼瞥見了，便翻身過來捉她，急得百里姑娘忙向水心裡跳時，接著又聽得「颼」的一聲，一枝箭飛來，不偏不倚的射在那大漢的耳門裡，從左邊耳朵鑽進，從右邊耳朵鑽出，大漢「啊喲」喊了一聲，倒在地下死了。看那枝箭時，兀自鼓著餘勇，向河心裡飛去。說也奇怪，這時河心裡有一隻獨木船，正從上流頭源下來，那枝箭恰恰的飛進船裡去了。

這裡原是河身彎曲的地方，水勢流到堤，便要停住，那時獨木舟也輕輕的靠了岸。忽然聽得小孩兒的哭聲，從船裡出來。百里忙搶上去看時，見一個孩子，仰天倒在船底里，手腳不住的動著，張著嘴哭著。那一枝箭，離他頭頂二三分，恭恭正正在船板上插著。再看這孩兒時，長得肥胖白淨，十分可愛。百里姑娘忙上去抱在懷裡，那孩子立刻停了哭。這當兒堤岸上已經擠了許多人，見這孩子，大家搶著上來抱他，那孩子在水面上氽了一夜，又是驚慌，又是饑餓，如今見有人抱他，他立刻止住了哭，見了人只是嘻嘻的笑。

這時博多里也在人堆裡，見了這孩子十分可愛，便上去抱在懷裡，開啟他的衣襟一看，見頸子上掛著一個黃布袋子，袋子外面有薩滿的咒符。掏出一張紙來，上面寫道：「他母親前生原是天女，只因此地要出一位英雄，特叫神鵲含胎，寄在天女肚子裡。他是天上的貴種，不能姓你們姓，他姓愛新覺羅，名叫布庫裡雍順。這一番話，是當時千木兒聽了薩滿的話找人記下，特地做一個袋子，掛在他胸前，算是鬥邪的意思。不想如今給三姓地方人看見了。到底博多里年老有主意，當時他立刻站起來對大眾說道：「我們三姓地方，年年為了搶奪村長的位置，死的人不知多少，如今天上送下這位英雄來，是我們三姓地方的福氣，我勸諸位看在這位英雄面上，從此大家便罷了手，我們便拜這位小英雄做了村長。他是天人下凡，總能夠保佑我們人人平安。」這時有三五百人圍著聽著，他們個個打得頭破血流，心裡正萬分懊悔的時候，聽了博多里的一番話，不覺感動起來。大家你看著我，我看著你，忽然個個淌下淚來，伸出臂膊，你抱住我，我抱住你，嗚嗚咽咽痛哭起來。哭過一陣，大家爬在地下，一齊向這小孩兒磕頭。這時百里姑娘懷裡抱著小孩兒受大家的跪拜，不由她不嬌羞靦腆，露出盈盈一笑來。眾人拜過了站起來，忙忙打掃道路，掩埋死人，並在這河邊暫時搭起一座蘆草棚子來，外面用布帳子罩住，百里姑娘抱著小村長，住在裡面。棚子外面，三姓的人，公舉了二十位年老的家長陪伴著，一面派人打掃一座屋子出來，預備給小村長久住。到了第二天，屋子收拾停當，有四個大漢，交叉著手臂，小村長騎在他們臂膀上，抬著進屋子去。後面男女老小村人二三千跟隨著。說也奇怪，這位小村長，該與百里姑娘有緣，他離開百里姑娘，便哭個不住，必得百里姑娘上去拍著安慰著，他便嘻嘻的笑起來。因此大家商議，便請百里姑娘陪伴小村長，住在一間屋子裡，從此他的吃喝衣著，通通由百里姑娘小心照料。說也奇怪，這三姓地方，自從小村長來了以後，便也風調雨順，人人快樂。

光陰如箭，不覺又是十六年工夫。布庫裡雍順出落得一表人才，相貌十分清秀。三姓地方的女孩兒見了，誰都願嫁他。但是在布庫裡雍順心裡，只有這位百里姑娘，他睡也跟著百里姑娘，吃也跟著百里姑娘。這位百里姑娘，這時已有五十二歲了。只因她長得十分標緻，望去好似三十多歲的人。絕世風姿，可憐遲暮！在旁人看這百里姑娘，孤芳空老，覺得十分可惜，但在百里姑娘，自從有了這小村長以後，和他朝夕廝纏，倒也很能解得寂寞。

這小村長是天生成一位英雄，他在八九歲上，便懂得騎馬射箭，村裡許多年長的，天天跟著他爬山過嶺，探勝尋幽。不消幾時，這三姓地方的地勢遠近，都被他檢視得明明白白。到了十二歲上，他便想把三姓地方管理起來。這位百里姑娘，又是女中豪傑，空閒的時候，常和這位小村長講究些人情世故。說如何可以收服三姓地方的人心，如何可以整理三姓地方。小村長一聽在耳內，一面召集了十四個村裡年長有力的，派他們做管事人。把三姓地方分做十四段，每一段一個管事人，照料地方上的公事，又挑選四百個身材高大，氣力強壯的，編成軍隊，天天在村外空場上，教練騎馬射箭，掮槍舞棍，熬練得十分勇猛。又在自己林場左右前後，樹立一圈木柵來，開著高大的柵門，每到天晚，把柵門關上，放出牲口來吃草。自從有了柵門以後，三姓地方從來沒有走失牲口、偷盜牛馬的事，又派了夜哨，在四面柵門查夜。因此村民人人高枕無憂，人人感激這位小村長的功德無量。這雖然是小村長的功德，卻也全是百里姑娘的計謀，因此這小村長越發覺得這百里姑娘可敬可愛。

說也奇怪，這布庫裡雍順一出門去，騎在馬上，雄糾糾氣昂昂，很有英雄氣概，村民見了這副威儀，便人人害怕。待得一踏進門，見了百里姑娘，這身子便和軟股糖兒似的軟了下來。十七歲的男孩兒，還跟著百里姑娘寸步不離，常常坐在百里姑娘身旁微笑著，有時便倚靠在百里姑娘膝前，好似小孩兒跟著他母親。百里姑娘從小管養著這位小村長，卻也成了習慣，常常和他說笑著解解悶兒，有時伸手摸摸他的脖項頭面。布庫裡雍順到親熱的時候，便拿手捧著百里姑娘的手心，喚幾聲姊姊。到了晚上，他便跟著姊姊一床兒睡，一切冷暖起臥的事體，都是百里姑娘照看著。他兩人雖說耳鬢廝磨，肌膚相親，一個是處女，一個是童男，卻是乾乾淨淨，各不相擾的。

布庫裡雍順到二十歲上，看看三姓地方人口一天多似一天，兵力一天強似一天，地上出產的米麥，也一天豐富似一天，閒來無事的時候，村長便帶了一班兵士到樹林探處打獵尋樂。正打得熱鬧的時候，布庫裡雍順一眼見林子外面一片廣場上，有七八十頭牛馬，四散在場上吃草。他心中忽然想起了一個貪念，便發一個號令，叫兵士們出去搶掠。兵士們得了號令，便立即出動，四面包圍起來，把許多牛馬，圍住在中央。那養牛馬的，原是俄漠惠野地裡的一種游牧人種，他們都住在帳篷裡。聽說有人來搶牛馬，便個個帶了兵器，趕出去攔阻。你想三姓的人何等強悍，既上了手，如何肯罷休？霎時兩面的人一齊動起來手來，刀來箭迎，兵去將當。好好一片草地，殺得鬼哭神號，天愁地慘。打夠多時，那俄漠惠人慢慢的有點支援不住了，便丟了牛馬，向北逃去。

布庫裡雍順率領兵士趕過山頭，又殺死了幾個人，才回轉馬頭，把他們的帳篷牛馬，一古腦兒擄回村去。村裡人見村長小小年紀，便有這等膽量，越發敬重他，當時許多人趴在地下迎接他。布庫裡雍順直走到自己屋子前下馬，早有百里姑娘迎接。村長把擄來的馬匹帳篷，給百里姑娘看過。百里姑娘見有一對黑馬，長得十分俊美，便對村長說了，把這一對馬留下，其餘的都賞給管事人和那兵士們。從此布庫裡雍順做出味兒來了，常常帶兵士們四處搶劫，他仗著自己人多力壯，他每次出馬，沒有不得勝回來的。

這俄漠惠野地方，在長白山的東面，望去好大一塊平原，中間茂林豐草，原是放牲口的好地方。因此，常常有人來此平原放牧。不想這三姓地方的村民，萬分強悍，自從有了布庫裡雍順以後，便不許人到這地方來放牧；倘然來時，連人帶牲口都擄去。這威風一天大似一天，便有左近的村坊前來投降。布庫裡和他們約定，鳴角為號，誰家有事，便吹起角來，大家來救應。不到三年工夫，便收服了十二三個村坊，因此那村坊上的管事人，便商量公舉布庫裡雍順做一個貝勒。

有一天，三姓地方十四個管事人為頭，率領左近村坊裡管事人，在村中空地上開了一個大會，上面搭了一座高臺，把布庫裡雍順請出來，坐在臺上，大家在臺下拜他。後面幾個村民，也跟著頂禮膜拜，拜布庫裡雍順做了十四村的貝勒。拜過以後，大家便在空地上吃酒吃肉。這位新貝勒，便去請了百里姑娘出來，兩人在臺上對面坐著吃著，從辰時吃到午時，吃得大家酒醉肉飽，便手拉手跳舞起來。一邊跳著，一邊唱著，貝勒看了也歡喜，在臺上也拉著百里姑娘的臂兒跳舞。跳了一陣，貝勒忽然想起那對黑馬，便吩咐左右衛兵，瞞著眾人，偷偷的下了臺，和百里姑娘走出了柵門，跳上馬背，一對黑馬，馬磨馬耳，人擦人肩，並著向俄漠惠野地方跑去。一面跑著，一面說笑著，不知不覺跑出了一座大樹林子，回過頭來看看後面許多村落，早在雲樹飄渺之中。

百里姑娘許久不騎馬了，今天一口氣跑了許多路，早跑得嬌喘細細，香汗涔涔。貝勒在一旁看了這情形，忙扶她下馬，兩人手挽手兒去到前面一帶牆根上坐下。這時貝勒坐倒在百里姑娘旁邊，兩人靜悄悄的一句話也不說，仰著脖子只是看那天上的飛雲，那百里姑娘櫻唇微動，一陣一陣鼻息，吹在貝勒面上，覺得一陣甜香。貝勒心頭一動，忙翻過身來，撲上前去，捧著百里姑娘的手兒，不住的接吻，說也可憐，這百里姑娘快六十歲了，還是一個女孩兒的身子。這接吻的勾當，今天和貝勒算是破題兒第一遭，這位六十歲的老處女心上，不覺感動起來，便也回過頭來看看貝勒只是一笑。

兩人正談話的時候，飛鳥兒都飄飄飛在半空，他們也沒有留神，耳中也聽不到什麼。待到他們回過去，抬起頭來看時，早見一隊兵士們，靜悄悄的站在他們面前，後面又跟著許多村裡的百姓，個個對他兩人笑迷迷的。把個百里姑娘羞得粉臉通紅，恨不得有個地洞鑽下去。耳中聽得幾百人齊聲嚷道：「貝勒大喜啊！百里格格大喜啊！三姓的百姓大喜啊！」嚷過了一齊上來，男的簇擁著布庫裡雍順，女的簇擁著百里姑娘上了馬，大家圍在他倆的馬前馬後，走著喝著，直送到他們的屋子裡。一面有十四個管事人上來，勸貝勒在當夜娶百里姑娘做福晉。貝勒答應了，管事人出去，便召集了村坊上許多百姓，把這件事對他們說了。合村的人，便個個高興，人人踴躍，頓時角聲到處吹動，貝勒府上空地上人山人海擠滿了。場中立著大旗杆，有四個薩滿，全副打扮，上前來祭堂子。貝勒和福晉，也跟著拜過。四下里百姓一片歡呼聲。接著有十六個跳神的女孩兒，打扮得千伶百俐，在中間跳著，又有十四個村的管事人，齊來送禮賀喜，貝勒便留他們在空地上吃酒吃肉，只吃到黃昏時候，院子裡燒著天燈，他們兀只嚷著添酒，鬧得不肯罷休。貝勒這時也喝得酩酊大醉，百里福晉扶著他進屋子去，雙雙睡倒，做了百年的好夢。

到了第二天百里福晉醒來，想想自己父母在時，為婚姻之事也不知操了多少心，總是自己看不中男人，直蹉跎過去。如今沒想到六十歲的老處女，卻嫁給了這二十歲的少年貝勒，看來這位貝勒又是個有兒女恩情、英雄虎膽的。我如今嫁了他，卻不可埋沒了他男兒的志氣，須得要拿出我生平的智謀來，幫助他做一番事業，才不冤枉和他做一場夫妻。福晉想定了主意，貝勒正從夢裡醒來，見了這位新娘，和他並頭睡著，雖說是一個老美人，但在枕上望去，還很有風韻。貝勒伸手過去，拉住了她的手，十分親熱。福晉便在被窩裡，和他商量國家大事。第一件事體，要把全村的人，搬去一個山水險要的所在，築起城堡來，自成一國，一面多練兵士，出去併吞鄰近的部落，慢慢的成一個大國。那時莫說一個貝勒，便是做一個可汗也是分內的事。貝勒聽了福晉一番話，頓時雄心勃勃，從被窩裡直跳起來，立刻召集了十四村的管事人，商量遷地築城的事體。大家十分贊成，貝勒又問起，這裡左近有什麼山水險要的地方？

一句話不曾說完，只見門簾一動，一個花枝招展似的福晉走了出來。大家忙搶上去行過禮。不知福晉出來有什麼話說，且聽下回分解。

# 燈前偷眼識英傑　林下逐鹿遇美人

話說百里福晉，雖是做新娘娘，但她是十分關心國家大事的。她站在屏門後面，聽貝勒和眾人商量築城的事體，她便一掀門簾，娉娉婷婷走了出來。大家見她脂光粉氣，儀態萬分，不由得心中十分敬愛，一字兒站了起來，向她請安。貝勒也站起來，讓她並肩坐下。福晉便開言道：「貝勒不是要找一個山水險要的所在，築我們的城池嗎？俺自幼兒便聽得俺父親常說，離此地西面三里路，穿過俄漠惠的大樹林子，原有一座鄂爾多里城，這座城池，原是俺祖宗造著的。只因俺祖宗自吃明太祖打出關來以後，便退守著這座鄂爾多里城，後來又吃蒙古人打進城來，殺的殺，燒的燒，可憐一座好好錦繡城池，到如今弄得敗井頹垣。那時候俺們元朝的子孫東流西散，後來蒙古人去了，才慢慢的又回到舊時地方來，成了這十四座村落。如今貝勒不做大事則罷，倘要建功立業，依俺的愚見，不如把俺全村的人搬到鄂爾多里城去。那地方三面靠山，一面臨水，地勢十分險要。原有舊時建築的城牆，如今我們修理起來，比重新建築一座城池總要省事得多。」

福晉說到這裡，貝勒十分高興便接著說：「百聞莫如一見，福晉既然這樣說，俺們何妨親自去檢視一遭？」大家聽了，都說不錯，立刻走出屋子，個個跳上馬背。三四十匹馬，著地捲起一縷塵土，穿過樹林，越過俄漠惠平原，眼前便露出一帶城垣來。那牆根高高低低依著山腳，繞一個大圈子。貝勒定睛看時，不覺微微一笑，過去在福晉耳朵邊低低的說了幾句。福晉聽了，不覺臉上起了一朵紅雲，原來這地方便是前日他兩人並肩兒坐在石上接吻的地方。前日他們坐的一方大石，便是鄂爾多里城腳。這也是他夫妻二人合該重興滿族，所以在這三生石上結上良緣。當時他夫妻兩人騎在馬上四面一望，只見一帶山崗，從東北角上直走下來，三面環繞著，好似一把交椅一般，把鄂爾多里城緊緊抱在懷裡。一股牡丹江水，勢如騰馬，從西北流來，原是一個進可以戰，退可以守的所在。貝勒看了，不覺大喜，一面出榜，召集人工，一面和管事人天天在貝勒府裡籌劃遷居的事體。好個貝勒，真是公而忘私，國而忘家，他整整的忙了三年工夫，居然把這座舊時的鄂爾多里城，重新建造起來。望去蜿蜒曲折，好一座雄壯的城池。城裡街道房屋，也粗粗齊備，十四座村坊的百姓，一齊搬了進去，頓時人馬喧騰，雞鳴犬吠，成了一座熱鬧市場。城中央造一座貝勒府，貝勒夫妻兩人，住在裡面。到了第二年上，福晉居然生了一個兒子。這時福晉已是六十四歲了，生下來的男孩卻是聰明結實，合城的人誰不歡喜？頓時家家供神，替他祝福。

這時，貝勒天天帶了兵馬出城，四處征伐。那時忽剌溫野人沿著黑龍江岸，向西南面下來，十分凶殘，見人便殺，見牲口便搶，連明朝的奴兒干政廳也被他燒毀了。海西一帶的居民，逃得十室九空。看著忽剌溫野人直殺到長白山腳下，布庫裡雍順貝勒聽了不覺大怒，便親自帶了兵隊，埋伏在長白山腳下，見野人來了，便迎頭痛擊。打得他們棄甲抛盔，不敢正眼看鄂爾多里城。從此鄂爾多里的名氣一天大似一天，四處來投降的部落一天多似一天。貝勒便一一收撫他們，教導他們如何練兵，如何守地。這裡十多年工夫，吃的一口安樂茶飯。百里福晉直到八十八歲死了。鄂爾多里地方，死了這個老美人，不但全城的人痛哭流涕，便是那雍順貝勒，也朝思暮想，神思昏昏。想一回，哭一回，好似小孩子離了媽媽子一般，弄得他茶飯無心，啼笑無常，慢慢的成了一個病症，跟著他千恩萬愛的妻子死去了。這裡合城的管事人，公舉他兒子做了鄂爾多里貝勒。這鄂爾多里貝勒，倒也勤儉愛民，太平過去。這樣子又傳孫，孫又傳子，那國事興旺一天勝似一天。歷代的貝勒，都遵著雍順貝勒的遺訓，教練著許多勇猛強悍的兵士，貝勒帶著，到處攻城掠地。看看那鄰近的城池，都被他收服下來了。

東北一帶地方，本是海西女真忽剌溫野人的地界。講到忽剌溫野人，尤其凶悍，他們自從在雍順貝勒手裡吃了一個敗仗以後，雖不敢再來侵犯鄂爾多里城，但鄂爾多里人也不敢來侵犯他。鄂爾多里西南面，有一座古埒城，又有一座圖倫城。這兩座城池，地方又肥美，天氣也溫暖，鄂爾多里人早已看得眼熱，時刻想去併吞他。後來到了春天的時候，馬肥草長，鄂爾多里貝勒，帶了大隊兵士，到古埒城去威逼他投降。這時古埒城外，滿望都是營帳，刀戟如林，兵士如蟻。古埒一個小小的城池，平日全靠明朝保護，如今突然被鄂爾多里兵圍住了，便是要喚救兵，也是來不及。他西面的圖倫城，緊接遼西，遼西城裡有一個明朝的總兵鎮守著。圖倫城主，看看事機危急，便悄悄的派人到遼西去告急。遼西總兵立刻派了大隊人馬前去救應。只差得一步，那古埒城早已被鄂爾多里人收服去了。那總兵官十分生氣，派了差官，去見鄂爾多里貝勒，埋怨他不該併吞天朝的屬地。

鄂爾多里貝勒，見明朝的總兵出來說話，十分害怕，他只推說是手下的游牧百姓不好，誤入古埒城，如今既蒙天朝責問，情願自己也做明朝的屬國，年年進貢，歲歲來朝。那時遼西總兵聽了他一派花言巧語，當即轉奏朝廷，鄂爾多里貝勒便派了十二個管事人，帶著許多野鳥異獸、人蔘貂皮，跟著到北京城去進貢。明朝皇帝，見鄂爾多里人來進貢，便用十分好意看待他，傳旨在西偏殿賜宴。管事人出京的時候，又賞他許多金銀綢緞。鄂爾多里貝勒，得了明朝的賞賜，覺得萬分榮耀，拿著賞賜的對象，四處去誇耀著。

這時海西人和忽刺溫野人見鄂爾多里如此榮耀，心中便萬分嫉妒。兩個貝勒商量著，也派人到明朝進貢去，進貢的是馬、貂鼠皮、舍利孫皮、青海兔鶻、黃鷹、阿膠、海牙等許多東西。這個風聲傳到鄂爾多里貝勒耳朵裡，怕海西人和忽刺溫得了好處，便又派人到中國去第二回進貢。明朝皇帝看了這情形，知道這三處地方人，各存嫉妒之念，便來一個公平交易，把鄂爾多里改稱建州衛、忽刺溫改稱女真衛，海西改稱海西衛；貝勒都加封做指揮使。鄂爾多里貝勒，從此改稱建州衛指揮使。那建州衛自從有了指揮使以後，越發兵強馬壯，到處擄掠。他又怒恨明朝，是他第一個進貢，不應和女真衛、海西衛一樣看待。他第三回派人到明朝去進貢，要求皇帝加封。這時宣德皇帝，看看建州衛人一天強似一天，便想了一個以毒攻毒的計策，要借建州兵力，去壓服海西女真人，便又加封他做建州衛的都督。給他一印一信，叫他世世代代守著。另外又賞綵緞四表裡，折紗絹兩匹。封管事人做都指揮，賞他綵緞二表裡，絹四匹，折紗絹一匹。做都督滿了三年的，又賞他大帽金帶。

從此以後，建州衛都督目中無人，他在鄂爾多里城裡，便大興土木，仿北京的樣子，造了許多宮殿。又從百姓家裡挑選十多個美貌女孩兒，送進宮去，做他的妃子。都督天天摟著妃子吃酒，夜夜抱著妃子睡覺，兵也不練，事也不管，派了都指揮到四處百姓家裡搜刮銀錢，供他一人的使用。弄得天怨人怒，民窮財盡，再加田地連年荒旱，即歷任的都督，只知道享福行樂，百姓天天在野地裡凍死餓死，他也毫不過問。

這時女真衛指揮使，見建州衛都督官級在他之上，心中很不甘服，趁他都督在昏迷的時候，便悄悄的派了兵隊到建州衛城外四處村落地方，強搶土地，姦淫婦女。那都指揮官趕到都督府裡去告急，可笑那都督左手抱著美人，右手擎著酒杯，聽了都指揮的話，迷迷糊糊的說道：「我們尋快活要緊，百姓的事，由他們去！」那都指揮官求發兵去保護百姓，都督笑笑，說道：「明天我要帶兵士們出城打獵去，誰有空工夫去保護百姓呢？」那都指揮聽都督說的不像話，便氣憤憤的走出府來。這時府外面聚集了許多百姓，打聽府裡的消息。都指揮一長二短的對大眾說了，氣得人人咬牙切齒。只聽得轟天雷似的發一聲喊，說道：我們去殺了這昏都督再說話！一窩蜂似的擁進府去。這時府裡的衛兵，要攔也攔不住，外面人越來越多，擠七八百人，在刀架上奪了刀槍，打進後院。都督正抱著兩個妃子，在那裡說笑，才一回頭，頭便落地。可憐一班脂粉嬌娃，都被他們一個個拖出院來，奸死的奸死，殺死的殺死，剝得赤條條的，七橫八豎，抛在院子裡。都督的母親、妻子，也被亂民殺死，最可憐的，一個十六歲的女孩兒，被許多人綁在柱子上拿火燒死。這一陣亂，從午牌時分亂起，直亂到中牌時分，都督府裡殺得屍積如山，血流成河，真是殺得半個不留。

事過以後，查點人數，獨獨少了都督的兒子范察。這范察是都督最小的兒子，年紀才得十二歲，這一天正跟著工班兵士們在城外打獵，一頭兔子從他馬前走過，他便把馬肚子一拍，獨自一人向山坳裡追去。看著越追越遠，那頭兔子也便去得影跡無蹤。范察無精打採，放寬了韁繩，慢慢的踱著回來。才走出山坳，忽聽得一株大樹背後，有人唧唧噥噥說話的聲音。范察雖說年小，卻是機警過人，當時他便停了馬蹄，側耳靜聽。只聽得一個人說道：「如今我們把都督一家人殺得乾乾淨淨，只溜了這小賊范察。從來說的斬草除根，如今新都督派我來把范察哄進城去，那時連你也有重賞。」范察聽到這裡，也不候他說完，撥轉馬頭便跑。後面兵士，見走了范察，便也拍馬趕來。二三十匹快馬，一陣風似的向前趕去。范察一人一馬，在前面捨命奔逃，看看被追上，他急扯轡頭，向樹林裡一繞，繞到岔道上去。范察心生一計，看看天色漸晚，樹林中白蕩蕩一片暮色。他便跳下馬來，把馬趕到小道上去，自己忙脫下衣服來，罩住馬臉，又折一枝樹枝來，頂在自己頭上，下身埋在長草堆裡，挺挺的站著，動也不敢動。

這時夕照銜山，鴉鵲噪樹。說也奇怪，便有一群鵲兒，從遠處飛來，聚集在范察頭上的樹枝上聒噪著。那一隊追兵，一陣風似的在他面前跑過，嚇得范察連氣也不敢喘——喘。直到那追兵去遠了，才低低的說了一聲：慚愧！正要丟下樹枝走時，誰知那追兵又回來了！到樹林外面一齊跳下馬，到林子裡面來找尋。這時直把個范察急得魂靈兒出了泥丸宮，痴痴呆呆的半晌。清醒過來一看，林子裡早已靜悄悄的，不知什麼時候，那追兵已經去了。范察急急丟下樹枝，向長草堆裡奔去。一會兒，眼前已是漆黑，伸手不見五指，他在黑漫漫的荒地裡跑著，正是慌不擇路，不分東西南北的亂跑了一陣。眼前忽然露出微微的燈光來，他便努力向燈光跑去。跑到一個所去，一帶矮牆，裡面紙窗射出燈光來。

范察忙上去打門，裡面走出一個老頭兒來，問：「什麼地方的小孩兒，深夜裡打人門戶？」范察上去，只說得一句：「俺爸爸媽媽……」便嚎啕大哭起來。原來這時范察想起他父母被殺死，不由得痛入心肝，迴心一想，我如今逃難出來，不能讓人知道我的真實情形。忙打著謊話，對老頭兒說道：「俺跟著父母出來打獵，走到淺山裡，遇到狼群，父母雙雙都被狼子拖了去，所有行李馬匹，都丟得乾乾淨淨，只逃出一個光身人兒。可憐我人生路不熟，在山裡轉了一天一夜，才轉到這地方，求你老人家搭救我吧！」

老頭兒見他面貌清秀，說話可憐，便收留了他，拉他走進屋裡去。只見炕上一個老婆婆和一個姑娘，盤腿兒坐著，湊著燈光，在那裡做活計。那個姑娘和范察年紀不相上下，她一邊聽他父親說話，一邊溜過眼來看著范察，從頭到腳打量著，臉上露出微微的笑容來。原來這人家姓孟格，老頭兒名圖洛，是世代務農。傳到圖洛手裡，老夫妻一對，膝下只有一個女兒。他們正盼望來一個男孩兒，也可以幫著照看田裡的事體，如今果然來了一個男孩兒，相貌又十分清秀，他兩老如何不樂。當時便把范察留了，每天叫他幫著看牛看羊。范察是一個富貴嬌兒，如何懂得這些營生，虧得圖洛的女兒蕎芳，和他說得上，在一旁細細的教導他。

光陰如箭，一轉眼又是六年工夫，范察十八歲了，他和蕎芳姑娘情投意合，你憐我惜，從早到晚真是寸步不離。圖洛夫妻倆，也看出他們的心事來了，便挑選個好日子，給他兩人交拜了天地，成了夫婦。范察到這時，才把自己的真實情形說了出來。蕎芳姑娘聽說他丈夫是都督的兒子，不禁嚇了一跳。但是那建州衛，這時正在強盛的時候，也奈何他不得。一轉眼，圖洛老夫妻倆一齊死了。再過幾年，范察夫妻倆也跟著死了。這一所田莊，傳給范察的兒子，兒子又傳給孫子，一代一代的傳下去。傳到他孫子孟特穆手裡，便成了一座大莊院。一望八百畝田地，都是他家的，還有十座山地，種著棉花果樹。院子裡養著二三百個壯健的大漢，空下來的時候，也講究些耍刀舞棍，練得一身好武藝。

原來孟特穆也是一位天生的英雄。他知道自己是富貴種子，不甘心老死在荒山野地裡，做一個莊稼人，因此他天天教練這班大漢，刻刻不忘報他祖宗的仇恨。直到孟特穆四十二歲上，他報仇的機會到了。建州衛都督，帶了一班軍士們，在蘇克蘭滸河，呼蘭哈達山下，赫圖阿哈地方打獵。那呼蘭哈達山，和圍屏一般，三面環抱，兩峽對峙，中間露出一線走路，只容一人一騎進出。孟特穆打聽這個消息，先帶了三百壯丁去埋伏在山坳裡。這時，建州衛都督，正在赫圖阿哈平原上往來馳騁，忽聽得一陣狼嗥的聲音，從山峽裡發出來，都督忙一揮手，向山峽口跑來，後面跑著四十個親兵，直跑到山峽裡面，四面靜悄悄的，只見一片叢莽，並沒有狼的影跡。都督正懷疑時，只聽得一聲吶喊，四下里伏兵齊起，齊向都督馬前奔來。都督正撥轉馬頭走時，那山峽口早被亂石抵住。兩面混戰一場，這四十名親兵和都督，一齊被他們困住。孟特穆吩咐一聲殺，莊丁們一齊動手，和切菜頭似的，手起刀落，滿地滾的都是人頭。看看殺了二十多個人，那都督嚇得在地上磕頭求饒，情願把建州城池和都督印信，一齊獻還。孟特穆看他說得可憐，便點頭答應。一面派一百名壯丁，押著都督在後面走著，自己帶著二百名壯丁，先走出峽口去。把如何祖宗被害，如何今天報仇，對兵士們說了。那些兵士們見都督被擒，大家便爬在地下磕頭，願意投降新都督。孟特穆便帶了這班兵士，耀武揚威的走到建州城裡，取了都督的印信，一面派人到明朝去請封，一面把舊時的仇人一齊捉住，挑選那有名的殺了，其餘的通通趕出城去。

這時候明朝把孟特穆封做建州衛都督。孟特穆為不忘報仇起見，把都城搬到赫圖阿哈住著，娶了一房妻子、生下兩個兒子來。大兒子名叫充善，第二個兒子名叫褚宴。充善又生了三個兒子，大兒子名叫妥羅，第二個兒子名叫妥義謨，第三個兒子名叫錫寶齊篇古。錫寶齊篇古又生了一個兒子，名叫福滿。福滿卻生了六個兒子：第一個德世庫，第二個劉闡，第三個索長阿，第四個覺昌安，第五個包朗阿，第六個寶實。福滿做了都督，後又把位置傳給覺昌安。又造著五座城池，分給兒子們居住，德世庫住在覺爾察地方，劉闡住在阿哈阿洛地方，索長阿住在河洛噶善地方，包朗阿住在尼麻喇地方，寶實住在章甲地方。

這五座城池離赫圖阿喇地方，近的五里，遠的二十里，統稱寧古塔貝勒。這六位貝勒，出落得個個英雄，威武有力，遠近的部落，都見了他害怕。只有西面碩色納部落，生了九個兒子，自小歡喜搬弄武器，閒著無事，四處打家劫舍，鄰近部落吃了他的虧，也是無可如何。東面又有一個加虎部落，生了七個兒子，也和狼虎一般，到處殺人放火。

有一天，碩色納部落九個兒子，趕到加虎部落裡去比武。兩家說定，誰打敗了便投降誰。他兩家弟兄，從上午直打到下午，只得一個平手。後來加虎部落裡有一個人，能夠連跳過九頭牛身，碩色納九個弟兄看了，十分佩服，兩家便結為兄弟，說定有福同享，有禍同當。正說話時，忽見人堆裡擠出一個少年來，生得面如撲粉，唇若塗脂。他也不招呼人，大腳闊步走到那九頭牛身旁，兩手攀住牛角，使勁一扭，那牛「啊」的一聲叫喊，早已扭斷頸子，倒在地下死了。那第二頭牛，第三頭牛，如法炮製，一霎時，那九頭牛，都給他結果了性命。他一揮手，後面來了二十個大漢，一齊動手，扛著牛便走。這時碩色納部落的人和加虎部落的人，再也耐不住了，便齊上前去攔住，和他講理。那少年也不多說話，拔出拳頭便打人，不知他那裡來的神力，凡是近他身的，都被他摔出三五丈遠，倒在地下，爬不起身來。這兩個部落的人，看了十分惱怒，齊聲說道：這不是反了麼！一聲喊，一齊撲上前去，把那個少年和二十多個大漢團團圍住，圍在核心。那少年不慌不忙，指揮那二十多個大漢，各人背著背，四面抵敵著。從下午打起，直打到黃昏人靜，那少年卻不曾傷動一絲一發，倒是這兩個部落的人，叫他們打倒了許多。

正不得脫身的時候，忽聽得正南角上發一聲喊，接著捲起狂風似的，來了一隊兵馬。這兩部的人，看看不是路，忙丟下這少年，轉身逃去。一個前面跑，一個後面追，看看追到一個大村落裡。村落前面，攔著一帶木柵。這兩部人逃進了村落，把柵門緊緊閉住。那少年領著這隊人馬，在柵前討戰，兵士們百般辱罵。停了一會，柵門開處，裡面也出來一隊人馬。兩隊人馬接住，便在樹前大戰起來。那少年的兵馬，是久經戰陣的，也不把這班村人放在眼裡，不多時，早已和秋風掃落葉似的，把村裡的人馬打得落花流水。少年一拍馬，後面兵士們也跟進去，見人便殺，見物便擄。可憐碩色部九個弟兄，卻死了四個，加虎部七個弟兄，卻死了三個。其餘的一齊捆綁起來，押在馬後，被這少年帶進城去。

這少年不是別人，正是那福滿的孫子，寶實的兒子，名叫阿哈那渥濟格。他跟著父親，住在章甲城裡，長得好一副俊秀的面貌，又是一副銅筋鐵骨。他也聽得人說，碩色納和加虎兩個部落的人如何難惹，他卻偏要去惹一惹。這一天果然大獲全勝回來，把擄得的牲口、婦女，獻與父親，寶實不敢自私，便去轉獻給都督覺昌安。覺昌安一面賞了渥濟格的功，一面檢點人馬，重複到碩色納、加虎兩部落去，檢視一回，把左近二三十個村坊，都收服了。從此凡五嶺以東、蘇克蘭滸河以西二百里地方，都歸入建州衛部下。

這渥濟格立了這次大功以後，覺昌安便留他住在自己城裡，和他一起同起同坐，十分親愛。渥濟格面貌又長得可人意兒，裡面福晉格格沒有一個不和他好。覺昌安的福晉，很想給他做一個媒，勸渥濟格娶一房妻室。渥濟格說：「倘沒有天下第一等美人，我願終身不娶。」這一天，他跟著叔父出東城去打獵，那座山離城很遠，便帶了篷帳，住在山下。第二天，渥濟格清早起來，獨自一人跨著馬，向樹林深處跑去，見一群花鹿，在林子外面跑著。他便摸了一摸弓箭，一拍馬向前跑去。誰知那群花鹿，聽得馬蹄聲響，早已去得無影無蹤。看看對面也有一座林子，渥濟格便又趕進林子去，睜眼看時，卻見一個花枝招展的美人兒，低鬟含羞，騎在馬上。把個目空一切的英雄，早看得眼花撩亂口難言，魂靈兒飛去半邊天了。要知這美人是誰家的女兒，且聽下回分解。

桃花馬上，紅粉嬌娃。看她一雙小蠻靴，輕輕的踏住金鐙；一雙玉纖手，緊緊的扣住紫韁。回眸一笑，百媚橫生。渥濟格跨在馬上，怔怔的看著，魂靈兒虛飄飄的，幾乎跌下馬來。那美人兒看他呆得可笑，又回過頭來，低鬟一笑，勒轉馬頭跑去。這渥濟格如何肯舍，便催動馬蹄，在後面緊緊跟著。八個馬蹄和串子線似的一前一後走著，看看穿過幾座林子，抹過幾個山峽，那美人忽的不見了。這地方是個山谷，四面高山夾住，好似落在井圈子裡。腳下滿地荊棘，馬蹄被它纏住，一步也不能行動。渥濟格痴痴迷迷的如在夢中，那顆頭如潑浪鼓似的左右搖擺著，尋找那美人。一眼見那妙人兒，立刻在高崗上，對他微微含笑，渥濟格見了，好似小孩子見了乳母似的，撲向前去。無奈滿眼叢莽，那馬蹄兒休想動得一步。渥濟格急了，忙跳下馬來，撥開荊棘，向叢莽中走去。那樹枝兒刺破了他的頭面，刺藤兒拉破了他的衣袖，他也顧不得了。腳下山石高高低低，跌跌僕僕的走著。可憐他跌得頭破血流，他也不肯罷休。賣盡力氣，走到那山崗下面。看看那峭壁十分光滑，上去不得。渥濟格四面找路時，也找不出一條可以上山的路，只有那高崗西面，在半壁上，略略長些藤蘿，渥濟格鼓一鼓勇氣，攀藤附葛的上去。幸得有幾處石縫，還可以插下腳去，爬到半壁上，已經氣喘吁吁，滿頭是汗。渥濟格也顧不了這許多，便鼓勇直前，看看快到山頂，那山勢愈陡了。誰知渥濟格腳下的石頭一鬆動，撲落落滾下山去。這時渥濟格腳下一滑，身體向後一仰，跟著正要跌下山去。那山崗上的美人看了，到底不忍，便急忙伸出玉臂來，上去把渥濟格的衣領緊緊拉住。渥濟格趁勢一躍，上了山崗，一陣頭暈，倒在那美人的腳下。

這美人看渥濟格的臉兒，倒也長得十分俊美，心中不覺一動，又看他滿身衣服扯得粉碎，和蝴蝶一般，那頭臉手臂，都淌出血來。那美人兒從懷裡掏出汗巾來，輕輕的替他拭著，汗巾上一陣香氣，直刺入渥濟格的鼻管裡。他清醒過來，睜眼看時，正和美人兒臉對臉的看個仔細。她有一張鵝蛋似的臉兒，擦著紅紅的胭脂，一雙彎彎的眉兒，下面蓋著兩點漆黑似的眼珠，發出亮晶晶的光來，特別覺得異樣動人。再看她額上，罩著一排短髮，一綹青絲，襯著雪也似的脖子，越發覺得黑白耀眼。最可愛的，那一點血也似的朱唇，嘴角上微含笑意。渥濟格趁她不留意的時候，便湊近臉去，在她朱唇上親了一個嘴。那美人霍的變了臉了。緊蹙著眉峰，滿含著薄怒，一摔手，轉身走去。渥濟格急了，忙上去拉住她的衣角兒。那美人回過臉來正顏厲色的問道：「你是什麼地方的野男人？」一句話不曾完，便颼的拔出刀來便砍。渥濟格伸手扼住她的臂膀，一面把自己的來蹤去跡說明白了，又接著說了許多求她可憐的話。那美人聽他說是都督的侄兒，知道他不是個平常人，又看看他臉上十分英俊，聽他說話又是十分溫柔，便把心軟了下來，微微一笑，把那口刀收了回去。渥濟格又向她屈著膝跪了下來，說願和她做一對夫妻。那美人聽了，臉上罩著一朵紅雲，低著頭說不出話來。禁不住渥濟格千姑娘、萬姑娘的喚著，她便說了一句：「你留下你的頭髮來。」一摔手，跨上馬，飛也似的下崗去了。

這「割下頭髮來」的一句話，是他們滿族人表達男女私情最重要的一句話。意思說男人把頭髮割去了，不能再長；愛上了這個女人，不能夠再愛別的女人。女人拿了男人的頭髮，這一顆心從此被男人絆住了。那美人說這句話，原是心裡十分愛上了渥濟格，只因怕羞，便逃下山去了。這裡渥濟格聽了這美人嬌滴滴、甜蜜蜜的一句話，早已把他的魂靈從腔子裡提出來，直跟著那美人去了。他怔怔的站著，細細的咀嚼那一句話的味兒，不由得他哈哈大笑起來。笑過了，才想起我不曾問那美人的名姓，家住在什麼地方。他想到這裡，便拔腳飛奔，直追下山崗去。你想一個步行，一個騎馬，如何追得上？渥濟格一邊腳下追著，一邊嘴裡「姑娘」「姑娘」的喊著，追到山下，滿頭淌著汗，看不見那美人兒的蹤跡。渥濟格心中萬分懊悔，一轉眼見他自己的馬，卻在那裡吃草，他便跨上馬，垂頭喪氣的回去。

渥濟格回到得都督府裡，他的伯媽見他臉上血跡斑斑，身上衣服破碎，不覺嚇了一大跳。忙問時，渥濟格便一五一十的說了出來。他伯母和他姊姊聽了，不覺笑得前俯後仰。他姊姊還拍著說道：「阿彌陀佛！這才是天有眼睛呢！我媽媽好好的替你說媒，你卻不要，今天說什麼美人，明天說什麼美人，如今卻真正說出報應來了。」渥濟格這時正一肚子骯髒氣沒有出處，又聽他姊姊們冷嘲熱罵，把他一張玉也似的臉兒急得通紅，雙腳頓地，說道：「我今生今世若不得那美人兒做妻房，我便剃了頭髮做和尚去！」正說著，他伯父覺昌安一腳跨進門來，見了他侄兒問道：「你怎麼悄悄的回來了？我打發人上東山上找你去呢！」福晉笑著說道：「你知道嗎？這位小貝勒在東山上會過美人來呢！」覺昌安忙問：「什麼美人？」他大格格又搶著把這番情形告訴他父親。渥濟格撲的跪在地下，求他伯父替他想法子去找尋那美人，務必要伯父做主，把那美人娶回家來。他伯父原是很愛這侄兒的，便滿口答應。說：「既是在我們左近的女孩兒，想來不難找到的。我的好孩子，你不要急壞了身子。」從此以後，覺昌安便傳出命令去找尋那美人。不消三五天工夫，便把那美人查出一個下落來。

原來那美人並不是寧古塔人，是那巴斯翰巴圖魯的女兒，長得有沉魚落雁之容、閉月羞花之貌。今年二十歲了，她父親十分寵愛，遠近各部落裡的牛錄貝勒都向巴斯翰來說媒，巴斯翰總一概拒絕。他心裡早有一個主意，他想：我女兒這樣一個美人胎子，非嫁一個富貴才貌樣樣完全的丈夫不可。因此他凡是有來說媒的，他看不上眼的，便也不和女兒商量，一概回絕了。過了幾天，覺昌安忽然派人來向巴斯翰求親。巴斯翰見堂堂都督居然來向他求婚，當初認做都督自己要娶去做福晉，心中萬分願意，只是嫌覺昌安年紀大些，怕對不起女兒。不然，都督的兒子要娶他女兒去做妻房，年紀又輕，將來又是一位都督，卻也算得富貴雙全。待那人開出口來，卻是替都督的侄兒來說媒，心裡已是有幾分不願；又聽說在東山上和他女兒見過面，難免裡面沒有調戲的事體，心裡越發不願意。只是礙於都督的面子，不好立即回絕，只說：「請渥濟格小貝勒自己來當面談談，俺們先結一個交情，慢慢的提親事罷！」巴斯翰的意思，也想看看這渥濟格品貌如何。

過了幾天，那渥濟格居然來了。一走進門，便大模大樣的。他自以為是都督的侄兒，你這一個區區巴圖魯，真不在我眼裡。當下他便對巴斯翰說道：「令愛在什麼地方？請出來俺們見見。」巴斯翰聽了，不由得勃然大怒。便冷冷的說道：「小女生長深閨，頗守禮教，不輕易和男子見面的。」渥濟格說道：「我和她將來有夫妻之份，見見也不妨事！」巴斯翰不待說完，接著說道：「小貝勒卻來得不巧了，昨天俺已經把小女的終身許給別人了。」渥濟格忙追問：「許給了什麼人？」巴斯翰說道：「是俺女兒自己作主，許給董鄂部酋長克輣巴顏的兒子額爾機瓦額了。」渥濟格不聽此話時猶可，聽了此話，不由得他三魂暴跳、七竅生煙，兩隻眼珠睜得大大的，說不出話來。半晌才說得一句：「果然是令愛自己作主的嗎？」那巴斯翰冷笑一聲，不去睬他。渥濟格急了，颼的拔出一柄腰刀來。巴斯翰認做他要廝殺，忙也拔下腰刀拿在手裡。誰知渥濟格並不是殺人，只見他一舉刀，把那支辮髮齊根割了下來，向桌上一丟，說道：「請你拿這個去給令愛看，我渥濟格今生今世若不得令愛為妻，也算不得一個頂天立地的奇男子！」說著，他便頭也不回，大步走出門去了。

董鄂部的額爾機瓦額原也向巴斯翰求過親，他的人品才貌，巴斯翰也深知道，勉強也配得上他女兒。如今見事體急了，巴斯翰便給他個迅雷不及掩耳，在三天之內真的把他女兒嫁到董鄂部去。風聲傳到渥濟格耳朵裡，愈加恨入骨髓。不多幾天，那額爾機瓦額一個人騎著馬，在八達山下閒逛，忽然從山坳裡跳出九個大漢來，七手八腳，把額爾機瓦額拖下馬來，九柄鋼刀一齊下去，早斬成肉泥。隔著兩天，克輸巴顏才在山中找出他兒子的屍首來。巴顏膝下只有這個兒子，叫他如何不傷心痛恨！他一面收拾兒子的屍首，一面查拿凶手。到處貼下告示，說倘然有人知道凶手的名姓，便賞一百頭牛、一百匹馬和十斤金子。這個消息一傳出去，便有人沸沸揚揚說：九個凶手裡面也有一個叫渥濟格的，只因渥濟格是建州衛都督的侄兒，沒有人敢出來出首。可憐瓦額，好好一個英俊男子，只因娶了一個美貌妻子，送去了自己的性命！屍首抬進城去，他父親巴顏，看見親生兒子遭人毒手，弄得血肉模糊，心中好不悽慘，抱住屍身，一場大哭。他媳婦兒也跟著嬌啼宛轉，一聲「郎君」，一聲「兒夫」，哭得一屋子的人，個個酸心，人人下淚。

正在傷心的時候，外面報導：巴斯翰巴圖魯來了！巴顏正要出去迎接，巴斯翰已經走進內院來，見了他女兒，一把拖住。他女兒跪在父親面前，口口聲聲說：「要求爹爹替丈夫報仇！」巴斯翰勸住了女兒的哭，一面對他親家巴顏說道：「我在外面打聽得謀死你兒子的不是別人，正是那建州衛都督的侄兒渥濟格。」巴顏聽了，便十分詫異。忙問：「渥濟格和我兒子前世無仇，今世無怨，為什麼要下這般毒手？」巴斯翰吃他一句話問住了，一時回答不出話來。回過頭去，向他女兒看了一眼。他女兒起初見丈夫遭人毒手，滿肚子懷著怨恨，如今聽說那凶手是渥濟格，不覺臉上一紅，心腸一軟。回想到從前和他在山崗上想見那種痴情的樣子，後來親自上門來求親，割下頭髮來，那種熱烈的愛情，我原不該辜負他的。只因我父親一時固執，打破我倆的姻緣。如今鬧出這一場禍來，真是前世的冤孽！她想到這裡，見父親正回過頭來看她，由不得她低低嘆了一口氣，拿羅帕掩住粉臉，趦進內房去了。巴斯翰見女兒進去了，才把那渥濟格和他女兒的前因後果，原原本本的說了出來。

巴顏不聽猶可，一聽了這個話，不禁氣憤填膺，開口便罵：「老糊塗！你女兒在家結識了情人，不該害我的兒子。」巴斯翰也不肯讓他，兩親家在屋子裡對罵起來。他們關外人性情特別暴躁，一言不合，便拔刀想見。當時他兩親家各個拔下佩刀來。兩廊下的侍衛，聽屋子裡鬧得不成樣子，忙進去勸開了，一面把巴斯翰送出去，巴顏的福晉也出來把丈夫勸了進去。巴顏兩夫妻看看膝下空虛，終日愁眉淚眼，十分悽慘。巴顏終究耐不住，到了第七日上，他渾身換了戎裝，上了大校場，喚齊部下各城章京，各個帶了本城的軍隊，齊集聽令。巴顏站在將臺上，把渥濟格如何謀殺瓦額，建州衛人如何欺侮董鄂部人，說得慷慨淋漓。部下的兵士聽了，個個摩拳擦掌，髮指目裂。巴顏教訓過一番，接著步馬兵士操演陣圖，到晚，各自搭帳休息。巴顏這夜也不回家，露宿在營帳裡。帳外火把燒得通明，號角嗚嗚。巴顏獨坐帳中，想起兒子死得可憐，不由他滿腹悲憤，好似萬箭穿胸。正寂寞的時候，忽見侍衛進來報說：「外面有奉哈達汗和索長阿部主來見。」巴顏聽了，不覺嚇了一跳。

這奉哈達汗，是關外數一數二的國王。他手下有雄兵一萬，名城數十座，都聽他的號令，輕易不出來找人的。如今連夜到董鄂部來，一定有什麼重大事件。巴顏忙出去迎接，一看，奉哈達汗的軍隊也有二三千人，遠遠的紮住。奉哈達汗騎在馬上，見了巴顏，忙跳下馬來，笑容滿面。兩人手拉手兒的走進帳來，索長阿部主也跟在後面。三人坐下，巴顏吩咐預備酒席。一會兒，酒席擺齊，巴顏讓奉哈達汗坐在首位，索長阿部主坐了客位。酒過三巡，奉哈達汗便開口說道：「我連夜到此，不為別事，只得知你和建州衛都督的侄兒渥濟格，結下了深仇，兩家各自調動兵馬，預備廝殺。我如今來給兩家做一個和事老，可好麼？」奉哈達汗說到這裡，停住了，暫時不說。巴顏一肚子的怨氣，叫他如何一時答應得下？只是低著頭不說話。奉哈達汗接著又說道：「你兒子是吃九個強盜殺死的，九個強盜裡面，也有一個叫渥濟格的。你須明白，這個渥濟格，不是那個渥濟格。那個渥濟格，是堂都督的侄兒，他豈肯做這樣盜賊狗竊的行為？如今都督覺昌安，為兩家和氣要緊，特意託我出來給你兩家講和。現在他侄兒渥濟格，親自帶了牛羊金帛，在營門外聽令。你若肯時，便吩咐傳他進來，當面謝過罪，還叫他拜在你膝下，做一個乾兒，解了你多少寂寞。你若不肯，我也帶著三五千精兵在此，看誰先動手，我便打誰。」奉哈達汗說到這裡，立刻把臉沉了下來。

巴顏害怕奉哈達汗的勢力，不容他不答應奉哈達汗的調解。回想到殺子之仇，又萬無講和之理。他盡自沉吟著，講不出話來。忽然耳邊一片鑼鼓喇叭的聲音，外面接二連三的報進來說：「渥濟格公子親自來犒師，現在營門外，聽候部主的命令。」巴顏看看奉哈達汗兀自沉著臉；索長阿部主眼睜睜看住他臉上，露出一種凶殘的神氣來，不由他不點頭答應。侍衛出去，一片聲嚷說：「請渥濟格公子！」一會兒，公子大腳闊步的走進來，見了巴顏，急搶上幾步，行了全禮，又退下去，恭恭敬敬站在一旁。巴顏起初見了渥濟格，原是一腔憤怒，一轉眼看看渥濟格那種英俊秀美的風度，站在眼前，好似玉樹臨風。他原是很喜歡男孩兒的，見了不由他心腸不軟下來。怎麼又經得起渥濟格滿嘴的乾爹長乾爹短，早把他一肚子的冤仇，丟向爪哇國裡去了。營門外擺列著大的牛肉羊肉；大蘿的金銀綢帛，犒賞軍士。那軍士得了賞賜，便齊聲嚷道：「多謝公子！」營帳裡面重複擺上酒席，渥濟格親自把盞勸酒。巴顏年老貪杯，又是這樣一個英俊少年站在他跟前，耳朵裡聽著親密的說話，不覺開懷暢飲，早把他灌得酩酊大醉。當夜三個人都留在帳中，寄宿一宵。

到了第二天一清早起來，巴顏帶領著進城，直到部主府中。又帶領渥濟格到內院去拜見福晉，把收渥濟格做乾兒，和凶手又是一名叫渥濟格的原因說明。那福晉見了渥濟格這樣一個漂亮人物，早歡喜得無可無不可。她膝下正苦寂寞，見了這乾兒，便留他住在府裡，每天給他好吃好玩。這時她媳婦見了渥濟格，一個是新寡之婦，一個是前度劉郎，兩人背著人，說不盡的舊恨新歡，山盟海誓。

快樂光陰，容易過去。渥濟格在府中，一住十天。渥濟格自己也帶著一千兵士來，駐紮在城外。看看渥濟格進城去，不見他出來，認做被巴顏殺死了，大家鼓譟起來，把一座城池團團圍住，口口聲聲說：「還我主將！」外面報進府去，渥濟格正和他的心上人在花園中說笑遊玩，難捨難分。後來還是那媳婦想出一條計策來，慫恿他對巴顏說：董鄂部和建州衛，本是一祖所生；現在分做十二處，形勢渙散，倘有別處兵馬到來，怕一時照顧不到，還不如兩家合在一起。如今建州兵強將廣，你老人家搬進建州城去住，有我叔叔保護著，也可以過幾天安閒歲月，享幾年福，免得提心吊膽。這一番話果然打動了巴顏的心，他帶著妻子、媳婦，跟著渥濟格搬到建州城去住。建州都督覺昌安，不費一兵一卒之力，得了董鄂部許多城池。渥濟格又因和巴顏一處住著，頗多不便。便又在董鄂部中取得兩處部落，和他心上人搬去，一塊兒住著。從此，覺昌安叔侄兩人的威名一天大似一天，占據城池，也一天多似一天。

話說索長阿部主在一旁看了，害怕建州人慢慢的侵犯到他的地界上來，便打發兒子吳泰，去求他親家哈達萬汗王臺借兵。這時王臺手下，稱女真部族，有城池二十餘座，精兵數萬，人人見了害怕。當時王臺便答應借他雄兵五千，保守各處城池。說定建州衛今倘然不犯我們的地界，我們也各守疆土，不去侵犯別人。但是他們的擔心並不是多餘的，還是那個建州都督覺昌安，他有五個兒子，好似五個大蟲，個個帶了兵馬，到處侵城掠地，打劫村坊。大兒子叫禮敦巴圖魯，第二個兒子名額爾袞，第三個兒子名界堪，第四個兒子名塔克世，第五個兒子名塔克篇古。這五個兒子裡面，要算禮敦特別英雄出眾，他在千軍萬馬之中，往來馳騁，匹馬當先，如入無人之境。這時他們直打到蘇克蘇滸河部，把全部的城池都收伏下來。部中有一座圖倫城，只因不肯投降建州人，吃他殺得屍骨如山，血流成河。滿州地方各部落，聽了這消息，人人嚇得魂飛魄散。王臺看看事體緊急，便派人到明朝去進貢，又密奏建州人強橫不法的話。明萬曆皇帝便想借重他以毒攻毒；又查王臺的祖父速黑忒，也曾受過明朝的封號，便封王臺做哈達部的右都督官，又吩咐遼東經略使，派兵送他回部。王臺得了明朝的榮寵，便十分強橫起來，各處部落投降他的也一天多似一天。他在中間暗暗的出死力抵抗建州人和蒙古人，不讓他侵犯明朝的疆土。覺昌安親自帶兵和他打仗，建州人便把王臺恨入骨髓。

這時建州地方有一個健將，名叫王杲，他手下有一大隊狼虎兵，爬山如虎，渡河如狼。他軍隊所到的地方，不用交戰，便嚇得敵人下馬歸降。五嶺以東一帶地方，都是他一個人收伏下來的。覺昌安也便另眼看待他，常常備下酒席，兩人在府中相對吃酒。有一天，是他們滿族人的娘娘節，各處娘娘廟裡打唱跳神，十分熱鬧；家家也備下酒菜，接待賓客。那時都督府中，自然也是賓客如雲，酒肉如林。王杲便要算裡邊一個上客，他帶了兒子阿太入席。當時阿太年紀只十八歲，長得好像玉樹臨風，英秀不在渥濟格以下。酒吃到一半，裡面覺昌安的妃子打發人拿出許多荷包煙袋來，賞給親族子侄輩的。連阿太也得了一個荷包。散席以後，照例要到內室去謝賞，阿太也隨著眾人進去。

這天，都督的家中也大開筵席，那五位貝勒的福晉，各個帶了子女，都在府中赴席。內中要算塔克世的大福晉喜塔喇氏長得最標緻，能說能笑，進屋子只聽她說笑的聲音。她一見了阿太，便一把拉住了，說道：「啊唷！長得好俊的小子！」說著把他推到覺昌安妃子身旁去。他婆婆已是老眼昏花，把阿太拉進身去，對他臉上身上仔仔細細的看著，把個阿太看得不好意思，嫩臉通紅起來。喜塔喇氏和塔克世的次妻納喇氏，在一旁拍手大笑。還有禮敦的福晉和妯娌們，都團團圍定了看他。妃子笑說道：「人家嬌生慣養的，哪裡見過你們這班潑辣女人的陣仗兒？還不快放尊重些。你們不看見他小臉兒脹得通紅了，怪可憐兒的。」接著納喇氏說道：「婆婆天天抱怨找不到一個好女婿，如今這位奇兒，大概可以上得婆婆的眼了。我們快不要錯過了，留他住在府裡，配我們的女孩兒呢！」一句話提醒了妃子，說道：「好啊！我們把孫女兒配給他罷。」大孫女兒，便是禮敦的大女兒，也長得面龐圓潤，體格苗條。當時禮敦的福晉聽了，便接著說道：「婆婆說好，總是好的。你老人家的眼光，絕不有錯。」正說著，都督外面進來。他本來有聯繫王杲的意思，一聽了這個話，便竭力慫恿說好。禮敦夫妻兩人，原不願把女兒嫁到遠地去，只因父母作主，也不敢反抗。不多幾天，都督府裡辦起喜事來，當然十分熱鬧。建州部下各處章京，不消說都來送禮賀喜，便是蘇克蘇滸部，渾河部，王甲部，哲陳部，鴨綠江部，瓦爾喀部，庫爾哈部，葉赫部……滿州地方有名的部主，都來道賀，都督派人一一招待。這一場熱鬧，算是建州地方數一數二的大事。那阿太娶了大孫女做妻子，那大孫女面貌又長得十分標緻，性情又十分和順，夫妻兩人又十分恩愛，那岳父岳母和妃子又看待得他十分好，他落在溫柔鄉中，真有樂不思蜀的樣子。到底大孫女關心丈夫的前程，悄悄的去替阿太求她的祖父。都督看在自己孫女兒面上，便封阿太到古埒城去做一個章京。大孫女得了這個功名，心中十分快樂，忙催著她丈夫動身，到古埒城去到任。誰知阿太兒女情長，英雄氣短，只是迷戀著妻子不肯去，一任他妻子再三勸說，他總是不去。不覺惱了這位夫人，她把臉上的胭脂一齊洗去，又把身上穿的一件錦繡旗袍，扯得一片一片和蝴蝶一般。又翻身跪在他丈夫跟前，嗚嗚咽咽的哭個不住。阿太也摟住妻子，撲簌簌的滴下眼淚來。要知後事如何，且聽下回分解。

## 腰間短刀斬伏莽　枕邊長舌走英雄

話說這位大孫女，原是她祖母十分疼愛的。人又長得乖巧，討人歡喜，闔府上下的人，沒有一個不稱讚她。遠近部落的貝勒，打聽她長得標緻，都來求婚。都是她祖母作主，要把孫女婿一齊招贅在家裡，因此耽擱下來。直到嫁了阿太章京，大孫女為丈夫的前程起見，再三催著丈夫到古埒城去；阿太意思要帶了妻子一塊兒到任去，無奈他祖母不肯，大孫女心中也是捨不得丈夫，因此兩人在房中哭得十分悽慘。侍女見了，忙去報與喜塔喇氏，喜塔喇氏報與婆婆知道。妃子聽得了，說道：「這可不得了！可不要哭壞我那寶貝啊！」說著，忙站起身來，要自己看去。納喇氏和喜塔喇氏在兩旁扶著，後面四個媳婦，還有許多侍女，圍隨著走到大孫女房裡去。

大孫女聽說祖母來了，忙抹乾了眼淚，迎接出去。妃子一見孫女雲鬢蓬鬆，衣襟破碎，便嚷道：「這可了不得！你們小兩口才幾個月的新夫妻，便打起架來了嗎？」說著，擎起旱煙桿兒，沒頭沒臉的向她的孫女婿打去。說道：「我這樣嬌滴滴的孫女兒。怎禁得你這莽漢子磋折？」大孫女見了，忙搶過去抱住了煙桿，把自己毀裝勸駕的話說出來。妃子聽了，點點頭說道：「這才像俺們做都督人家的女孩兒！」說著，又回過頭去對阿太說道：「你祖岳父好意給你一個官做做，你怎麼這樣沒志氣，迷戀著老婆不肯去？我的好孩子，你快快前去！我替你養著老婆，你放心，她是我最疼愛的孫女兒；你去了，我特別疼愛她些，包在我身上，把她養得白白胖胖的。」

她的這番話，引得一屋子的人大笑起來。獨有阿太一個人，還哭喪著臉。妃子再三追問他：「你怎麼了？」阿太忍不住「哇」的一聲哭了，跪下地來，把願帶著妻子一塊兒上任去的話說了出來。大孫女趁這個機會，也並著肩跪下地去。妃子一看，嘆了一口氣，說道：「好好！女心向外，你也要丟了我去嗎？」說著，禁不住兩行眼淚，掛下腮邊來。眾人忙上前勸住，喜塔喇氏忙把婆婆扶回房去。這裡禮敦巴圖魯的福晉，和他女兒在房裡商量了半天，他小夫妻兩人口口聲聲求著要一塊兒去古埒城去，禮敦的福晉，也無可如何，只得替女兒求著公公。到底他公公明白道理，說：女孩兒嫁雞隨雞，嫁犬隨犬，如何禁得她住？便選了一個日子，打發了他夫妻兩人上路。

到了那日，內堂上擺下酒席，替阿太夫妻兩人餞行。大孫女的親生父母，卻不敢哭，倒是覺昌安的妃子，和塔克世的福晉喜塔喇氏，哭得眼眶腫得和胡桃一般。便是覺昌安到了這時，也不覺黯然魂銷。禮敦和塔克世、界堪弟兄們，怕父母傷心過份，壞了身體，便催促著阿太夫妻，二人趕速起程。福晉們一齊送到內宅門分別，貝勒們送到城外分別，獨有覺昌安和塔克世父子兩人，直送到古埒城分別。

覺昌安回到建州城，那王杲又新得了明朝的封號，建州右衛都督指揮使。那建州地方各貝勒章京，又都來向王杲道賀，擺下酒席，熱鬧了三天。覺昌安這時年老多病，又常常記念孫女兒，身體十分虧損，便把都督的位置傳給了他第四個兒子塔克世，自己告老在家，不問公事。好在王杲做了指揮使，很能鎮壓地方，便也十分放心。

說到王杲這個人，性格原是十分暴躁，到處歡喜拿武力去壓服人。自從得了明朝的封號以後，越發飛揚跋扈，便是建州都督，也有些駕馭他不住了。這時他收伏的地方很大，明朝的總兵也見了他害怕。他年年進貢的時候，也不把明朝的長官放在眼裡。明朝進貢的規矩是每年在撫順地方開馬市；各處部落都拿土產去進貢，長官坐在撫夷廳上驗收。上上馬一匹，賞米五石，絹五匹，布五匹；中馬，賞米三百，絹三匹，布三匹；下馬，賞米二百，絹二匹，布二匹；駒，賞米一石，布二匹，王杲進貢，偏要拿下馬去充上上馬，硬要討賞。那長官為懷柔遠人起見，便也將錯就錯的收下了。誰知道這王杲越發得了意，照進貢的規矩，那各部落貝勒一律站在撫夷廳階下等候長官驗貢完了，便賞各貝勒飲酒食肉。獨有這王杲不服法令，他等不得長官分賞，便搶上廳去，搶著貢菜便吃。左右的人見他來得凶殘，便也不敢和他為難。他單是搶奪酒肉，倒也罷了，誰知他酒醉飯飽，便撒酒瘋，對著長官拍桌大罵。明朝的官吏，看看他鬧得不成樣子，便吩咐左右，把他扶下階去；一面通告建州都督，下次不該再差王杲來進貢。那塔克世知道王杲大膽，敢當廳辱罵明朝長官，以為十分得意，第二年仍舊打發王杲去進貢。那王杲越發鬧得不成樣子。別的貝勒看看王杲可以無禮，我們為什麼這樣呆？便也個個跋扈起來。

明朝隆慶年間，有一位長官十分有膽量，他預先派了許多兵士，駐紮在撫夷廳兩廂，自己當廳坐著。看看王杲大搖大擺的走來，他是走慣了的，一腳便跨上廳來。只聽得兩旁兵士一聲吆喝，那廳上的侍衛擎起長槍，把王杲趕下廳去。後來驗到王杲的馬匹，又是十分瘦弱，長官便把他傳上廳去，喝斥了一陣，退回他的馬匹，也不賞米絹和酒肉。王杲覺得臉上沒有光彩，怏怏而回。一肚子怨氣無可發洩，便沿路殺人放火，關外的百姓被他殺得叫苦連天。明朝的總兵知道了，反說長官不好，奏明皇帝，把長官革了職。王杲知道了，越發長了威氣，他每到進貢的時候，便帶了許多兵馬，在撫順左近的地方胡鬧，到了馬市散了，他也不退兵，常常引誘明朝的百姓，到他營裡去，捆綁起來，要他家裡人拿十頭牛馬去犢回。倘然遲了一步，便要把那人殺了。

這時有一個撫順的客商，趁著馬市的時候，到清河、靉陽、寬甸一帶去做些買賣。經過王杲的營盤，被王杲拖進營去捆綁起來。他外甥裴承祖，是撫順的游擊官，得了這個消息，便親自到王杲營裡去求情。王杲便冒他舅舅的筆跡，把他哄進營去，一齊捆綁起來，破他的肚子，挖他的心肝，裴承祖帶來幾個兵士，也一齊被他殺死。

這個消息報到總兵衙門裡，總兵大怒，一面奏報皇帝；一面點起兵馬，準備廝殺。王杲不知進退，依舊是姦淫擄掠，無所不為。到十月裡的時候，在半夜裡，忽然被明朝兵將四面圍住；一支鐵甲軍，直衝進營來。這許多韃子兵都人不及早，馬不及鞍，被他殺得屍橫遍野，血流滿地。王杲赤著一雙腳，逃出後營，爬過山頭，息住腳一看，足足丟了一千四百多兵士。王杲知道敵不住了，回家的路也被明兵攔住，便打算投到蒙古去。走到撫順關外，見關樓上掛著榜文，又畫著自己的相貌，榜文上寫著：捉得王杲，賞銀一千兩。王杲看了，不由得倒抽一口冷氣。只得退回舊路，在深山裡躲著。

過了幾天，王杲看看躲不住，便想起那哈達汗王臺，一向是認識的，如今何不找他去呢？當下帶了他殘餘兵馬，到哈達地方，見了王臺，把以上情形細說一遍。王臺聽了，便擺上酒席，替他壓驚。王杲見王臺如此看待他，心中說不出的感激，當夜安睡在客帳裡。正好睡的時候，忽然驚醒過來：見屋子裡燈火照得雪亮，自己身上被十七八道麻繩綁住了，動也不能動。王杲大聲叫喊起來，只見王臺踱進帳來，手裡捧著令旗，口中大聲說道：「奉明總兵李成梁將令，捉拿王杲反賊。」說著，也不容王杲分辯，上來八個大漢，把王杲打入囚籠，連夜送到撫順關去。那總兵李成梁，坐堂審問，王杲也不抵賴，一一招認了。李成梁吩咐擺酒，一面和王臺在廳上吃酒，一面叫劊子手動手，在院子裡把王杲殺了。

第二天，李成梁申報朝廷，聖旨下來，封王臺為龍虎將軍。李成梁趁此把鳳凰城東面的寬甸一帶地方，收服下來。這王臺得了明朝封號，便一路上耀武揚威的回去，自有許多部將前來賀喜。王臺在將軍府裡大排筵宴三天，各部將吃得酒醉飯飽，王臺在席上面吩咐部將，回去整頓兵馬，預備去爭城奪地。

這個消息傳到建州都督耳朵裡，那塔克世正因明朝殺死了他右衛都督指揮使，心中老大個不快活；又聽到王臺帶著兵馬，到處攻城略地。那許多小部落，見王臺得了明朝的封號，便紛紛的投降他。看看王臺軍隊侵犯疆界，快到寧古塔一帶地方了；那寧古塔許多貝勒，便一齊趕到建州地方，在都督府中議起事來。這六位貝勒，年紀已老，覺昌安又是多病，一切公事都由他兒子塔克世料理。會議的時候，聽說王臺如何強盛，大家面面相視，一籌莫展。塔克世看了這樣子，不覺嘆了一口氣說道：「我們堂堂愛新覺羅氏的子孫，空擁有這許多城池，難道去抵敵一個區區的王臺都抵敵不住麼？」

正在議論的時候，只聽得身後有一個人大聲喊道：「王臺是我們世代的仇人，我祖我父，不可忘了！」大家回頭看時，只見一個大漢，面目黎黑，衣服破碎，站在屋角裡，圓睜兩眼，嘴裡不住的哼著。原來這時候是十月天氣，在關外地方，雪已經下得很大，這大漢身上只穿一件破碎的薄棉衣，怎麼不要冷得發哼？說也奇怪，這塔克世一見了這大漢，便拔下刀來上前去要殺他。他大哥禮敦巴圖魯看見了，忙上去攔住。那塔克世嘴裡，還是「賊人！」「畜生！」的罵不絕口。你道這大漢是誰？便是塔克世的大兒子努爾哈赤。塔克世一共有五個兒子。第二個兒子舒爾哈齊，第三個兒子雅爾哈齊和這個努爾哈赤，都是大福晉喜塔喇氏生的；第四個兒子巴雅哈齊，是次妻納喇氏生的，第五個兒子穆爾哈齊，是他小老婆生的。講到納喇氏的姿色，又勝過喜塔喇氏。喜塔喇氏在日，因為她是大福晉，自然不敢輕慢她，誰知到了努爾哈赤十歲上，喜塔喇氏一病病死了，那納喇氏便把大福晉生的三個兒子看做眼中釘一般，常常在丈夫跟前挑眼，說他弟兄三人有滅她母子的心思。

塔克世聽了納喇氏的話，自然十分火怒，擎著大刀趕著努爾哈赤要殺他。努爾哈赤忙去躲在他祖父覺昌安懷裡。他祖父原是很愛這個大孫子的，如今塔克世發怒，自己又年老，無力去阻止他，只得含著一眶眼淚，對努爾哈赤道：「我的好孩子！父親今天要取你的性命，你快離了此地罷！」說著，祖孫兩人摟抱著大哭一場。哭夠多時，覺昌安悄悄的給他些銀錢，陪著他去辭別父親。誰知他父親聽了納喇氏的話，心中早已厭惡他弟兄三人，說道：「你既要去，便帶了你二弟三弟去，走得越遠越好，從此以後不要見我的面！」努爾哈赤無法可想，只得帶了舒爾哈齊、雅爾哈齊二人，啼啼哭哭走出建州城去。走到半路上，弟兄三人坐下地來，努爾哈赤把祖父給他的銀錢，拿出來三人平均分了。說道：「我們三人各奔前程罷！倘然有一天，有出山之日，總不要忘記我們弟兄今天的苦處。」說著，三人揮淚而別。

努爾哈赤寄住在一家獵戶家裡，每天上山去採些松子，掘些人蔘，來在就近村市中叫賣。後來他採的松子，掘的人蔘，一天多似一天，堆積起來，打聽得撫順市這兩樣東西能賣得好價錢，便向獵戶問明瞭路徑，向撫順市奔去。這時是初夏天氣，在滿洲地方，正是大雨之期，傾盆似的雨點向努爾哈赤身上打來，四處山水大發，平地頓成澤國。可憐他一個富貴子弟，只因父親有了偏心，弄得他有家難奔，有國難投！他在狂風大雨中走著，早淋得似落湯雞一般。好不容易，走過千山萬水，到了撫順市上。

開啟布包來一看，那人蔘、松子，早已腐爛得不成模樣。他錢也花完了，身體也走乏了，真是到了山窮水盡、英雄落魄之時。努爾哈赤想到傷心之處，不禁嚎啕大哭起來。他嗓子十分洪亮，只聽得四處山鳴應答。

早時，早驚動了一個老獵戶，姓關，原是山東地方人，十二歲上跟他父親渡海來到此處，以打獵為生，他也學得一手好本領，又懂得幾下拳腳，今年六十四歲了，追飛逐走，還是十分輕健。因天雨日久，他便在家休息，忽聽得曠野之中有人哭聲，聲音又十分洪亮。他知道不是一個平常人，忙過去一看，果然好一條大漢，燕領虎頷，螂腰猿臂，卻是位英雄。他忙勸住了哭，意欲邀他到自己家裡去。不知努爾哈赤肯去不肯去，且聽下回分解。

# 依佟氏東床妙選　救何太西遼鼜兵

卻說努爾哈赤正哭到悲傷之處，忽見有人來問他。他英雄末路，正望人來搭救。既有人問他，他豈有不回答之理？迴心一想，自己乃堂堂都督的兒子，倘若老老實實說出來，豈不叫父母丟臉？當下他便胡謅了幾句，只說自己死了父親，流落他鄉。那關老頭子見他可憐，便拉他回家去，好茶好飯看待他。關老頭子家裡既沒有老小，有時他上山打獵去，便囑咐努爾哈赤在家好好看守門戶，空下來時候，就門前空地上指導他幾下拳腳。努爾哈赤又生得聰明，不到一年工夫，所有武藝，他都學會了，空下來便一個人在空地上練習一回解解悶。這關老頭子每天打得獐鹿狼兔也是不少，他把獸肉吃了，把獸皮用藤干支綳起來，趕到撫順市上去招賣。努爾哈赤有時也跟著他到市上去，因此也認識了許多買賣中人。大家見他脾氣爽直，都和他好。那班買賣人，大概漢人居多，他們有時還邀努爾哈赤到家裡去作客。因此他也知道漢人的風俗。

有一天，一個姓佟的老頭子上市來，他坐著大車，在街心走，一個不小心，車輪子脫了軸，車篷子翻過來，把這個佟老頭兒罩住在車板下面，他竭力掙扎著，也不得脫身。努爾哈赤看見了，忙搶上前來，拿他的寬肩膀用力向上一抬，車板居然扳了過來。佟老頭子也從車子底下爬出來，齊聲說好。這佟老頭子忙上前去拉住他的手，問他的名姓，關老頭子忙上去替他答了。佟老頭子再三要拉他到家裡去，努爾哈赤起初不好意思，只拿兩隻眼睛望著關老頭子。關老頭子笑笑，說道：「這是撫順有名的佟大爺，他老人家家裡有的是錢，你如今跟了他老人家去，落了好地方。」說話時候，佟老頭兒已經把他拉上車去，鞭子一揚，車輪子滴溜溜的轉著去了。

原來佟姓是關外的大族，便是這位佟大爺家裡，也蓋著很大的莊院，四面圍著高粱田，屋子後面一帶高山，都是他的產業。講到牲口，單說牛馬，也有四五百頭。家裡僱著五七十個長工，一天到晚也忙不過來。努爾哈赤到了他家裡，佟大爺專派他看管長工。那些長工都是粗蠢如牛的，一言不合，便打起架來。他們起初見了努爾哈赤，也不把他擱在眼裡，還編著歌兒嘲笑他。說什麼「努爾哈赤，只見他來，不見他去！」有一天，有一個綽號叫做「牛魔王」的。他坐在田旁山石子上，擎著他又黑又粗的臂膀，唱著這歌兒。唱完了，拍手大笑。在田裡做活的人也和著他笑。恰巧努爾哈赤從那邊走過來，聽得了，悄悄的走上前去，舉手向「牛魔王」脖子上一叉，又把他的粗臂膀反折過來。「牛魔王」痛得直著嗓子只是嚷：「我的爹爹，燒了我罷！」這牛魔王是他長工裡面算氣力最大的了，如今也被努爾哈赤收服了。這五七十個人，一齊拜倒在他跟前，情願拜他做師傅，要他指教拳腳。莊門外面原有一大片圍場，努爾哈赤便天天帶著他們在田工完畢的時候，在圍場上指導他們練習各種武藝：打拳、舞棍、耍槍、弄刀。這工夫足足練了一個年頭，大家都已領會得了。努爾哈赤又常常和他們放對，總沒有一個敵得過他的。

有一天，是盛夏的時候，關外風景好，樹木十分茂盛。許多長工在樹影下面納涼，努爾哈赤遠遠的走過來：有十七八個人，手裡各個拿了木棍，跳起來，搶上前去，把努爾哈赤團團圍在核心，動起手來。努爾哈赤不慌不忙，擎著兩個空拳，左右招架。說也奇怪，這班人想盡法子打他，足足打了半個時辰，也休想近得他身。正打得熱鬧時候，忽聽得嬌滴滴的聲音喝一聲「好！」直鑽進努爾哈赤的耳朵裡去。努爾哈赤急回頭看時，只見那佟大爺笑瞇瞇的站在莊門外看著，他身後又站著一個十七八歲的大姑娘，梳著高高的髻兒，擦著紅紅的粉兒，從佟大爺肩頭露出半張臉兒來，喝了一聲好。見努爾哈赤看她，她也對努爾哈赤莞爾一笑。這一笑把個鐵錚錚的漢子酥了半邊，他拳頭也握不緊了，臂膀也擎不起來了。大家見了他這個樣子，都哈哈大笑，上去拿著他的手，拉到樹蔭下面乘涼去。這時努爾哈赤好似失落了魂靈似的，任你和他說什麼話，他總是怔怔的不回答你。大家見他不高興，便也不去和他胡纏，各個散去了。

說也好笑，這努爾哈赤在樹蔭下面坐著發怔，直坐到日落西山，也不移動他的位子。後來佟大爺出來，把他拉進屋子去。吃晚飯的時候，一任你和他如何說笑，他總是所問非所答。後來佟大爺也慢慢的有些覺得了。講到這裡，努爾哈赤的人才，他心裡是千中萬中。但是，他卻有他的一番隱衷。

原來這撫順地方，佟家雖說是大族，只有這佟大爺門下，人丁卻極是單薄，他生了五個女兒，一個兒子。五個女兒早已出嫁；大女兒年紀已有五十多歲，最小的女兒，也在三十以外。一個兒子活到三十六歲上死了，他媳婦只養下一個女兒，今年十八歲了，雖說北地胭脂，卻也長得珠圓玉潤。這位佟大爺，卻十分寵愛這個孫女兒。他在家裡，性情十分暴躁，便是他老夫妻的話，也是要駁回的，獨有這孫女兒的話，卻是千依百順，怎麼說怎麼好。這老大爺也懂得些漢字，閒空的時候，也教給孫女兒讀書寫字。這孫女兒名叫春秀，闔家上下的人，都稱呼她秀姑娘。這秀姑娘不但長相齊整，文墨精通，而且事理又十分明白。到十六歲上，佟大爺便把全家的家政都交給她。她外面料理田地上的出入，裡面料理衣穿酒飯。等閒一個漢子也是趕她不上，佟大爺也竟拿她當一個孫男看待。這秀姑娘脾氣生得爽直，該說的地方她便不客氣，當面排揎。因此，那五七十個長工，都見了她害怕。講到她的終身大事，這樣一個大姑娘，豈有自己不留意的?她是打定主意，要嫁一個英雄。因為她認識了許多漢字，常常讀那些《三國演義》、《水滸傳》這幾部小說，這些書是她祖父從撫順市買來的。她看看書上的人物，何等英雄!她便決心要嫁一個像孫權或是像林沖那般的英雄。無奈她住在這窮鄉僻壤，眼睛所看見的，都是些蠢男笨漢，哪裡去找英雄?

真是千里姻緣一線牽。努爾哈赤遠遠的從建州城走來了，流落在撫順關外。那一天，她倆的見面，絕不是平常的。自從一見以後，你心中有我，我心中有你。便是佟大爺的心中，也是有了他們兩個。只是佟大爺心中有一個主意，他雖說沒有兒孫，卻不願承繼別房的子弟。他早打算給秀姑娘招贅一個孫女婿在家裡，頂他老人家的香火。但是別家男孩兒，都好好有父母的，誰肯丟開自己家裡到這裡來呢?如今看看這努爾哈赤人才出眾，恰巧又是一個無家可歸的，何不把他留做孫女婿，豈不是一雙兩好?如今看看這孩子痴得厲害，這件事當然是千肯萬肯的了。但不知我那孫女的意思怎麼樣，我還不如趁此給他兩人見見面兒，聽他們自己打交道去。佟大爺的主意已定，便把努爾哈赤領到內院裡，和他老妻、寡媳、孫女兒一個個想見。從此以後，佟大爺留心看著，秀姑娘常常找著努爾哈赤說笑去，他老人家心頭一塊石子總算落地了。

說也奇怪，努爾哈赤未曾認識秀姑娘以前，原和那班長工要好，大家在一塊兒有說有笑。自從他認識了秀姑娘以後，常常找不到他的影兒，一有空閒，便找秀姑娘說話去，大家也不敢去驚吵他。光陰如箭的過去，又是一個年頭。這年春末夏初，關外春色到得很遲，四月裡正是千紅萬紫、繁花如錦的時候，佟家屋子後面有一座桃樹林子，桃花開得正盛。

有一天，那「牛魔王」正從林子外面經過，忽聽得林子裡有嬌細吃吃的笑聲。定睛看時，原來不是別人，正是努爾哈赤在桃花樹下指導秀姑娘耍槍呢。秀姑娘挺著楊柳似的腰肢，擎著一枝丈八長槍，休想轉動分毫。她丟下槍，笑得喘不過氣來。努爾哈赤忙上去扶住她的柳腰兒，兩人對拉著手，對望著臉兒呆笑。「牛魔王」看在眼裡，低低的說了一聲：「不好！」飛也似的跑到前面院子裡去，把佟大爺拉了出來。佟大爺不知道什麼大事來了，忙跟著他匆匆跑去。直跑到桃樹林子外面，才站住腳。「牛魔王」拿手指給他看，佟大爺跟著手指望去，不禁哈哈大笑。原來這時努爾哈赤正和秀姑娘肩並肩兒坐在桃花樹下面，攜著手兒說話呢。「牛魔王」心想：這佟大爺脾氣是不好惹的，如今給他看見這個樣兒，不知要怎麼發怒呢。誰知佟大爺非但不生氣，看他嘴唇一張，鬍髭一蹺，哈哈一聲，笑得眼睛成了一條縫。真出於「牛魔王」意料之外，忙一轉身，一溜煙逃去了。

這裡，佟大爺慢慢的踱進林子去，他兩人見了，不由得一齊低下頭去，臉上羞得通紅，好似脖子上壓著一副千斤擔，再也抬不起頭來。佟大爺走上前去，一手挽著一個笑著問道：「你兩人已說定終身了嗎？」秀姑娘和努爾哈赤一齊搖搖頭。佟大爺伸著簸箕一般的手，在兩肩膀上使勁拍了一下，哈哈一陣子大笑，說道：「好糊塗的孩子，你們還不趕快說定了，呆守著什麼？」一句話說得他們兩人一齊笑了起來。佟大爺說道：「你們含羞嗎？快跟我來！」他不由分說，將他們兩人拉進內院，也不問他兩人怕羞不怕羞，把這情形一長二短的對母親和祖母說了，又逼著他母親把這女孩兒的一頭親事答應下來。拍著胸脯說：「倘然你答應下來，我便把全份家當傳給這孫女婿，把這孫女婿入贅在家裡，奉養我們病、老、歸天。這大概你也可以放心了吧？」他媳婦原不肯把掌上明珠嫁給一個天涯浪子，聽他公公說得這樣懇切，便也答應下來。佟大爺便到市上去找到薩滿，選了一個吉日，給他兩人辦起婚事來。這一天，院子裡立著堂子祭天，屋子裡跳著神。那遠近來賀喜的，不下五七百人，前廳後院，擠得滿滿的。大家盤腿兒坐在席上，吃酒割肉，整整熱鬧了一天。

努爾哈赤和秀姑娘便在這熱鬧的時候，拜了天地，結了夫妻，從此二人竭心盡力幫著佟大爺料理家務。空下來的時候，努爾哈赤教授秀姑娘幾下拳棒；秀姑娘也教他認得幾個漢字，又天天講《三國演義》、《水滸傳》給他聽。努爾哈赤聽得有味，便依著書上大弄起來。後來，佟大爺過世了，一切家裡事體由他做主。他便散了家財，結識許多好漢。又有許多少年，聽說努爾哈赤懂得拳腳的，便從遠路趕來，拜他做師傅。後來他在撫順市上名氣愈鬧愈大，那四方來的人愈多。這時他入贅在佟家，便改姓了佟，人人叫他佟努爾哈赤。他家裡竟好似一個小梁山，聚集了許多英雄好漢。撫順市上人人稱他佟大爺，誰知道他是堂堂建州都督的兒子呢。但是，努爾哈赤卻時時記念他的家鄉和他的父親。他結識了許多朋友，原打算有一天自己承襲了父親的官爵，靠這班朋友在關外地方做一番大大的事業。因此他常常到撫順市上去打聽宮中消息。這撫順關上，是有明朝總兵游擊各衙門駐紮著。努爾哈赤也和各衙門的兵士要好，凡是衙門裡的情形，他都打聽得仔仔細細。

這時候撫順關東三十里，每兩月開馬市一次。馬市分官市私市兩種。官市，是由部落都督、貝勒等，派人到撫順來進貢，又帶了許多馬匹來賣給明朝官廳。私市，是滿洲百姓和明朝百姓私自做的買賣。滿人賣給漢人的大半是牛、馬、獸皮和人蔘、松子等貨物；漢人賣給滿人的，大半是綢緞布匹，鍋子行竈，和種田人用的東西。兩面百姓公平交易，都十分和氣。努爾哈赤也扮做商人，帶些雜糧去賣給漢人，因此便結識了許多漢人。這時建州都督，派來進貢的人便是王杲。努爾哈赤早打聽得王杲那種跋扈情形，後來果然鬧出亂子來，終於給王臺捉住，送去給明朝殺了頭。從此王臺得大明朝的幫助，便十分強盛起來，寧古塔地方常常吃他的虧。

努爾哈赤雖說被父親趕出家園，但是他家裡的事體，仍是時刻關心的。他在撫順市上打聽得一個緊要消息，他便想連夜跑回建州去通報他父親知道，又怕他妻子不放他去。到了夜裡，他夫妻兩人睡在炕上，努爾哈赤便把自己家裡的情形和打聽到的消息，仔仔細細的對他妻子說了。春秀聽說丈夫原是建州衛都督的兒子，不由得快活起來，又聽說要離開她到建州去，又不由得傷心起來。努爾哈赤再三勸慰，又說自己到了建州，大事一定，立刻來迎接她到建州去同享榮華，共享富貴。春秀心想這原是丈夫的前程大事，也無可奈何。夫妻兩人一早起來，啼啼哭哭的分別了。努爾哈赤又怕在路上有人盤詰，露了破綻，便穿了一身破衣服，拿煤灰擦著臉，扮做乞丐模樣，沿路曉行夜宿，千辛萬苦，到了建州城裡。一時又不敢去見他父親，只得悄悄的在府外等候，虧得那班侍衛和他好，便暗暗的藏他在府裡。

這時，各處貝勒都到府裡來了。一來是請覺昌安的安，二來為王臺的事，大家商量了一個對付法子。努爾哈赤十歲死了母親，受納喇氏的虐待，只那大伯母禮敦的福晉和他好，不周不備的時候，常在暗地裡照看他些。自從努爾哈赤十九歲上被他父親趕出去以後，心裡常常記掛著。努爾哈赤進府以後，便悄悄的看她去。他伯母一見侄兒回來了，快活得什麼似的。又見他衣服襤褸，面目黎黑，便詫異起來。努爾哈赤說：「不曾見過父親，不敢改換衣服。」說話時候，他大伯父禮敦巴圖魯也走進房來。努爾哈赤便把打聽得到的消息告訴他。禮敦聽了，不禁嚇了一大跳。

原來那王臺明修棧道、暗渡陳倉的計策，他這裡虛張聲勢，要來攻打寧古塔一帶城池，那邊卻暗暗的指使圖倫城主，尼堪外蘭，聯合明朝的寧遠伯李成梁，協力攻打古埒城。那古埒城主阿太章京，原是覺昌安的孫女婿，禮敦巴圖魯的女婿，只因阿太章京是王杲的兒子，王臺既綁送了王杲，寧遠伯又殺了王杲，深怕他兒子報仇雪恨，所以為斬草除根之計，非滅了這古埒城不可。誰知那邊才動兵馬，這邊努爾哈赤早已得了消息。他想姊姊嫁了阿太章京，住在古埒城裡，豈不要嚇壞了！他那大伯母又和他好，這事又關礙著愛新覺羅的前途不淺，是萬不能隱瞞的了。他為了此事，便晝夜兼程跑回家來。禮敦得了這個消息，第一個忍耐不住，他便一面叫他福晉去告訴婆婆；一面帶了他侄兒出去到大廳上，正是許多貝勒紛紛議論的時候。塔克世一回頭見了他兒子，不由得怒從心上起，搶上前去，恨不得一刀殺死。禮敦一邊攔住了，一邊把這消息一五一十的說了出來，大家聽了目瞪口呆，沒有一個計較處。正無可奈何的時候，忽聽得一片婦女的哭聲，從屏後轉出來，當先一個便是覺昌安的正妃，嘴裡嚷道：「我那心肝的大孫女兒，要是你們不肯去救她時，待我拼著老命救她去。」後面塔克世的福晉納喇氏和他的庶妃，還有禮敦的福晉，都滿眼抹淚，悲悲切切的哭著。還有德世庫福晉、劉闡福晉、索長阿福晉、色朗阿福晉、寶實福晉，下一輩的額爾滾福晉、界堪福晉、塔察篇古福晉，還有許多姑娘侍女伺候著，一間屋子紅紅綠綠的擠滿了女人。大家想起大孫女的好來，都是長吁短嘆，婉轉悲啼。

正不可分解的時候，忽然府門外一匹快馬傳報：「龍虎將軍王臺，指使蘇克蘇滸河部圖倫城主尼堪外蘭，為報從前建州人殺圖倫人的仇，暗暗去勾結明朝將軍寧遠伯李成梁，聯合在一塊兒，起了一萬兵馬，去攻打古埒城和沙濟城。那李成梁給尼堪外蘭令旗一面，調動遼陽、廣寧兩路的兵，四邊包圍遼陽，副將打破了沙濟城，殺死了沙濟城主阿亥章京。如今便和李成梁的兵合在一塊兒，攻打古埒城。那古埒城危在旦夕，因此阿太章京打發小的到此求救。」說著，又從身邊掏出一封大孫女求救的信來。大家看了這封信，急得抓耳摸腮，這時可急壞老都督覺昌安，他連聲大嚷備馬，待我出去點齊兵馬，親自去和那廝大戰一場。他們道我年老不中用，便這樣欺侮我的孫女，我如今帶兵前去，不砍下那廝的腦袋來，便誓不回城。」說著，他也不聽子弟們的勸說，便大腳闊步的走出院子去了。這裡他兒子塔克世，見父親年老還決意要出兵打仗，他知道父親的脾氣，勸是勸不過來的，沒奈何他只得陪了父親，也親自去走一遭。當下他把這意思說了，家裡事，暫交給大哥禮敦巴圖魯照看，自己對他母親妻子說了一聲去了，便追出門去找到他父親，一塊兒出了城，到校場點齊兵馬，浩浩蕩蕩殺奔古埒城來。

這時古埒城外大兵雲集，正南上是李成梁的部隊，正西上是遼陽副將的部隊，正南上是龍虎將軍王臺的部隊，正東上是尼堪外蘭的部隊，四面圍得鐵桶相似。覺昌安的兵隊一時裡也插不進腳去，但是覺昌安救孫女兒的性命要緊，不住的督促兵馬前進。看看敵人已在眼前，一聲號令，兩面齊動起手來，一面以多敵少，以逸待勞，戰不到一個時辰，覺昌安早已大敗下去，退回三十里，才得紮住營盤。

覺昌安獨坐在中軍帳中，心中悶悶不樂。忽見那塔克世走進帳來，坐下說道：「論起今天的一仗，原是我父親太冒失了些。」覺昌安問道：「怎麼見得是我冒失呢？」塔克世說道：「我們帶了四千多人馬，從遠路跑來，腳也不曾停一停，便和他們開仗。他們四路兵馬，共有一萬多人，又是得勝之軍，養息了多時，兵強馬壯，我們怎的不吃虧？如今依孩兒的愚見，倒有一條計策在此。」覺昌安忙問：「什麼計策？」塔克世說道：「講到那尼堪外蘭，原是我們遠邊的人。只因從前我們殺圖倫地方的人，殺得太厲害，如今他們要報這個仇。想來尼堪外蘭也無非貪圖多得幾座城池，如今我們打發人到圖倫營裡去下一封書，把尼堪外蘭請來，和他講一個交情，說把古埒城讓給他，以求他們饒了阿太章京夫妻兩人的性命。一面暗地裡買通阿太手下的兵士，俟尼堪外蘭進城來，便捉住了殺死他。明朝的兵見沒了引路的人，自然也不敢進兵。那時我們再裡應外合，打退王臺的兵隊；再請明朝加我們的封號，豈不大妙？」覺昌安聽了，也連聲說妙。

父子正在商議的時候，忽然外面報說：「圖倫城主尼堪外蘭親自到來求見，現在營門外守候著。」不知覺昌安肯不肯見他，且聽下回分解。

# 古埒城覺昌死難　撫順關尼堪斷頭

卻說，覺昌安父子兩人，正商議尼堪外蘭，那尼堪外蘭忽然親自走上門來求見。當下他進得帳來，見了覺昌安，口稱「奴才」行了一個全禮。覺昌安劈頭一句，便問道：「你們蘇克蘇滸河部，久已投降在我屬下，如今反叛了本都督，卻幫著明朝來打自己人，還有什麼話說？」尼堪外蘭聽了，連聲的嚷著「冤枉！」接著說道：「奴才承蒙都督提拔，給我做了一個圖倫城主，這顆心豈有不想著都督之理？無奈此番王杲得罪了明朝，明朝為斬草除根之計，要抓拿王杲的兒子阿太章京，逼著奴才替他引路。奴才要不答應時，一則怕他兵多將廣，他一翻了臉，奴才如何抵擋得住？都督又遠在建州，一時也沒地方喊救兵；二則又怕他叫別人引路，這座古埒城越發破得快些。因此，我一面假意投降明朝，幫著他攻打城池；一面卻等候都督到來，商量一個退兵的妙策。」覺昌安聽了便說道：「這卻不知道。」塔克世接著說道：「那阿太章京，便是我的侄女婿，也是我父親的孫女婿；這大孫女是我父親最鍾愛的。」

尼堪外蘭聽了，忙伏在地下，磕頭說道：「奴才該死！奴才卻不曾知道。如今既然是都督的孫女婿，奴才便對寧遠伯說去。只說都督願意親自去說阿太章京，看親戚面上讓了這座古埒城。那時叫各處兵馬，退扎五里地方，讓都督進城去見了阿太章京。那時裡應外合，都督和古埒城兵，從城裡殺將出來，奴才帶領兵馬從城外殺將進去，出其不意，怕不把明朝的兵馬，殺得七零八落。那時再和明朝講和，要他加我們的封號，豈不是好嗎？」這時覺昌安要見孫女兒的心十分急迫，聽尼堪外蘭說到這裡，連聲說好。

當時，尼堪外蘭退去，臨走的時候，說定覺昌安帶了兵馬從正東上殺進城去。看看到了日落西山，滿眼蒼茫，覺昌安便下令拔寨起行，走到古埒城邊，看看那四面圍城的兵士，果然一齊退去。正東上是尼堪外蘭的兵隊，見建州兵到來，便讓出一條路來。尼堪外蘭騎在馬上，看看覺昌安和塔克世走進身來，悄悄的上去說道：「都督留心，明天一清早城外炮響，便殺出城來接應。」覺昌安點點頭過去，看看到得城壕邊，城上認得是建州的旗號，忙開出城來迎接進去，到了章京府中，大孫女見了，親暱地倒在祖父懷裡，嗚嗚咽咽的哭泣起來。覺昌安一面撫慰著，一面把尼堪外蘭的計策，詳詳細細的對他孫女婿說了，阿太章京聽了也不由得十分歡喜。

當夜，章京府中大開筵宴，又拿了許多酒肉去犒賞兵士。傳令下去，今夜早早安息，五更造飯，準備廝殺，闔府中人，個個吃得酒醉飯飽，各自安眠。獨有阿太夫妻兩人，覺昌安父子兩人，骨肉之親，久別重逢，自然有許多話說，直到半夜雞鳴，才告過安止，各歸臥室。覺昌安年老體衰，一路鞍馬勞頓，十分疲倦，爬上舒適的炕榻，頭一落枕，早已昏昏沉沉，不知所云。

正好睡的時候，忽聽得後面發一聲喊，塔克世先從夢中驚醒過來。只見眼前一片雪亮，院子裡火把熏天，一大隊強人，正打破了門，蜂擁進來。塔克世心知不妙，忙從炕上背著父親，拔腳向後院子逃去，轉身便把後院門塞住。覺昌安這時心裡只記念他孫女兒，一面吩咐塔克世在前面抵敵強人，自己忙搶進後屋去，只見他孫女兒和三五個侍女，慌得縮在一堆打顫，個個從夢中驚醒過來，雲鬢蓬鬆，衣襟散亂。大孫女見了覺昌安，忙搶上前去摟著脖子，嘴裡一面嗚咽著嚷道：「爺爺救我！」覺昌安問她丈夫時，說已帶了幾個衛兵，到前面院子裡和強人廝打。

正說話時，耳中只聽得震天價一聲響亮，接著外面發了一聲喊，沖天起了一陣火焰。一個小侍衛氣喘吁吁的進來，說：「外面大門倒了，許多強人四下里正放著火，都督快逃罷！再遲一步，怕保不住性命了。」覺昌安聽了，叫了一聲「我的天！」忙拿起一床錦被來，給他孫女裹著身子，奪門出去。只見他兒子塔克世，獨自一人抵敵著強徒，且戰且退，那強徒被他殺死倒在地下的也不少。塔克世自己也渾身負了傷，嘴裡淌出血來。他一面罵人，一面還是拚死命的抵敵著。一回頭見他父親抱著他的侄女出來，他便精神陡振，大聲喊道：「父親快走！」他奮力向前殺開一條血路，那邊露出一扇側門來。覺昌安這時也顧不得他兒子了，一手拖著孫女兒，搶出側門去。回過頭來，見一個強徒手裡拿著一柄快刀，向塔克世腰眼裡搠進去，塔克世冷不防有人暗算，大喊一聲，倒在血泊裡死了。覺昌安說一聲「可憐！」忙拿袖子遮住臉，一兀頭向前逃去。誰知才走出大門，只見他孫女婿的屍首，倒在當地，身上已經被刀槍搠得七洞八穿，那血不住的往外淌。他孫女兒一眼看見了，忙摔脫手，大叫一聲，一聳身撲在丈夫的屍身上，昏絕過去了。接著便有五七個強徒上來，和群狼捕羊一般，把孫女兒的身體捧起來。覺昌安見了，急拔下佩刀來，搶上去奪時，冷不防腦脖子後面飛過一刀來，一陣冷風過領似的，把這位老都督的腦袋搬了下來。

這一場好殺，直殺到天色大明，才慢慢的平靜下來。尼堪外蘭一匹馬先到章京府門前下馬，吩咐手下兵士們把屍首搬開，打掃庭院，一面出示安民，一面準備接駕。原來這完全是尼堪外蘭的妙計。可憐覺昌安父子兩人，只為救大孫女的心切，一時失算，中了毒計，枉送了父子、夫妻四條性命。到了午後，寧遠伯擺隊進城，左有尼堪外蘭，右有王臺，坐在大堂上犒賞軍民，好不威風。事畢以後，便在府中大擺筵宴，這一場慶功酒，直吃到夜靜更深，方才各自歸寢。第二天起來，尼堪外蘭和王臺兩人進會見了李成梁，李成梁早已把報捷奏章寫好，當下給兩人看過，便立刻打發專差送往北京城去不提。

這裡李成梁和王臺計較，如今覺昌安父子雖死，那建州地方還有許多貝勒和塔克世的兒子在著，便是建州部下有許多城池，都還不曾歸附，須得勞頓你們兩位，各帶本部人馬前去招安。當下尼堪外蘭自告奮勇，願率領本部人馬直驅建州，王臺也答應去收服各處城池。當時也不耽擱，各位雄主各個告別，離古埒城向東而去。

不多幾天，尼堪外蘭早已到了建州城下，那建州城裡，早鬧得人心惶惶，草木皆兵。古埒城被打破，覺昌安父子倆和阿太章京夫妻的死耗傳到建州城裡，第一個要哭死了老妃子，第二個便急壞了禮敦貝勒，他聽說父親、弟弟、女兒、女婿一齊被殺，便「哇」的一聲，口中鮮血直噴，倒在地下，不省人事。那位大福晉在一旁哭著喊著，也沒有一個人去幫助她。說也好笑，這時那許多貝勒，聽說大兵快到，便各個帶了妻兒，溜之大吉。到底還是努爾哈赤的心熱，忙上去幫著他伯母，把伯父扶起來，躺在炕上。停了一會，禮敦清醒過來問時，那叔伯弟兄輩，逃得一個不留，只有他二弟額爾袞還在府中，便去喚來。禮敦便把府中的公事託付二弟，說道：「這是父親和四弟託付給我的，我如今託付給你，你須要拼著性命，保全我們愛新覺羅氏一家的事業。」回過頭來又對努爾哈赤說道：「好孩子，你也要爭氣，跟著你二伯父做事體，須不要忘了殺祖殺父之仇。」他說著，接著又吐了一陣狂血，昏絕過去了。

這裡額爾袞拉著努爾哈赤，到外面悄悄的說道：「你伯祖、叔祖和伯父、叔父都逃去了；你大伯看看也不濟事了，偌大一座城地，靠我一個人怕不能抵敵得住天朝大兵；依我的意思，還不如早早投降了罷！」努爾哈赤聽他二伯父的話，不由得勃然大怒。正要說話，忽聽得遠遠的一陣吹角聲，外面侍衛飛也似的跑進來報說：尼堪外蘭帶了大兵，離城不遠了。額爾袞接著說道：「快投降去！」這時院子裡擠著許多部下的兵將，努爾哈赤聽了他二伯父的話，忙即在當地跪下，對著兵將們連連磕頭，一邊淌著眼淚，一邊說道：「諸位將軍，也須看在我祖父和父親面上，不要忘了不共戴天之仇，幫著我些罷！」

努爾哈赤的話未曾說完，忽見侍女出來說道：「大貝勒不好了，快看去罷。」努爾哈赤和額爾袞聽了，忙跟著進去，只見禮敦貝勒睜大了眼眶，一手指著外面院子裡，嚥氣去了。那大福晉哭得死去活來，努爾哈赤也淒涼萬分，大家哭了一陣。額爾袞吩咐努爾哈赤在裡面照料喪事，自己到外面照料軍國大事去了。努爾哈赤身雖在裡面，心卻在外面，耳中只聽得一聲聲吹角的聲音，止不住他心頭亂跳。看看到了第三天裡面，喪事粗粗就緒，他便悄悄的溜出府外去。只見街上百姓東奔西跑，那兵士們三個一簇，五個一堆，在那裡搗鬼。努爾哈赤上去問他們：「為什麼不去打仗？」那兵士們回說：「如今尼堪外蘭的兵隊，已經把建州城圍得鐵桶相似，二貝勒吩咐不叫打仗，大家正商量著開城納降呢！」

努爾哈赤不聽這話還可，聽了時，不由得怒氣上沖。他也不多問，轉過身去找了兵器，跳上馬背，飛也似的出西門去，直趕到敵人營門下，大聲喝著：「尼堪外蘭出來講話！」把門兵士傳話進去，尼堪外蘭果然踱出營門來，努爾哈赤見了，咬牙切齒，也不說話，一兀頭舉著槍向前直刺過去，被左右衛士舉刀攔住了。那尼堪外蘭卻不惱怒，笑盈盈的說道：「你祖父、父親都已死了，你部下的城池都已投降了，你還不早早投降，等待什麼？」努爾哈赤咬著牙罵道：「你這忘恩負義，賣主求榮的畜生，建州都督並不虧待於你，你如何私通明兵，害我祖父？你是我父親部下的人，恨不能死挖你的心，生啖汝肉，替我祖父報仇，還說什麼投降的話。」說著又是一槍過去，那邊閃一員戰將出來，兩人便在營門前，左盤右旋，廝殺起來。看看他們兵士越來越多，努爾哈赤一個人如何抵敵得住，他便勒轉馬頭，跑進城去，後面也沒有人追趕。

努爾哈赤一人進得府來，胸中氣憤不過，也不去見他二伯父，直跑到他大伯父的靈座前，大哭一場，回房去昏昏沉沉的睡倒。正矇矓的時候，忽覺得有人伸手過來，輕輕攀他的肩頭，他睜眼一看，不是別人，正是大伯母禮敦福晉。那禮敦福晉慌慌張張的神色，在他耳邊悄悄的說道：「好孩子，快走罷！他們要謀你的命呢！」說著，捧過一大包銀錢，揣在他懷裡，也不容他多說話，開著後院的窗子，推他出去。窗外有一個侍衛候著，見努爾哈赤出來，忙領著他從後門出去，門外有兩匹馬，他主僕兩人悄悄的上了馬，連打幾鞭，和風馳電掣似的在街上跑著。這時候在半夜裡，沿城根荒野地方走著，一路也無人查問。看看到了城門口，那侍衛上前去說了幾句話，便開著城放他二人出去。

一路上過了幾重關山，都是建州衛的地界。看看離撫順關近了，努爾哈赤便想起他妻子佟氏，便改換路程，向撫順關東面奔去。正轉過一個山崗，忽見前面一簇人馬，鬼鬼祟祟的躲至大樹林中探頭兒。努爾哈赤認是響馬來了，但也不害怕，拍馬上前。看看到了跟前，林中閃出一個人來，攔路跪倒，口中高聲喊道：「來者可是小主人努爾哈赤？」努爾哈赤聽了，十分詫異，忙問道：「你是什麼人？」那人忽然大哭起來。接著林中二三十人一齊趕出來，跪在馬前說道：「我們都是跟著老都督到古埒城去的敗殘軍士。」努爾哈赤聽了他們的話，不由得落下淚來。忙翻身下馬，扶他們起來，問起當時的情形。大家說得傷心修目，聲淚俱下。裡面有一個是侍衛長，名叫依爾古，也從林子裡去捧出十三副盔甲來，說這是兩位都督的遺物。努爾哈赤看了，不由得捧著那盔甲大哭一場。看看這班兵士，個個面容枯瘦，衣服破碎。問起來，都是三天不曾吃飯了。努爾哈赤忙帶他們到左近飯館裡去飽吃了一頓。然後，一塊兒趕到佟氏家裡。

那佟氏看見丈夫回家來了，歡喜得什麼似的。問起情由，努爾哈赤一五一十的說了出來。佟氏便道：「官人，如今回來，不想報仇了嗎？」努爾哈赤聽了，不由得握著拳頭，咬著牙說：「這仇恨時刻在我心中，只求娘子幫我一臂之力，到那時成功了，不忘娘子的大德。」佟氏接著說道：「官人說那裡話來？如今我家便是官人家裡，我家所有的，都是官人的，官人要怎麼行，便怎麼行。」努爾哈赤聽了，便向佟氏兜頭一揖，說道：「多謝娘子！」

從此以後，努爾哈赤住在鄉村裡，變賣田產，招軍買馬，訓練士卒，準備報仇。平日和他交往的朋友都暗暗的幫助他，還有許多平日跟著他練習武藝的朋友，都來投軍效力。不多幾天，他手下兵士已發展到五六百人。努爾哈赤選了一個好日子祭堂子，又把父親遺留下來的十三副盔甲陳列在大家面前，哭奠一番。一聲號炮，拔營齊起。

努爾哈赤沿路打聽得建州城池，都已降了尼堪外蘭。尼堪外蘭這時駐紮在撫順關外的圖倫城中。明朝以為殺死了覺昌安父子兩人，建州地方便沒有人作梗了，便也收拾兵馬回去。那尼堪外蘭得了許多城池，也便高枕無憂。努爾哈赤打聽得圖倫城東面，有一座山峽，名叫九口峪，是通建州的要道，真有一夫當關，萬夫莫開之勢。他便悄悄的派二百名兵士，去把守九口峪，斷他救兵之路。自己帶了三百名兵士，含枚疾走，到了圖倫城下，已是三更時分。這夜天氣，月黑風高，對面不想見。努爾哈赤吩咐去南門放一把火，城中兵士從睡夢中驚醒過來，去救南門的火，那東門早被努爾哈赤手下的兵開啟，發一聲喊，一擁進去，在黑地裡互相廝殺起來。那城中的兵士，不知道城外來了多少兵，人人害怕，早開著西門逃去。尼堪外蘭也站腳不住，帶了一小隊人馬，在人叢中逃命，逃到甲板地方。

這裡努爾哈赤一口氣便收服了圖倫、古埒、沙濟三座城池。從此兵雄馬壯，將廣兵多。到八月時候，又帶兵去打甲板，尼堪外蘭又逃出了甲板。忽然有兆佳城主李岱聯合著哈達兵來攻努爾哈赤，努爾哈赤和他對壘，直到第二年春天，捉住李岱，在營前斬首。六月時候，又打破馬兒墩。九月時候，帶了五百名兵士，去打董鄂部。十三年上又帶了五百召騎兵去打哲陳部。到十四年七月裡，打聽得尼堪外蘭逃在鵝爾渾城裡，便帶兵去打鵝爾渾城。尼堪外蘭走投無路，只得向撫順關逃去。誰知逃到關下，那明朝把關的將軍不肯開關。尼堪外蘭待轉身走去，早被努爾哈赤的兵馬團團圍住。仇人想見，分外眼明！努爾哈赤也不和他打話，挺槍直取尼堪外蘭，尼堪外蘭盤馬逃避，向荒僻小路而走。努爾哈赤趕上前去，隨手拋過套馬索去，攔腰套住，把尼堪外蘭拖離雕鞍，兵士上前去綁捆起來，送回營去。努爾哈赤早坐在帳上，見了尼堪外蘭，便不問話，拔下佩刀來，一下割去腦袋，便在營中設了覺昌安和塔克世的靈位，供上人頭，哭拜祭奠。兵士們一齊掛孝。那左近城池，聽說努爾哈赤殺了尼堪外蘭，都紛紛歸降；舊時建州屬下的部落，都上表稱臣。

努爾哈赤得勝回去，走到呼蘭哈達地方，看它地勢雄險，便打定主意，不回建州去了，在嘉哈河、和碩裡口兩界中的平崗，造著城池，把建州和撫順兩處地方的家室，都搬到一塊兒住著。努爾哈赤這時雖殺了尼堪外蘭，卻時時切齒痛恨李成梁，恨不得打進撫順關去殺了李成梁，才洩心頭之恨；但是看看自己兵力有限，一時也不敢動。

這年夏天，又有蘇完部主索爾果，帶領他兒子蜚英前來歸順。努爾哈赤在自己府中擺酒款待。飲酒中間，努爾哈赤禁不住時時嘆氣，索爾果問他為何不樂？他便把李成梁殺死他祖父、父親兩人，至今屍首未得，大仇未報，因此痛恨。索爾果聽了這話，低頭思索了半天說道：「貝勒若要報仇？非得此人幫助不可。」努爾哈赤忙問什麼人？索爾果便說出董鄂部部長何和裡的名氏來，接著又說了許多計策。努爾哈赤聽了，不覺拍掌稱善。

到了第二天，努爾哈赤便備下牛羊禮物，親自到董鄂部去拜見何和裡。這時何和裡封董鄂溫順公，駐紮在琿春地方，兵強馬壯，稱霸一方，當下見努爾哈赤前來拜他，他也佩服努爾哈赤是少年英雄；如今又是新立事業，便另眼相看。兩人想見，十分投機。努爾哈赤看何和裡年紀並不老大，只在三十歲左右，便心生一計，當夜在他府中住宿一宵。到了第二天，努爾哈赤再三邀請何和裡到興京去，何和裡見他十分誠意，便也答應。只帶了隨身侍衛，跟著努爾哈赤走進興京城，兩人並馬而行，到了府前下馬去，裡面大吹大擂起來。早有哲陳部主、蘇完部主、渾河部主，以及各貝勒下階相迎。走上廳去，分賓主坐下。一面傳杯遞盞，看著許多妖豔婦女，在階下跳神吹唱。何和裡到這時，不覺開懷暢飲。飲到中間，忽聽得一聲細樂從屏後轉出來；後面一群侍女擁著一個千嬌百媚的姑娘，走近何和裡身前，一蹲身行下禮去。忙得他還禮不迭，接著旁邊一個贊禮的大聲唱拜，索爾果上來扶著何和裡，竟和那姑娘拜著天地，行起夫婦禮來。一陣陣脂香粉膩送進鼻管去；簫管嗷嘈，送進耳管去，把個何和裡撮弄得好似之二和尚，摸不到自己的頭腦。他正要回頭去找努爾哈赤問話去，那許多人早已不由分說，推推擠擠，推他進洞房去了。不知何和裡肯也不肯，再聽下回分解。

# 脂香粉陣靡雄主　睡眼朦朧退敵兵

話說董鄂部主何和裡，模模糊糊被他們推進洞房以後，定睛一看，見屋子裡布置得金碧輝煌，那一股異香直鑽進鼻子，早把他弄得神魂飄蕩。一位美人兒，亭亭玉立地站在他跟前。他便說道：「姑娘請坐！」那女孩兒也回說了一句：「部主請坐！」這一聲嬌滴滴的嗓音，直叫人聽了心旌搖盪。何和裡到這時，便忍不住去攜著她的手，並肩坐下，覺得她的手又滑又軟。一邊捏弄著她的手，一邊問道：「姑娘是大貝勒的什麼人？怎麼和我做起夫婦來？你可知道我家裡原娶有福晉？」那女孩兒聽了，轉身一笑。說道：「我便是大貝勒的大公主，今年十六歲了，俺父親只因愛部主一表人才，便打發我來侍候部主。部主家裡娶有福晉，這是我父親知道的，只求部主念今宵一夜的恩愛，將來不要丟我在腦背後，便是我的萬幸了。」公主說到這裡，不覺低垂粉頸，拿大紅手帕抹著眼淚，哭得嗚嗚咽咽抬不起頭來。到這時任你一等英雄，也免不了軟化在姑娘的眼淚中。他便上前去拉著公主的玉手，一邊替她抹眼淚，一邊打疊起許多溫柔話勸慰她。到最後，他兩人雙雙對著視窗，跪下來說了終身不離的誓語，又拉著手雙雙上炕並頭睡下了。

到第二天起來，何和裡見了努爾哈赤，行了翁婿之禮，又說了許多感激的話。從此把何和裡留在府中，三日一小宴，五日一大宴，把個赫赫董鄂部主調理得服服貼貼。後來日子久了，努爾哈赤把自己如何有大志，如何要報仇，如何兵馬不足的話，一古腦兒對他說了。何和裡毫不遲疑，便拍著自己胸脯說道：「我幫助岳父五萬兵馬，怎麼樣？」努爾哈赤聽了，忙站起來兜頭一揖，連聲道謝。何和裡說道：「這調動兵馬的大事，非我親自回去一趟不可。」索爾果在一旁說道：「既然如此，事不宜遲，便請駙馬今天便行如何？」當下何和裡散了席，便出門上馬，帶了自己原來的侍衛，回董鄂部去。

這時，何和裡的原配哲陳妃，在母家住，關於她丈夫入贅在興京和回來調動兵馬的事，她都不知道。直待到何和裡兵馬調齊，各處部落沸沸揚揚的傳說。努爾哈赤招何和裡做了駙馬，這句話聽在哲陳妃耳朵裡最是傷心。她不由得胸中憤恨，立刻向父親調了二千人馬，星夜趕回董鄂部去。正走到摩天嶺下面，當頭來了一隊人馬，正打著董鄂部的旗號。這時何和裡新得了公主，離開不多幾天，心中便萬分掛念，匆匆忙忙把兵馬調齊，吩咐在後慢慢行來，自己便帶了一小隊侍衛不到得六百人，便攢路先行，急急要回興京去見他那位新夫人。

誰知走到摩天嶺下，何和裡恰恰遇到他這正妻哲陳氏。何和裡心下十分抱愧，當即拍馬上去迎接，打著謊說道：「你怎麼去了這麼許多日於？我一個人在家裡冷清清的，正想得你苦，打算自己帶著兵來迎接你回家，誰知今天我夫妻二人在此地相遇，你快快跟我一塊兒回去吧！」他一邊說著，一邊看他妻子身後，旗旗蔽日，刀劍如林，他心知有些不妙，還強裝著笑容問道：「妃子回家來，怎麼帶這許多兵士？敢是和誰廝殺去？」

那哲陳妃坐在馬上，手提長槍，桃花臉上罩著一層嚴霜，蛾眉梢頭還帶幾分殺氣。這位哲陳妃原也長得絕世容顏，她又從父親那裡學得一身武藝。平時何和裡見了她，恩愛裡面還帶幾分懼怕。如今自己做了虧心事體，又看看這位夫人桃腮帶赤，櫻唇含嗔，早已有些不得勁了。正靦腆的時候，忽聽他夫人劈空說了一句：「特找你廝殺來！」這一句話說得好似鶯嗔燕叱，又嬌又脆又嚴厲。聽在何和裡耳朵裡，早不禁打了一個寒噤。他夫人把話說過，便放馬過來廝殺。好好一對夫妻，只因打破了酷罐，在摩天嶺下一來一往，一縱一合大戰起來。

起初何和裡看在夫妻面上，不忍動手，一味地招架。後來看看他夫人實在逼得厲害，那槍尖兒和雨點似的落下來，他便也動了氣，舉起大刀向前砍去。他夫人勒轉馬頭便走，何和裡拍馬趕上去，一前一後和趕流星似的在嶺下跑著。看看追到一座山峽口，兩面老樹參天，濃蔭密布，何和裡說一聲：「不好！這裡面一定有埋伏。」急急勒轉馬頭，已是來不及了。只聽得疙瘩一聲響，絆馬索把何和裡坐騎絆倒了，馬上的人也跟著倒在地下。哲陳妃親自趕來，拿一捆繩子，把她的丈夫，左一道又一道捆綁起來。何和裡的侍衛兵見了，忙上前來搭救，早被哲陳部的大隊人馬，四面衝出來，趕散了。

夫人把何和裡活捉回營，也不解放，也不斬首。自己睡在榻上，把她丈夫綁在榻下，一任丈夫如何求饒，她只說一句：「你求那個公主去！」何和裡知道他夫人鬧醋勁鬧得很厲害，求也無益，只得不求了。這樣昏昏沉沉地過了一天一晚，哲陳妃子便和她的部下商量，攻打興京去，她意思要把那公主親自捉來，和他丈夫雙雙斬首，才解了她心頭之恨。

誰知正商量時，忽聽得營門外連珠炮響，接著四面都響起來，一片鼓聲喇叭聲震動山谷。哲陳妃忙忙披掛上馬，出去一看，原來建州人馬，四面包圍著。努爾哈赤一匹馬直趕到營前，口口聲聲還我女婿來。

哲陳氏見了努爾哈赤，罵一聲「老烏龜」，咬一咬牙，拍馬上前和他拚命。你想一個脂粉嬌娃，任你有如何本領，怎敵得努爾哈赤的神力，戰了十多個回合，早已敗進營去。哲陳妃子吩咐緊閉營門，不肯交戰。

過了一天，那何和裡調動的五萬兵馬也一齊趕到，幫著努爾哈赤攻打哲陳營盤。哲陳妃子看看把守不住，便悄悄地挾著他丈夫，偷出了後營，上馬逃去。誰知才出營門，便被努爾哈赤捉住。照努爾哈赤的意思，要拿哲陳妃子正法，後來還是何和裡看夫妻份上，救下性命來。努爾哈赤把妃子喚上帳來，狠狠地申斥了幾句，放她回董鄂本部去。從此建州人都呼哲陳妃子做「厄赫媽媽」。——「厄赫」是惡的意思。這樣一來，努爾哈赤憑空裡又得了五萬人馬，又得董鄂、哲陳兩部，靠著他們的力量，在十月裡的時候，行軍直到松花江上流，收服了珠舍裡訥殷兩部。第二年六月裡，又打破了多壁城，後來又取得安褚拉庫，一路收服了愛呼部。

努爾哈赤知道建州部人口太少，不能成事，因此他大兵所到之處，便擄掠百姓，送到建州地方去住下。不到幾年，建州地方居然人煙稠密，村落相望，這時那佟氏也年紀大了，努爾哈赤便又娶了一位妃子富察氏。又在他擄掠來的女子中，挑選了幾個美貌的，充當自己的小老婆。這時他新造的都城裡，已是十分熱鬧了。努爾哈赤從愛呼部回來，在興京地方休息了幾年，又把從前失散的二弟舒爾哈齊，三弟雅爾哈齊找回來，一塊兒住著，又替他們娶了妻房。

他們三弟兄常常在一起說笑著，慢慢地談起哈達汗王臺來，不由得切齒痛恨。努爾哈赤便起了討伐哈達的念頭，當時便點齊兵馬，親自統帶出城，把興京的事情，託付給他二弟舒爾哈齊。富察妃見丈夫要打仗出去，她便隨營服侍。拔寨齊起，到了前面連山關口，忽見探馬報說：「哈達汗王臺早已死了，他兒子虎兒罕也短命死去，只留下一個孫子，名叫歹商。葉赫酋長卜寨把女兒許配給他，叫歹商到葉赫去迎親。誰知走到半路上，卻來了一群葉赫的強徒，把歹商殺了。只因當初哈達王忠，受了明朝的命令，因為葉赫都督祝鞏革，倔強不奉命，便起兵把祝鞏革殺了。祝鞏革兩個兒子逞家奴、仰家奴懷恨在心，常常想替父報仇。到了王臺手裡，便想法子要和葉赫部講和，情願將自己的女兒許配給仰家奴做妻子，誰知仰家奴卻不願意，便向蒙古酋長去求婚，娶了一位蒙古夫人。王臺便大怒起來，仗著自己兵強力壯，便要去攻打葉赫部，後來明朝總兵官出來講和，叫兩家永息於戈。不料葉赫酋長卜寨，卻居心不善。如今借嫁女為名，哄著歹商出來親迎，在半路上暗暗的埋伏著刺客，用毒箭射死他，報了世代的冤仇。

努爾哈赤聽了這個消息，接著問道：「歹商被卜寨殺死，難道哈達部人就此罷手不成？」那探子回說道：「歹商前妻，原生下一個兒子，名叫騷臺柱。因為年紀太小，不能報仇，現在逃在外婆家裡。」努爾哈赤又問：「騷臺柱既躲在外婆家裡，那哈達部的事體，究竟什麼人在那裡料理？」探子又說：「有一個是王臺遠房的孫子，名叫蒙格布祿，他是一位少年英雄，哈達人便把他請出來當部長。那蒙格布祿便日夜練著兵，打算替歹商報仇。卜寨知道了，也不敢去侵犯他，便帶了兵向蘇子河、渾河一帶去了。」

努爾哈赤聽了，不覺驚慌起來，心想：「這渾河一帶，不是向我們地界上來了嗎！」正說話時，接著第二路探子報告，說道：「葉赫酋長，如今聯合烏拉輝發、科爾沁、錫伯桂勒察等九路兵馬，由三路攻打興京，請大貝勒作速準備抵敵。」努爾哈赤聽了，卻毫不慌張，低著頭半晌。忽然喚人去把三貝勒雅爾哈齊傳來，弟兄兩人在帳中唧唧噥噥，商量了半天，雅爾哈齊出得帳來，便拍馬向東北方去了。

這裡努爾哈赤依舊催動兵馬向北關出發。看看路上走了五天，前面一條大河攔住去路。先鋒隊報說：「前面已是蘇子河口。」努爾哈赤吩咐紮住營頭，元帥的大營紮在樹林深處，一面吩咐隨營廚役，預備酒菜。到傍晚時候，酒席都已擺齊，擺在林木深處。努爾哈赤踱出帳來，親自替諸位將士斟酒。慌得那班將士，個個爬在地下，磕頭謝賞。努爾哈赤說道：「諸位將軍，滿飲此杯，今夜早早休息，準備明天廝殺。」一時眾兵將便大嚼起來。努爾哈赤又打發人，頻頻勸酒。那酒都用大缸盛著，大家喝了一碗，又是一碗，喝個不休，直喝到月落西山，鴉鵲噪林。

努爾哈赤坐在帳中和富察氏傳杯遞盞，又有五七個美貌的侍妾，在帳下彈著琵琶，唱著小曲兒。十二個侍女，兩旁一字兒站著，斟酒的斟酒，上菜的上菜，夫妻兩人猜拳行令，吃得杯盤狼藉。看著點上燈來，努爾哈赤便發下將令去，叫營口一律熄火安眠，不許再有說笑喝酒的聲音。果然令出如山，全營立刻黑漆一片，不聞一些聲息。努爾哈赤自己也撤去酒席，上炕安眠。頭一落枕，鼻息便鼾鼾地響。

富察氏卻不敢睡，她斜靠著燻籠，和侍妾們閒談著。聽聽外面打過三更，努爾哈赤兀自深睡不醒，那地面忽然覺得微微震動，側耳一聽，又覺得有兵馬奔騰的聲音。富察氏覺得有些害怕起來，便上去輕輕地推著努爾哈赤，低低地喚道：「快醒來！九國的兵要打來了，怎麼反這樣渴睡起來？」努爾哈赤聽了，略略轉動身體，又打起鼾來了。外面兵馬的聲音越聽越近。富察氏又去喚著努爾哈赤醒來，還說道：「你難道是心裡害怕嗎？」努爾哈赤睜開眼來，笑笑說道：「我倘然真的害怕，便是要睡也睡不熟了。前幾天聽說葉赫部帶著九國的兵打來，我不知道他們什麼時候來，所以心裡掛著，如今既然來了，我也放心了。」說著，他依舊閉上眼，翻過身睡去。

富察氏聽了他的話，不知道他葫蘆裡賣的什麼藥，又怕嘔起他的氣來，只得靜悄悄地在一旁坐著。但是，那兵馬的聲音越聽越近，似乎已經到了營門外，卻又寂靜起來。富察氏不覺心頭小鹿兒亂跳，正疑惑的時候，忽聽得營門外一聲吶喊，接著火光燭天，廝殺起來。富察氏急了，忙去推醒努爾哈赤。努爾哈赤擺著手，叫她不要聲張。但是聽聽那喊殺的聲音，越發厲害。富察氏坐在營帳裡，好似山搖地動一般，這樣子經過一個時辰，喊殺的聲音才慢慢地遠了。

努爾哈赤從炕上直跳起來，拍手大笑。一手拉過富察氏來坐在炕邊，說著：「你看我的計策怎麼樣？那九國的兵，葉赫部的兵跑在前面，我早已知道他們快到了；所以假裝酒吃醉了，叫兵士們早睡，原是要他們知道了來偷營的。其實我們喝的完全是茶，並不是酒。兵士們也沒有睡，個個全副披掛，在暗地拿著兵器悄悄地候著。果然不出我所料，他們連夜來偷營了。我卻四處有埋伏，他們到一處中一處計。想來他們的兵，被我們捉住的很多了。他們在暗地裡中了我們的埋伏，不知道我們有多少人馬，早已嚇得退過河去。我又打聽得他們的主力軍隊在渾河一帶，我卻早已打發三弟悄悄地到哈達部去，知會蒙格布祿，叫他們速速出兵跟在那葉赫兵後面。待他渡過渾河，我和他前後夾攻，此番那卜寨難逃我手掌的了。」

正說話時候，外面接二連三地傳報進來說：「先鋒隊已經打過蘇子河去了。」又報說：「殺死了葉赫兵三百，生擒的又是五百。」接著又報說：「擄得糧草、兵器、帳篷都堆在營門外，請大貝勒出去查點。」努爾哈赤才從炕上下來，踱出帳去，把擄來葉赫兵的將官，都一一審問過了。又看過糧草兵器，便傳令拔寨都起，直向渾河西岸奔去。

那葉赫兵正在前面慢慢地渡河，努爾哈赤追殺一陣，葉赫部兵紛紛落水，溺死了不計其數。那卜寨兵正渡過對岸，忽然迎頭一支兵馬打著哈達部的旗號，直衝過來。卜寨陣腳還沒有站住，早被殺得東西飄散。卜寨看看前面被哈達兵馬攔住，便帶著一小隊兵士，從上流頭又逃過河去。才上得岸，那河邊有大隊人馬趕來。真是冤家路狹，那來的不是別人，正是努爾哈赤。那卜寨便匹馬落荒而走，努爾哈赤哪裡肯舍，忙也匹馬單槍趕去。

這地方是一座大村子，卜寨在前面繞著樹東奔西走，努爾哈赤又緊緊地跟著，兩人一前一後。走到樹林深處，卜寨回過頭來看看努爾哈赤快趕上了，馬頭接著馬尾，只聽努爾哈赤大喝一聲，一槍刺來。卜寨心下一慌，忙拍著馬向一株大樹下鑽去。誰知一個錯眼，那大樹低低地伸出一條橫枝，卜寨的馬跑得快，來勢很猛，卜寨的腦袋打在橫枝上，只聽他「啊喲」一聲，眼前一陣黑，落下馬來。努爾哈赤手下的兵士，一齊搶上前去，舉槍便刺，好好一條大漢，身上搠了十七八個窟窿死了。努爾哈赤趁勢渡過河去，和蒙格布祿合兵在一處，收服了葉赫部下的許多城池。那八國的兵馬打聽得卜寨已死，早嚇得躲在家裡，不敢出頭。

這一場大戰，蒙格布祿的功勞也是不小。努爾哈赤邀他到自己的營盤裡去，大擺筵宴，又喚富察氏陪著他一塊兒吃酒，又喚許多侍妾在一旁伺候他。蒙格布祿雖說是個英雄，卻也是個少年好色的人，見了許多美貌佳人，不由得他魂靈兒飄蕩，舉動慢慢地輕狂起來。努爾哈赤也不惱他，便給他許多牛馬糧草，送他回國去。

這時，建州的兵力越發強盛，人人見了害怕。但是努爾哈赤心裡還不滿足，常常想鄰近諸部，只有烏拉部最強，不滅去烏拉，不能夠打通東海。因此，他常常有併吞烏拉的心。在明朝萬曆三十五年正月的時候，恰巧有東海瓦爾格部長，名策穆特黑的，打發人來對努爾哈赤說道：「我們因為地方隔得遠，一向歸附烏拉的。如今烏拉貝勒名布呂泰的，常虐待我們，我們沒有法想，只好投降你們建州了。求你們快快發兵來幫我們，趕走烏拉人。」努爾哈赤聽了，深中下懷。當時點齊兵馬，叫二弟舒爾哈齊做先鋒隊，帶領三千人馬，從松花河上流，過黑江渡圖門江，穿過朝鮮城寨，到慶源府江岸，再渡圖門江，到了瓦爾喀部的蜚悠城。

這消息給烏拉部主布占泰知道了，便出兵到圖門江，打算切斷舒爾哈齊的後路。有舒爾哈齊的先鋒兵名扈爾漢蝦的，押著擄來的百姓、牛馬幾千，到舒城江邊去。在山上走過，遠遠地望見敵人的兵馬來到，便飛馬報與主帥知道。那舒爾哈齊立刻出兵和他開戰。那布占泰正用全副精神對付敵兵，忽然後面努爾哈赤三路兵趕到：一路兵直衝後陣；一路兵渡過下灘，攔住他的去路；自己卻帶著他兒子代善貝勒，向中軍打來。

那代善貝勒雖說年輕，卻十分勇敢。布占泰親自出馬和他對敵，戰了四五十個回合，還不分上下。布占泰退去，換了一員猛將上來，名叫卓鬥，一口氣又戰了三十餘合。代善貝勒賣個破綻，卓鬥兩手捧定大刀攔腰橫劈過來，代善一側身，讓過刀去，把刀劈了一個空，代善拍馬搶上幾步，一手拖住他的刀柄，猛力一砍，砍去卓鬥半個腦袋，倒撞在馬下死了。那手下的兵丁，看著傷了這一員大將，個個膽寒，一轉身和一陣狂風似的逃去，後面的陣腳也衝散了。努爾哈赤在馬上把手中的小黃旗一揮，大隊人馬和山崩海嘯似的追上去。

這時天上忽然刮下幾陣大風，吹得天昏地暗，飛沙走石。布占泰帶著人馬且戰且退。無奈山路崎嶇，天又黑暗，兵馬慌慌張張，踏死的踏死，跌死的跌死。建州兵追到了，代善貝勒匹馬當先，擎著大刀縱橫馳騁，殺得十分暢快，大小將官被他殺死的有二三十個，兵士不計其數。有一個押糧官，是布占泰的叔父，名昌主的，只因帶著糧草走得慢了一步，被代善貝勒追過去，把他拖下鞍來，活捉過去。追了四十多里路，布占泰在前面逃著，逃得人疲馬乏。代善在後面看看追上，忙從肩上取下弓來，彎弓搭箭，覷得清切，正要射過去，忽然布占泰身後一員大將大聲喚道：「來將不得暗箭傷人！」說著，拍馬過來，和代善廝殺，被代善從馬上伸過手去，一把揪住辮子割下頭來。這一場戰，布占泰一共損失七千多兵丁。布占泰落荒逃去，直退到吉林地方，努爾哈赤大獲全勝，班師回去，暫過殘冬。

到了第二年初夏時候，努爾哈赤又帶了第二個兒子名代善的第八個兒子名皇太極的，出師吉林，討伐那烏拉國。那國主布占泰聽了這個消息，早嚇得魂膽飄搖，忙親自帶著幾個臣子，坐著船，渡過伏爾哈河來求和。努爾哈赤不許，一面催動大兵，直搗烏拉，打破了城池，在城裡殺了五天，全城人口差不多都殺完了。布占泰早逃到葉赫部去了。要知葉赫部收留不收留，再聽下回分解。

# 奸外母蒙格枉死　避內訌努爾求屍

話說布占泰投降了葉赫部，這時部主名叫納林布祿。想起從前酋長卜寨被努爾哈赤殺死，不由得切齒痛恨。如今布占泰也吃了建州人的虧，從來說的是同病相憐，他便收留下了。兩人天天商量如何報仇的法子，因想起建州人，便又想起哈達部主蒙格布祿，他不該幫著努爾哈赤來欺侮葉赫部。如今我們要報仇，第一要去討伐蒙格布祿。明朝萬曆二十七年五月的時候，納林布祿調齊大隊人馬去攻打哈達城。

哈達部主十分驚慌，心想我們從前幫建州人有功，如今不妨求努爾哈赤去。他當時便帶著三個兒子，親自到建州去，願意把三個兒子作抵押，求努爾哈赤快快發兵。努爾哈赤連蒙格布祿一齊留下，一面打發蜚英東帶領三千精兵去救哈達。這裡努爾哈赤，天天陪蒙格布祿在府中吃酒談笑，富察氏又把他三個兒子養在內宅裡。這三個兒子，面貌長得十分清秀，腦子又聰明，見了富察氏趕著喊媽媽。富察氏又是十分歡喜孩子的，便常常摟著他們坐在膝蓋上問話，問到他們的母親，說是早已死了。富察氏看著他們可憐，不覺落下眼淚來。

第二天，富察氏陪著努爾哈赤用膳，夫妻兩人談起蒙格布祿死了妻子的話，富察氏的意思，要把自己大公主許配給他。一來公主嫁給一個部主，也是十分榮耀的；二來蒙格布祿做了女婿，便能忠心向著岳家了。努爾哈赤聽了富察氏的話，心中大不為然，只是默默地不說一句話。富察氏再三追問，努爾哈赤便冷冷地說了一句：「聽憑你去做主。」只因努爾哈赤平日是寵愛富蔡氏，富蔡氏又一眼看中了蒙格布祿的人才，天天催著他丈夫去對蒙格布祿說這個話。努爾哈赤拗她不過，只得說了。蒙格布祿聽說努爾哈赤肯把公主配給他，真是喜出望外，當時進內室去謝過富察氏。富察氏又催薩滿，挑選一個吉日，府中掛燈結綵，準備做喜事呢！

喜期的前一天，努爾哈赤在府中擺酒請蒙格布祿入席。席中努爾哈赤竭力誇獎他，又喚一個絕色的侍妾出來，站在他身旁，唱著曲子，頻頻勸酒。蒙格布祿眼睛中看了美色，耳中聽了嬌聲，那酒便是一杯又一杯地吃下肚去。看看吃到酩酊大醉，努爾哈赤對那侍妾丟了一眼色。一個侍女在前面照著燈，那侍妾卻親自把蒙格布祿扶到一個小院落裡去睡。到得天明，那蒙格布祿睜著眼來，一看見自己和那侍妾，各個脫去了外衣，雙雙綁在一塊兒，倒在炕上，炕前圍著一大群兵士。努爾哈赤怒氣沖沖地站在當地，指天劃地地大罵，口口聲聲說蒙格布祿奸汙了岳母。也不由他分說，一揮手，上來七八個兵士，拖著蒙格布祿便走。蒙格布祿竭力喊冤，也沒有人去理他。看看拉到一所荒園裡，把他綁在一株大樹上，一瞥眼見蒙格布祿的大兒子，名叫吾兒忽達的，從外面踉踉蹌蹌地跑進來，嘴裡喊「刀下留人！」趕到努爾哈赤跟前，爬在地下，不住地磕頭，替他父親求饒。努爾哈赤一面推開了吾兒忽達，一面喝一聲「動手！」只聽得疙瘩一聲，蒙格布祿的頭早已落下地來。

吾兒忽達見了，縱上去捧著他父親的頭，哭倒在地，暈絕過去。待到醒來，只有空空落落的一座荒園，也不見一個人。吾兒忽達心想，我如今不能再住在府中了，他們不久便要害我的性命。便跳起身來，往外便逃。可喜這時黃昏人靜，這園又在荒僻地方。他出得園來，也沒有人去查問他，急急逃出了興京城。意欲趕回哈達城去起兵報仇。走到界凡山下，遇到一個明朝總兵手下的一位巡查官，是他一向認識的，見吾兒忽達慌慌張張的樣子，忙拉住他問原因。

吾兒忽達便把父親遭難，如今打算回哈達去起兵報仇的話說了。那巡查官聽了，笑說道：「呆孩子！你這一次回家去，不用說大仇報不成，便是你的性命也難保。」吾兒忽達聽了，十分詫異，忙問他什麼道理。那巡查官說道：「你忘了蜚英東帶了三千人馬在你家裡候著嗎？」吾兒忽達聽了，便恍然大悟，撲地跪下地來，求他幫忙。巡查官一面扶他起來，帶著他回撫順關去。那吾兒忽達見了李成梁，便不住地哭著求著，李成梁看他可憐，便替他上奏章。皇帝聖旨下來，派李成梁帶兵到興京查問。

那努爾哈赤見走了吾兒忽達，正在四處找尋，忽然探子報到，說明朝總兵親自帶兵前來問罪。努爾哈赤雖說凶狠，但他一聽說明朝兵到，也有些害怕。一面打發舒爾哈齊前去擋駕，一面把蒙格布祿的屍身送還給他兒子。李成梁見他服了輸，也便罷了。誰知那富察氏見他丈夫謀害了她得意的女婿，心中老大的不願意。她最喜歡吾兒忽達的，如今也不在她身旁，便和丈夫常常吵嘴。便是那公主，也因父親誤了她終身，便常常在暗地裡哭泣。努爾哈赤被她們母女兩人吵得頭昏，沒奈何仍把吾兒忽達接進府來。富察氏做主，把公主嫁給吾兒忽達。吾兒忽達也老實不客氣，把父親的聘妻娶來，做了自己的妻房。李成梁又把吾兒忽達的弟弟帶進關去。這裡他新婚夫妻兩人，十分恩愛，富察氏看了，也喜歡。過了四十天，便雙雙回哈達部去了。從此努爾哈赤和富察氏，心中各有了意見，夫妻兩人不十分和睦了。

這時佟氏已死，生下兩個兒子：大兒子名褚英，第二個兒子便是代善。褚英性情倔強，努爾哈赤便叫他帶兵去駐紮在外面。富察氏也生下兩個兒子：大兒子名莽古爾泰，第二個兒子名德格類。他父親原不十分歡喜他們，如今和他母親有意見，父子之間越覺得淡淡的。這時還有大妃葉赫納喇氏生的一個兒子，便是皇太極，也深得努爾哈赤的歡心，和代善一樣看待。此外側妃伊爾根覺羅氏生的兒子，名叫阿巴泰，和庶妃生的兒子阿拜、湯古岱、塔拜、巴爾泰和巴布海五人，都不能常和他父親見面。吾兒忽達成親的時候，便是那大妃葉赫納喇氏去世的時候。努爾哈赤因和她多年的夫妻，心中不免悲傷，因此越發寵愛皇太極了。

在努爾哈赤本意，葉赫氏死了，原想把富察氏升做大福晉。如今既然不睦，便想另外娶一個大福晉。打聽得葉赫部長布揚古的妹妹，是一個絕世佳人。在關外地方，誰人不知道有這個天仙美女？努爾哈赤也很想娶她來做妃子。恰巧這時他二弟舒爾哈齊娶烏拉貝勒布占泰的妹妹做妻子。布占泰親自送妹妹到興京來，見了努爾哈赤，十分慚愧。努爾哈赤因為大家都是親戚，便忘了從前的仇怨，和他吃酒談笑。談論之間，布占泰知道努爾哈赤死了大福晉，便說起布揚古的妹妹長得如何美貌。努爾哈赤便託他向葉赫部去求婚。到了第二年，葉赫、哈達、烏拉、輝發四部部主，都打發人來向努爾哈赤認罪。布揚古又親自答應把妹妹許給努爾哈赤做大福晉。努爾哈赤便送布揚古上等鞍馬盔甲，算是聘禮。當時，殺了一頭白馬，祭天立誓。讀著誓語道：「既盟以後，若棄婚姻，背盟好，其如此土，如此骨，如此血，永墜厥命！若始終不渝，飲此酒，食此肉，福祿永昌！」誓畢，邀請四國的貝勒，大開筵宴，熱鬧一場。

這努爾哈赤一天天得意，權力一天天大。他同族的弟兄叔伯，都壓在他勢力之下。便是那失寵的兒女和妃子侍妾們，也十分怨恨他。努爾哈赤也有幾分覺得，便把同族的叔伯，都搬到城外去住。這一搬動，那弟兄們心中越發緊張起來。德世庫、劉闡、索長阿、寶實的一團隊孫，便祕密商量：「各個召集了自己的家將，在半夜時分，爬城進去，殺死努爾哈赤。」這一夜，月黑風緊。努爾哈赤一個人睡在炕上，忽然覺得心頭跳動。他說一聲：「不好！」跳起身來，手裡拿著寶劍，悄悄地開著門出去。他兒子代善和皇太極也跟在後面。一路狂風，街上靜悄悄的。慢慢地走到西城腳下，這西城地方是一個最冷靜的所在。努爾哈赤等一齊趕上城去，攀著城堆，向下一望，果然見十幾個人，爬著繩梯上來。努爾哈赤擎著劍在城上大喝一聲，那城外的人，嚇了一大跳，直從繩梯上都滾下地去。這一聲喝不打緊，早把那守城池的兵丁和將官，一齊驚起。見努爾哈赤直立在城樓上，大家便十分驚慌，一齊跪倒在地，請大貝勒回府。照皇太極的意思，要開城去追捉賊人，努爾哈赤不許。

誰知到了第二天夜裡，努爾哈赤和他的大公主及代善、皇太極兩個睡在內院。正好睡的時候，努爾哈赤有一頭狗，名叫揚古哈的，忽然大叫起來。努爾哈赤在黑地裡跳起身來一看，看那狗和人一般地站了起來，對著窗外狂叫。再看窗外時，也有人影子移動。努爾哈赤知道又有人來謀害他了。忙悄悄地把大公主推醒，代善和皇太極也跳起身來，每人給他一柄刀，叫他把守窗戶。他自己一手著刀，對門外喝道：「外面什麼人？既然來了，為什麼不進來？你們再不進來，我卻要出來了，你們敢和我對敵嗎？」說著拿刀柄打著窗櫺，腳踢著窗板，裝著要打窗子裡跳出去的樣子，一轉身卻從門裡箭也似地衝出去。門外面的刺客大吃一驚，轉身逃去。努爾哈赤正要追上去，腳下倒著一個死人，幾乎吃他絆倒，急看時，卻是一名侍衛，名帕海的，被刺客殺死了。努爾哈赤十分惱恨，一面傳集府中侍衛，打算關著城門大捉刺客。

第二天，有一個族叔名稜敦的，從尼麻喇城來，對努爾哈赤說道：「合族的人，都是你的仇敵，你捉誰好呢？」努爾哈赤聽了，不覺害怕起來，不敢搜捉凶手，便搬到他側妃伊爾根覺羅氏房裡去睡。睡到人靜的時候，忽聽得房門外有悉悉索索的響聲。努爾哈赤急急披起衣來，覺羅氏的兒子阿巴泰，這時跟著他母親睡在一塊兒，他拿著刀跟在他父親後面，悄悄地走出門去，努爾哈赤躲在煙囪邊候著。這時天色昏沉，滿院漆黑地看不出人影。那刺客站在院子裡摸索著走進來，慢慢地走到煙囪跟前。忽然天上隱隱有雷聲，一個閃電下來，照得滿院子通明。努爾哈赤趁著電光，舉起刀背，猛力一打，打在那刺客的背上，倒下地去。努爾哈赤趕上來，一腳踏住，一疊連聲喊著洛漢。那洛漢是努爾哈赤貼身的侍衛，聽得大貝勒叫喚，忙提著刀趕進來。努爾哈赤吩咐把凶手捆綁起來。洛漢說道：「這惡人既犯大貝勒的駕，不如殺了罷休。」努爾哈赤怕得罪族人，便假問著那凶手道：「你不是來偷牛的嗎？」那凶手聽了點點頭。努爾哈赤便一笑，叫放了綁。這凶手給努爾哈赤磕過頭，轉身去了。在努爾哈赤的意思，我這樣寬大待人，他們總也該悔悟了。誰知隔不幾天，又鬧出亂子來了。

一天夜裡，努爾哈赤正要脫衣睡覺，一瞥眼見一個侍女在隔房探頭探腦，已經睡下，忽然又起來點著燈。一霎時又吹熄了，一霎時又點起來。努爾哈赤看在眼裡，知道今夜必要出事，便悄悄地起來，換上軟甲，掛著弓箭，假裝出恭去。走在院子裡，一片昏黑，見那邊籬房一團黑影，一晃一晃地逼近身來。努爾哈赤抽弓挽箭，颼的一箭，那刺客十分靈敏，縱身一跳，避去了箭鋒。努爾哈赤追上前去，連發三箭，射在那凶手的腳骨上，倒下地去。這時侍衛一齊趕進院子來，綁住了，拷打著問他。那凶手自己說名叫義蘇。努爾哈赤也放他走了。從此以後，闔府的人刻刻提防。

皇太極這時年紀雖小，卻很有見識。他暗暗對父親說道：「如今仇家眾多，父親防不勝防。依孩兒的意思，不如暫時出去一趟，避避風色。」努爾哈赤聽了皇太極的話，忽然想起那李成梁串通尼堪外蘭殺死我父親和祖父，直到如今，仇也不曾報得，便是祖父的屍首也不曾尋回來。我如今帶兵出去，嚮明朝問罪。那時得勝回來，一來可以壓服同族弟兄，二來也可以對得起已死的祖父和父親。當下主意已定，便樹起一面白旗，上面寫著「報仇雪恨」四個大字。挑選五千名精兵，一律掛孝。國內的事體，交給他二弟舒爾哈齊代管。合族的人，聽說他此去替祖父報仇，卻也人人心服，一齊送出興京城。

努爾哈赤辭別了眾人，浩浩蕩蕩，殺奔撫順關來。那守關將士報與寧遠伯李成梁知道。卻說李成梁自從殺死覺昌安、塔克世父子兩人以後，心中原時時提防努爾哈赤來報仇。如今說努爾哈赤果然帶領大隊人馬前來問罪，早心中沒了主意。幸虧他手下一個游擊官，是十分有智謀的，當下替他想定了一條計策，且待兵臨城下再說。不多幾日，探馬接二連三地報來，說建州兵馬離城十里；又說建州兵馬，離城五里了；又說建州人馬，已靠城紮營了。李成梁聽了，一概不去理他，只吩咐緊守四門，不得和他開戰。那努爾哈赤到了撫順城外，連日挑戰，卻不見城中兵馬出來，心中也弄得沒有主意。

到了第四日，努爾哈赤又到城下挑戰。忽然城上射下一封書信來，努爾哈赤拆開書信看時，不但一天怒氣化為烏有，反把個李成梁感激到十分。當下努爾哈赤依了信上的話，把兵馬約退十里。第二日全身軟裝，只帶著三五十名親兵，走進城去。才到城下，只見城門大開，那李成梁親自到城外來迎接。進城直到總兵衙門前下馬，擺上筵席來，兩人淺斟低酌。李成梁慢慢地把誤殺二祖的話說出來。如今為顧全兩家交情起見，情願歸還二祖的屍首，另給敕書三十道，馬三十匹。說著，吩咐侍衛官把敕書捧出來，供在案上，又把馬拉出來，擺列在院子裡。努爾哈赤看時，那馬卻都是俊物，不由得心中一喜，又回頭看堂上燈燭輝煌，香菸繚繞，供著三十道黃緞色的敕書。他不由得兩條腿兒軟了下來，要拜下地去。李成樑上前來攔住了，說道：「慢著謝恩！我三日前已替大貝勒請得聖旨在此，皇恩浩蕩，仍舊封貝勒做建州都督。」說著，高聲唱一句：「請出來。」只聽得裡面一陣吹打，兩個公公抬著聖旨，一步一步地踱了出來。

努爾哈赤這幾年來朝思暮想的，便是恢復都督原官，如今見了，不由得爬在地下碰著頭，高呼：「萬歲！萬歲！萬萬歲！」謝恩已畢，李成梁和他手下大小官員，一齊上來向努爾哈赤道賀。到夜裡接著又是吃賀酒。堂下吹打，堂上喧譁，直鬧了一夜。努爾哈赤便在總兵府裡歇了。到了第二天起來一看，一座總兵府中，又四處掛著素彩。從大門起一直掛著白幔，好似一座玉樓。努爾哈赤看了十分詫異，問時，原來李成梁做主替被害的建州都督覺昌安和塔克世兩人開吊。到了午膳時候，早見外面抬進兩口棺木來。努爾哈赤見了，不由得搶上前去，爬在地下，嚎啕大哭。李成梁忙上去扶他起來，把棺木停在大廳。全城文武官員，都來祭奠。行禮已畢，努爾哈赤便問：「祖父二人屍首，一向是何人儲存？」李成梁便拿手指著旁邊一人，說他也是一位部主，名叫約掉的，你祖父兩人的屍首，一向是他收管著。努爾哈赤上去，向那人道了謝。第二天，努爾哈赤帶兩口棺木出城去，李成梁送他出城。臨走的時候，努爾哈赤送一匹馬給李成梁。那馬名叫「三非」，原是關外的一匹寶馬，上高山如履平地。李成梁心中也很感激他，又替他上奏章給皇帝，說努爾哈赤怎麼感激聖恩。隔幾天北京聖旨下來，說每年賞建州都督銀子八千兩，蟒緞十五匹。這道聖旨到了興京城裡，努爾哈赤臉上覺得越發添了光彩，果然那同族中人，沒有人敢欺侮他了。

努爾哈赤越發要立些功業，藉此誇耀親族。他兒子代善替他出主意，叫他親自到北京去進貢一次，那時得些好處回來，一來可以誇耀家族，二來也可以壓服部落。努爾哈赤聽了他兒子的話說得不錯，便立刻發下號令，去各處部落裡蒐集了許多土貨，還有東珠、貂皮、人蔘等許多貴重的東西。又選了一百匹好馬，帶著一千名衛兵，挑選了好日子起身。這裡各部落貝勒和同族弟兄，自然有一番熱鬧，輪著給都督餞行。都督在路上，不多幾日，便到了撫順關。那位寧遠伯李成梁聽說建州都督進京朝貢去，便十分歡喜，立刻收拾房屋，給他住下，挑選定吉日，親自陪他一塊兒進京去。努爾哈赤意見要帶三百衛兵進京去。李成梁說：進貢規矩，不能多帶人馬。只許他帶親兵四十名去，他二弟舒爾哈齊也跟著一塊進京去。要知後事如何，再聽下回分解。

# 羨繁華觀光上國　賴婚姻得罪鄰邦

話說努爾哈赤弟兄兩人，帶了許多貢物，跟著李成梁進京，朝見明朝皇帝去，他兩人從不曾進過北京，見了那地方的繁華，人物的清秀，心裡說不出羨慕。一霎時那高大的宮殿已現在他眼前，不由他心裡害怕起來。進了內城，到了一座客館前住上。當夜便有幾個公公，來教導上朝的禮節。努爾哈赤又送公公許多禮物，另外還有分送各衙門的。在館裡住了三天。

到了上朝的一天，半夜時分，坐著驢車，慢慢地到了朝門外，下了車，跟著引導的，走進內街去。這時夜色深沉，御街寂靜；只見兩旁高高的圍牆，站在黑地裡，牆裡面露出高高低低的殿角來，彎彎曲曲地走了許多時候，才到朝房，有許多官員上來和他打招呼，有翻譯官替他們傳話。停了一回，忽聽景陽宮的鐘聲響了，大家便整一整衣帽，挨著班一串兒走進殿去。在玉墀下面，兩旁分班站著。這時天上放下微微的光明來，照在各人臉上，還不十分明白。滿院子靜悄悄的，只聽得衣裳磨擦著悉悉索索的響，站了許久許久，忽聽到殿上奏起樂來，這時天光已是大明，殿廊上發出五色的光彩來，照在人眼裡，不能看得十分清楚，只見那一班御前侍衛，在殿裡面，左右交換著跑來跑去，接著，又有兩個太監，手裡拿著一盞紅紗宮燈，在御座前跳來跳去，舞了好半天，便大家分著兩班向兩旁直挺挺的站著。

那音樂的聲音也立刻停住了。再看時，這位神宗皇帝，已是端端正正地坐在上面。這時殿下越發寂靜了，只聽得靜鞭打著階石三下，便有贊禮官高聲贊禮。那文武官員，分班兒一起一起地上去磕頭跪拜。接著那位寧遠伯李成梁也上去爬在地下，說了幾句話，上面又傳下話來。李成梁退下來，便有引導的領著努爾哈赤弟兄兩人上去。只當地橫鋪著一條棕毯，好似一個一字。弟兄兩人爬下地去，行著三跪九叩首的禮兒。贊禮官喝一聲退，便退下殿來。這時他弟兄兩人，嚇得昏昏沉沉，皇帝的臉兒也不曾看見。停了一會，散朝下來，便有許多官員和翻譯官陪著他到保和殿吃御賜的酒席。吃完了，向殿下謝過恩，退出朝門，上車回客館去。到了第二天，聖旨下來，叫內務大臣和理藩大臣陪著他遊瀛臺去。這時正是夏天，第二天一早起來，跟著兩衙門的官員們，進了西苑門。只見高大的柳樹，一絲一絲地垂著柳絲，那槐樹的蔭兒，罩住了地面，人在下面走著，心裡覺得十分清涼。一帶宮牆，沿著水堤。開眼一望，只見沿岸長著一叢一叢的蒲草，那紫色的燕子和絕色的翠鳥，在水草裡面飛來飛去，一啼一聲地叫著，風景十分幽靜。慢慢地渡過一座板橋去，一陣一陣的荷花香，吹進鼻子來。橋面上蓋著水閣，四面玲瓏，風吹著窗簾。那流蘇掃到人的臉上來，努爾哈赤心中不覺一動，想這樣神仙也似的地方，那神宗皇帝真好大福氣呢！想著，走進一座小紅門去。忽然眼界一寬，迎面一汪大水。有一條紅板長橋，曲曲折折地橫在水面，兩邊朱闌圍繞。舒爾哈齊走在橋面上，不住口地讚好。努爾哈赤回過臉去，對他瞪了一眼，嚇得他捂住嘴再也不敢說話了。

半晌，走完了長橋，迎面一座高大的朱漆牌樓，上面寫著「瀛臺門」三個大字。走進牌樓去，兩旁古木參天，中間露出一條寬大的白石甬道。甬道盡頭是一座大敞廳，裡面走出幾個太監來，招呼進去喫茶點。吃完茶點，從廳後繞出去，穿過一座松樹林子，林子外面一帶白石船埠，停著一隻大官船。官員們招呼努爾哈赤弟兄兩人上了船，蕩到湖中，回頭看那岸邊，真是瓊樓玉宇，一片金碧，隱約在樹林深處。努爾哈赤靠在船舷上，心中又不覺一動，他想到：「這樣神仙也似的地方，怎麼得給我住一年，便是死也甘心！」他兩眼望著水，正想得出神時，那船已到了岸邊。大家離船出門，上車回到客館裡。接著李成梁也到了，便在客館裡大開筵宴。吃酒中間，又來了幾個粉頭，彈唱歌舞。那玉雪也似的皮膚，黃鶯也似的喉音，早把他弟兄兩人看怔聽怔了。半晌，他們才回過氣來。一轉念又想到，他們明朝的美人真美啊！不知怎麼長成這模樣的呢？

第二天聖旨下來，封努爾哈赤做龍虎將軍；他弟弟舒爾哈齊也得了許多賞賜。他弟兄兩人謝過恩，收拾行李動身回家去。出得關來，一路耀武揚威，各處部落打聽得努爾哈赤果然得了好處，便個個道賀，人人敬服。他兄弟兩人見了人便讚歎明朝京城裡的繁華，又是婦女如何美麗。那聽的人，也說不出的心中羨慕。努爾哈赤便在興京地方，造起高大宮殿來，又定出召見弟兄貝勒的禮節，慢慢地他自己將自己尊貴起來。

第二年，他帶著兵，推說出去圍獵，常常幾個月不回來；即暗暗地占了別人的城池，奪了別人的田地。他又分遣自己手下的將官和弟兄子侄們，各處去攻城掠地。他在萬曆二十六年，打發大兒子褚英，弟弟巴雅齊和噶介、費英東，帶兵一千，去打安褚拉庫路，取屯寨二十多座，擄百姓一萬多人。第二年，派額亦都、費英東、扈爾漢帶一千精兵，去打東海渥集部裡的赫策黑路、俄漠野和蘇嚕路、和佛內赫托克索路，活擒二千人回來。萬曆三十七年，打發侍衛扈爾漢，帶兵一千人去攻打滹野路，擄著二千多人口回來。萬曆三十八年，打發額亦都帶一千兵士去打那木都魯、綏芬、寧古塔、尼馬察四路，押著四個路長，帶著他的家眷回來。路過雅蘭地方，又打破城池，擄著一萬多人回來。萬曆三十九年，打發第七個兒子阿巴泰和費英東、安費揚古，帶著一千個兵來攻烏爾古辰、木倫兩路，活捉著一千多人回來。同一年，又打發何和裡、額亦都、扈爾漢帶兵二千人去攻打虎爾哈路，圍扎庫塔城三天；破城後又殺死一千多人，活捉二千多人。他左近各路的路長見了害怕，都來投降。

連年用兵，那建州地方，比從前要大得幾倍。努爾哈赤心中還不滿意，他切齒痛恨的，便是他的女婿哈達部主吾兒忽答。當時外面被明朝的威力逼著，裡面又被富察氏挾制住了，不得已把女兒嫁給吾兒忽答。他夫妻兩人，從此鬧了意見。直到他進貢回來，神宗皇帝許他統治女真人種，旁人無可奈何他，便自稱為哈達部的保護人，親自帶兵到哈達城去，向吾兒忽答要哈達部主世代相傳明朝給的璽書。當時在哈達部下的有七百道地方，努爾哈赤把吾兒忽答的城池圍得鐵桶相似，要他交出璽書來。吾兒忽答執意不肯，便開城出來，親自帶兵士和他丈人對敵。努爾哈赤看了，十分惱恨，便叫他手下大將扈爾漢、費英東，兩人輪流攻城。一面又打發人到興京去調二千生力軍來助戰。吾兒忽答困守孤城二十日之久，糧盡援絕。在半夜時分，建州兵打進城來，把吾兒忽答全家人捉住。努爾哈赤進城去，一面把吾兒忽答夫妻兩人先押回興京去，一面派遣戰將到四處去收服失地。

吾兒忽答手下有一個部將名察臺什的，聽說哈達部給建州滅去了，他便帶了二百道地方，去投降葉赫部，求布揚古保護他。布揚古貪他的地方，便親自帶了大隊人馬嚴陣以待。努爾哈赤得了這個消息，不覺大怒，心想：「我和葉赫部新訂婚姻，布揚古的妹妹我聘而未娶，他膽敢和我作對嗎？」他一面吩咐兒子代善帶兵駐紮在哈達，一面親自調動大兵到葉赫部。那布揚古見了努爾哈赤，便責備他不該背棄盟好，滅了哈達。努爾哈赤笑說：「這是我家裡的事體，與你什麼相干？如今你收了哈達二百道地方，難道說不是背棄盟好嗎？再者，你妹妹現許我做我的妻子，如今我還不曾娶了你妹妹，你便和我兵戎想見，這不是明明有悔婚之意嗎？」布揚古聽了，氣得在馬上發跳，咬著牙說道：「你說話竟好似放屁，難道只許你橫行不法，不許我仗義執言嗎？我如今決計悔了婚姻，不願把妹妹嫁給你了！」

努爾哈赤聽說不把妹妹嫁給他了，這是他第一件犯忌的。當下便把手中槍一招，那手下的兵將一齊殺上前去，兩下里戰鼓齊鳴，喊聲動地，大戰一場。直殺到日落西山，不分勝負，便各個鳴金收軍。到了第二天，又殺了一天，這樣子殺到第六天上，看看葉赫部的兵支援不住了。便退進城去，緊緊關上城門，一面星夜打發人送救急文書到撫順關去。

這時明朝廣寧總兵張承蔭，巡邊到撫順地方，得了這個消息，便立刻調動三千人馬，前去幫著葉赫。這時努爾哈赤正督著人馬竭力攻城，忽然後面金鼓大震，當頭一面大旗，寫著大明字樣。努爾哈赤心想自己新得了明朝的官爵，這明朝人馬大概是幫我來的。便把自己人馬分在兩邊，親自上前迎接去。誰知那來將到了跟前，也不答話，把令旗招動，那人馬和潮水似的攻打上來。努爾哈赤一個措手不及，忙轉身退去，陣腳便大亂起來。努爾哈赤忙壓住陣腳，督著兵士上去對敵。正鏖戰的時候，忽然後面戰鼓一響，一支人馬從城裡殺出來。建州兵腹背受敵，殺一陣，敗一陣，直敗下四十多里路。看看人馬死了二千多人，再也不能支援，只得逃回興京去了。

從此以後，努爾哈赤把布揚古恨入骨髓，在家裡天天操練兵馬，要報這個大仇。獨有烏拉貝勒布占泰，常常來贈送禮物。努爾哈赤也另眼看待他。布占泰見葉赫悔了婚約，便又替努爾哈赤做媒，把他哥哥貝勒滿泰的女兒許給他。第二年，努爾哈赤親自到烏拉去迎娶回來，便是烏拉納喇氏。努爾哈赤見這位新夫人十分美貌，便也十分寵愛她，封她做繼大妃。

這位繼大妃性情十分和順，家裡這幾位妃子都和她好。這時舒爾哈齊有一個女兒，長得十分標緻，烏拉納喇氏和她十分親密。到第二年上，布占泰到興京去看望他侄女，努爾哈赤留他住在府中；他叔侄二人，常常見面談話。談話的時候，舒爾哈齊的女兒總在一旁陪伴著。布占泰這時正因蒙古科爾沁貝勒明安，受了他的聘禮，不拿女兒嫁給他，心中十分懊惱。如今見了這樣一位美人，心中不覺大動。見沒人在眼前的時候，悄悄地把這意思對他侄女說了。烏拉氏覷空又把這意思對努爾哈赤說了。努爾哈赤這時正和布占泰好，便做主把侄女嫁給布占泰。第二年，烏拉氏生了一個兒子，名阿濟格，接著又生了兩個兒子，一個名叫多爾袞一個名叫多鐸。這是後話。

話說布揚古的妹妹，滿洲各部落的人都知道她長得美貌。滿洲人家裡堂子上供著三位神像：一位是釋跡牟尼，一位是觀世音，一位是關公。傳說觀世音是一位相貌最美的女菩薩，因此大家便把布揚古的妹妹叫做「活觀音」。這位活觀音仗著自己美貌，父母又十分寵愛，便打扮得異常動人。她哥哥出去打獵，或是到各部落去遊玩，她就跟著一塊兒去。因此那哈達部、輝發部、烏拉部、哲陳部的各貝勒，她都認識，且常常和各貝勒在一塊打圍，追飛逐走，玲瓏活潑。那班貝勒見了這位美人，個個都被她引誘得饞涎欲滴，恨不得一口將她吞下肚去。

這許多貝勒中，她和蒙古喀爾喀部貝勒巴哈德爾漢的兒子莽古勒岱最好。那莽古勒岱也長得少年英俊，他因為愛上了布揚古的妹妹，便常常到葉赫部來遊玩。他兩人每到圍獵的時候，常常並著馬頭，找一個樹林深密的所在，密密談心去了。後來他哥哥因為要聯繫建州衛起見，把她許給了努爾哈赤。她知道了，要和哥哥拚命，狠狠地吵鬧過幾回。每一回建州人打發人來迎親，她總是死挨著不肯去。每回總得布揚古對他來迎親的人打一個謊，推說妹妹有病。這樣挨過了幾年，恰巧葉赫部和建州人打起仗來了。布揚古仗著有明朝幫助，便趁此退了妹妹的婚姻。那莽古勒岱知道了，忙打發人拿了許多聘禮來求婚。布揚古順了她妹妹的心意，便也答應了他。這個消息一傳到各部主耳朵裡，都頓足嘆息說，好好一朵鮮花，如今插在牛糞上了。

第二年，巴哈德爾漢帶了他兒子莽古勒岱，到葉赫部來迎親。那喀爾喀部離葉赫部十分路遠，莽古勒岱帶著新娘在路上走著，常常有別部的兵隊出來攔劫。虧得莽古勒岱十分英雄，巴哈德爾漢帶的兵馬又多，沿途保護過去。千辛萬苦地到了喀爾喀城裡，莽古勒岱又特意為他妻子蓋一座大院子。誰知不到一年，那院子不曾蓋成，這位美人卻一病死了，把個莽古勒岱哭得死去活來。他從此立誓不再娶妻子了，算是替他妻子守義。

這個消息傳到滿州各部落去，人人嘆息。那烏拉貝勒聽了，連連嘆息說道：「好一個美人，可惜死了！像我那個覺羅氏，面貌長得十分醜陋，性情又十分凶殘，怎麼不肯死去啊？」誰知這時候覺羅氏正在屏門後偷聽，她仗著是努爾哈赤的侄女，看待丈夫原十分潑辣，如今聽丈夫咒她快死，她如何不氣，便搶出去，拿手指在布占泰臉上責問他。那布占泰一向是怕老婆的，如今見她來勢洶洶，嚇得他瞪著眼開不得口。那位公主跳罵了一陣，轉身走去，嘴裡說道：「我回孃家告訴叔叔去！」布占泰聽了，心裡害怕起來，忙上前去磕頭求饒。誰知那覺羅氏卻也不睬，掉頭走去。布占泰心中不覺大怒，覷她走遠了，便在壺裡拔下一枝箭來，搭上弓，覷得親切，颼地一箭，直透酥胸。只聽得「啊喲！」一聲，覺羅氏倒在地下死了。那覺羅氏帶來的幾個侍衛見公主死了，便悄悄地溜回興京去了，見了努爾哈赤，把上項情形說了。

努爾哈赤和舒爾哈齊弟兄兩人聽了，又傷心又憤怒，便立刻調動人馬，趕到烏拉去。那布占泰原是吃過建州兵虧的，如今聽說建州又來了，便丟下城池，一溜煙逃到葉赫部去了。這裡努爾哈赤現現成成得了烏拉部的許多城池，聲勢越發浩大起來。他當時把二弟留在烏拉，自己帶著大兵，又趕到葉赫部去。修下一道書信，送進城去。那書信上寫道：

昔我陣擒布占泰，宥其死而豢養之，又妻以三女；布占泰負恩悖亂，吾是以問罪往征，削平其國。今投汝，汝當執之以獻。

一共送三回信去，那葉赫部貝勒布揚古置之不理，努爾哈赤十分生氣，又到本部去調動四萬人馬來，準備和他大大地廝殺一場。努爾哈赤和兒子代善商量了破城的計策，誰知給帳下兩個兵士聽得了。這兩個兵士原是烏拉國人，當下他們悄悄地跑去告訴了布揚古。布揚古立刻傳下令去，把張吉、當阿兩路的百姓收進城去，把村坊上的屋子，放一把火，一齊燒了。努爾哈赤便催動兵士，打進城去。城長山談扈石本，便投降了努爾哈赤，把軍隊安插在城裡。誰知城中瘟疫大發，建州兵住在城裡的，死了大半。努爾哈赤看看不好，忙丟下兀蘇城，一肚子怒氣沒有發洩的地方，便放一把火，把雅哈城、黑兒蘇城、何敦城、喀布齊賚城、俄吉岱城，還有十九處屯寨一齊燒了。布揚古見建州兵如此猖獗，忙到明朝去告急。明朝打發游擊馬時、周大岐，帶著砲兵一千來人，幫著把守葉赫城。建州兵見炮火來得厲害，便退兵回去。

努爾哈赤自從得了哈達部，那哈達部的南面，有柴河堡、撫安堡、三岔堡、白家沖堡、松山堡六處地方，土地十分肥厚，建州百姓都到那地方去耕種。那地方又連線明朝鐵嶺、開源的疆界，常常發生越界耕種的事。明朝總兵張承蔭打發一個通事官名董國蔭的，來對努爾哈赤說道：「你們建州百姓，在柴河、三岔、開原耕種的田，都是我的。你必須把那六堡住著的百姓搬回去，在那地方下界石，從此不許越界耕種。」努爾哈赤回答道：「這是你明朝故意來和我尋事，所以說出這個無理的話來。」便把董國蔭送出城去。張承蔭見建州如此蠻橫，心想：我如今初來做總兵官，不給他們一點下馬威，卻不能叫人怕我了。當下他便下令自己兵士，一齊動手把六堡的百姓趕回建州去。又在那地方樹著石碑，派兵看守，從此不許建州人越界耕種。

努爾哈赤知道了，十分惱恨，說道：「明朝常常幫助葉赫拿兵力欺我，我因他是天朝大國，便也忍著氣惱。如今他們竟有意尋事，欺我太甚，我此番定要出兵去和他決一雌雄。」他說著一面吩咐大將扈爾古出城去，點齊兵馬，自己回進內院去，一疊連聲喊：「拿我軍裝出來！」烏拉氏忙上前來服侍她丈夫，全身披掛，一邊問他：「如今出兵打誰去？可要妾身陪著一塊去呢？」那努爾哈赤氣憤憤地說道：「我如今打明朝去，他們欺我太甚！我此去要和他見一個高低。打仗十分厲害，你去不得。」烏拉氏是努爾哈赤最得寵的妃子，當下聽說又要離開她出兵去了，便一頭倒在努爾哈赤懷裡，嘴裡說：「我跟都督一塊兒去不好嗎？」努爾哈赤一手摸著她的粉腮兒，說道：「我的好人兒，你好好地在家裡。」

正說話的時候，忽見第七個兒子阿巴泰急匆匆地跑進房來，湊著他父親耳邊悄悄地不知說了些什麼。努爾哈赤聽了，頓時臉上變了色。要知他們得了什麼消息，且聽下回分解。

## 殺親子禍起骨肉　投明主初試經綸

卻說舒爾哈齊，自從跟努爾哈赤到明朝去進貢回來，眼見明朝那種繁華情形，心中說不出的十分羡慕。那時他得了神宗皇帝的賞賜，自己覺得十分榮耀，回家來，便不把努爾哈赤放在眼裡。又見努爾哈赤大建宮室，他便想起做皇帝的快樂；又想自己和他哥哥一般是塔克世的兒子，他怎麼可以享福？我怎麼替他做牛馬？努爾哈赤幾次帶著他出兵去，他又立了許多戰功，越發膽大起來。見了努爾哈赤，漸漸地沒有規矩。努爾哈赤著在從小患難弟兄面上，便不和他計較。誰知舒爾哈齊竟暗暗地在那裡調兵遣將，他有兩個兒子，大兒子名阿敏，第二個兒子名濟爾哈朗。他們手下，都有一二千兵士養著。還有那努爾哈赤的大兒子褚英，只因父親寵愛代善和皇太極，心中十分怨恨，也暗暗地養著兵士，和舒爾哈齊父子三人打成一氣。他們原都住在興京城裡的，只因鬧起事來十分不便，便悄悄地打發人到黑扯木地方去大興土木，蓋起宮殿來，和努爾哈赤的屋子一模一樣。他們和褚英約定，俟他父子三人搬到黑扯木去以後便帶領人馬打到興京城來。這裡褚英也在城中埋伏兵士，只聽得一聲炮響，便裡應外合地大鬧起來。

這個消息傳到阿巴泰耳朵裡，忙去告訴他母親。伊爾根覺羅氏正因努爾哈赤新娶了烏拉氏，自己失了寵，如今得了這個消息，她要討好丈大，便叫兒子悄悄地去告訴他父親。

當下努爾哈赤聽了阿巴泰的話，立刻發作起來。這時扈爾古已把兵馬點齊，進來覆命。努爾哈赤吩咐他：「快調四千兵進城來，把城門關了，再把二貝勒父子三人，和那大公子褚英，一齊捉來見我。」努爾哈赤說話的時候，滿臉殺氣，扈爾古見了，十分害怕。當下也不敢多說話，只是是的答應著。扈爾古正要轉身出去，努爾哈赤又把他喚回來說道：「要是他們不奉命，你便砍下他們的腦袋來見我！」

扈爾古應著，跳上馬，趕出城去，點齊了四千人馬，飛也似的跑進來，立刻把城門閉上。分二千兵士看守四門，一千兵士看守都督府；自己卻帶著一千兵士，趕到舒爾哈齊府中，把前後門圍得鐵桶相似。帶著三百親兵，闖進門去，把全府的人，嚇得個個兩只腳好似釘住在地面上一般，動也不敢動。扈爾古喝一聲：「綁起來！」那兵士們一擁上前，把全家老少都推在院子裡。一片號哭的聲音，好不悲慘。只有那舒爾哈齊，他仗著自己有功，便不肯奉命。他手裡擎著大刀，見人便砍，那兵士們被他砍倒的不少。扈爾古十分惱怒，忙從腰間扯出一張令旗來，喝一聲：「殺！」便有三五十兵士，割下舒爾哈齊的腦袋來；一面趕著老小出門去。走過褚英的家門口時，扈爾古進去，把褚英傳出來綁上了，一塊兒送進府去。到了努爾哈赤跟前，褚英仗著自己是一個大兒子，想來總有父子之情。便搶上前去，撲地跪在地下，大聲哭嚷道：「父親饒了孩兒罷！」

誰知努爾哈赤一見了褚英，不覺無名火冒十丈！他想：「別人計算我倒也罷了，你是我親生的兒子，也打著夥兒計算起我來！」便不由分說，找出馬刀來，只一刀，可憐褚英立刻殺死在他父親腳下了。那邊阿敏、濟爾哈朗見了，嚇得魂不附體；忙也上去跪倒。努爾哈赤見了，氣得兩眼冒火，擎起那口刀，正要砍下去，忽然想起舒爾哈齊來，忙問時，那扈爾古忙送上首級來。看時，只見他雙眼緊閉，血肉模糊。努爾哈赤不覺心中一動，想起從前他們弟兄三人，被父親趕出家門，在路上吃苦的情形，如今落得這樣下場。又想起自己一時之憤，殺死了親生的兒子。因想起褚英，便又想起他母親那時和他恩愛的情形，不覺落下眼淚來。忙上去扶起兩個侄兒，勸他們好好地改過為善，從此饒了他們以前的罪惡。當下阿敏兄弟兩人，給他伯父磕過頭謝了恩，哭著回去了。

努爾哈赤因連殺了子弟兩人，心中鬱鬱不樂，便也無心和明朝去打仗了。他住在府中，天天和幾位大臣戰將，商量改變兵制。商量了許多日子，便定出一個八旗的制度來。他的軍隊，是拿旗色來分別的。滿洲兵制，原有黃色、白色、藍色、紅色四旗；如今又拿別的顏色鑲在旗邊上，稱做鑲黃旗、鑲白旗、鑲藍旗、鑲紅旗，共是八旗。那武官分牛錄額真、甲喇額真、固山額真、梅勒額真四等。每一牛錄手下，領三百名兵丁；每一甲喇，又領著五個牛錄；每一固山，又領五個甲喇；每個固山手下，又管著兩個梅勒。出兵的時候，地面闊寬，便把八旗的兵排成一條橫線；地面狹窄，便排成一條直線，不能亂走的。到打仗的時候，便把穿堅甲拿長槍快刀的兵充前鋒，穿輕甲拿弓箭的兵走在後面。另外又有一隊騎兵，在步兵前後照看著。堅甲便是鐵甲，拿緞子或是木棉做成衣服，裡面縫著二寸或一寸四分厚的鐵板；輕甲便是棉甲，是拿緞子或是木棉做成，卻沒有鐵板的。兵制編定了，便分給各大將，日日操演著。又叫額爾德尼巴克什，和噶蓋札爾克齊兩人，仿著蒙古字音，造出滿洲文字來。

這時建州占據的地方，除去開原附近以南，遼河內邊，由連山關附近通鳳凰城一帶外，凡是廣寬的南北滿洲平原肥地，都在努爾哈赤一人掌握之中。便是那朝鮮的北部，也被建州占了去，講努爾哈赤的兵力，單是蘇子河谷一帶，已有精兵八萬。那時明朝人有一句俗話道：「女真不滿萬，滿萬不可敵。」看看努爾哈赤的行為，卻是一個有大志的人。這個消息傳到明朝宰相葉向高耳朵裡，不覺嚇了一跳，說道：「我們得趕快防備著！」當下提起筆來，向皇帝寫上一本。說道：竊念：今日邊疆之事，唯以建州夷最為可患，其事勢必至叛亂。而今日九邊空虛，唯遼左為最甚。李化龍為臣曰：此西一動勢必不支，遼陽一鎮，將拱手而授之虜；即發兵救援，亦非所及。且該鎮糧食罄竭，救援之兵，何所仰給？若非反戈內向，必相率而投於虜。天下之事，將大壞而不可收拾！臣聞其言，寢不安席，食不下嚥，伏希講備御之方為要。

神宗皇帝看了奏章，也不禁嚇了一跳，忙把兵部尚書宣進宮去，吩咐他趕速多添兵馬，把守關隘。那兵部尚書領旨出來，便打發頗延相去充遼陽副將，蒲世芳去當海州參將；帶兵一萬，駐紮在撫順、遼陽兩處。這時廣寧總兵張承蔭和廣寧巡撫李維翰，也接到兵部尚書的加急文書，叫他們隨時檢視建州情形，報告消息。

誰知明朝上下正忙亂的時候，那努爾哈赤自己稱金國，登上了汗位了。這時候是明朝萬曆四十四年，興京大殿造成，由大貝勒代善、二貝勒阿敏、三貝勒莽古爾泰、四貝勒皇太極，和八旗許多貝勒，帶領各大臣，站在殿前，按著八旗的前後，立在兩旁。努爾哈赤全身披掛，坐上殿來。禮官喝聲行禮，那些貝勒大臣，帶著文武官員，一齊跪倒，黑壓壓地跪滿在殿下。靜悄悄地一起一起地跪倒，行著三跪九叩首的禮。滿院子只聽得袍褂靴腳悉索的響聲，帶著那朝珠微微磕碰的聲音。大家磕下頭去的時候，努爾哈赤在寶座上望下去，只見滿地的翎毛，根根倒豎著，好似一座菜園，他心中便有說不出的一陣快樂。行禮已畢，那領著八旗的八位大臣，出班來跪在當地，兩手高捧著表章；當有侍衛阿敦巴克什額爾德尼，下來接過表去，搶上幾步在寶座前跪倒，高聲朗讀表文，稱努爾哈赤為復育列國英明皇帝。英明皇帝聽罷了表文，便走下寶座來，當天燒著三炷香，告過天；又帶著全殿官員，行過三跪九叩首的禮。禮畢，皇帝又升寶座，許多貝勒和大臣，都分著班兒上去行禮道賀。當殿傳下聖旨來，改年號稱天命元年。退朝下來，便在東西兩偏殿賞文武官員領吃酒；英明皇帝也退入後殿去，自有那繼大妃繼妃和庶妃等，帶各公主各福晉上來道賀。行過家禮，在內殿上擺著酒席。大家陪著皇帝吃酒。努爾哈赤到了此時，便開懷暢飲，不覺酩酊大醉；那宮女上來扶著皇帝，到烏拉納喇氏宮裡去睡。這一夜，他和納喇氏不用說得，自然是顛鸞倒鳳，百事都有了。

第二天五更時分，英明皇帝便起來坐朝。從此他在宮殿各處，都仿著明朝的格式；又時時召各貝勒大臣進宮來遊玩，又和文武官員商量國家大事。英明皇帝這時深恨明朝欺他，常常和大臣提起，便切齒痛恨。這時有把守邊關的來報說：明朝沿邊的百姓，每年越界來偷採人蔘東木。英明皇帝便立刻下聖旨，著達爾漢、侍衛扈爾漢，帶領兵隊到邊界地方去巡查，見了明朝人，抓住便殺。那侍衛奉了聖旨，趕到邊地上去，殺死明朝五十個人。英明皇帝又打發綱古裡、方吉納兩人，去見廣寧巡撫李維翰，責問明朝人越界採參的事體。

李維翰聽說殺了自己的百姓，便大怒，喝叫把金國來的兩個使臣和九個侍衛，一齊捆綁起來。一面修書信給努爾哈赤，要他償命。努爾哈赤心下雖然憤恨，但自己的使臣被明朝捉住了，也無法可想，只得把自己以前從葉赫部捉來的十個犯人，送到撫順關去，一齊殺死，算是抵了明朝的人命。那綱古裡、方吉納兩人，才得逃著性命回來。英明皇帝雖說一時忍辱含垢，但他報仇的念頭，越是深一層了。

天命三年正月，有一天黎明，努爾哈赤起來準備坐朝。推窗一望，只見那邊掛著一個淡淡的明月，有一道黃氣橫遮著月光，有二尺多寬，四尺多長。英明皇帝見了，不禁哈哈大笑。說道：「這是明朝的氣數完了，我金國氣數旺盛的預兆呢！」那繼大妃也站在他身後，一同看著，聽英明皇帝說了這句話，便接著說道：「陛下這話可有什麼憑據？」英明皇帝說道：「你不看見嗎？那一輪明月，不是明朝嗎？這光淡淡的，不是衰亡的預兆嗎？你再看看那道黃光，不是我們金國嗎？那金子不是黃色的嗎？這黃光如此發旺，不是中國應該興盛的預兆嗎？再者，這黃光罩住在明月上面，不是金國滅去明國的預兆嗎？」

繼大妃聽了這番話，心下恍然大悟，爬在地下，連呼萬歲。英明皇帝笑著，把妃子扶起；一面催宮女，快快幫著披掛，踱出殿去。那文武百官朝賀已畢，英明皇帝便慢慢的把天象說出來。又說道：「天意已定，諸卿勿疑；朕計已定，今歲必伐明矣！」當時殿下許多武將，聽說皇帝要去伐明，快活得也個個摩拳擦掌。有三位固山額真出班奏請皇帝調遣。皇帝諭諸卿且退，待朕與法師計議妥善，自有調遣諸卿之處。

到了第二日，果然宮裡傳出旨意來：宣老法師干祿打兒罕囊素進宮去，商議軍國大事。這位法師，自從西藏步行到滿洲地方，道行高深，說法玄妙。英明皇帝十分敬重他，特為他建造一座極大的喇嘛寺，遇有疑惑難決的事，都去請教老法師。當時英明皇帝和老法師談了許多時候，便越發有了主意。老法師擇定二月十四日這天，英明皇帝親自擺駕出城，調齊八旗人馬，在大教場聽點。英明皇帝周身戎裝，騎著一匹高大的黑馬，挑選了二萬精兵，帶到祖廟裡行禮。那班隨征貝勒和文武大臣都行過禮，轉身出去，整頓隊伍。頓時旌旗蔽日，槍戟如林，浩浩蕩蕩殺奔撫順關來。

大軍過界凡山，忽然先鋒軍士捉住一個漢人，押解到大營裡來。英明皇帝親自審問，那軍士把漢人推進帳來。英明皇帝向他上下一打量，見那人蓄著一部短鬚，面貌十分清秀，望去便知道是一個讀書種子。英明皇帝是最愛讀書的人，當下便吩咐解綁，又賞他坐下，細細的盤問著。漢人說道：「下臣姓范，名文程，字憲鬥，原是宋朝文正公仲淹之後。自幼博覽群書，上解天文，下知地理，深明韜略。只因屢次上書明皇，明皇不用，落拓一生，飄落到此。又見黃光貫月，知道滿洲出了真主。因此不避斧鉞，來見陛下。陛下倘有知人之明，下臣便當竭盡畢生之能，上輔明主。」英明皇帝聽了這一番話，心中大樂，忙吩咐侍衛敬他酒肉。又對范文程說道：「朕與明朝有七大恨事，其餘小怨且不用說。先生既有意來此，總該明白朕的心事。」范文程聽了，請過紙筆，便在當筵寫成《七恨》道：

我之祖父，未曾損明邊一草寸土。明無端起釁邊陲，害我祖父，恨一也。明雖起釁，我尚修好，設碑勒誓：凡滿漢人等，毋越疆圉；敢有越者，見即誅之。見而故縱，殃及縱者。詎明復渝誓言，逞兵越界，衛助葉赫，恨二也。明人於明河似南，江岸以北，每歲竊逾疆場，肆其攘奪。我遵誓行誅，明負前盟，責我擅殺，拘我廣寧使臣綱古裡方吉納，脅取十人，殺之邊境，恨三也。明越境以兵助葉赫，俾我已聘之女改適蒙古，恨四也。柴河三岔，撫安三路，我累世分守疆士之眾。耕田藝谷，明不容刈獲，遣兵驅逐，恨五也。邊外葉赫獲罪於天，明乃偏信其言，特遣使臣遺書詬詈，肆行凌侮，恨六也。昔哈達助葉赫二次來侵，我自報之，天既授我哈達之人矣；明又黨之，脅我還其國。已而哈達之人，數被葉赫侵略。夫列國之相征伐也，順天心者勝而存，逆天意者敗而亡。豈能使死於兵者更生，得其人者更還乎？天建大國之君，即為天下共主。何獨抅怨於中國也？初扈倫諸國，合兵侵我，天厭扈倫起釁，唯我是眷。今明助天譴之葉赫，抗天意，倒置是非，妄為判斷，恨七也。欺凌實甚，情所難堪，因此七大恨之故，是以征之。

范文程寫成，由阿敦巴克什額爾德尼譯成滿文，朗聲誦讀一遍。英明皇帝連連讚歎道：「范先生真是朕心腹之臣。」從此拜文程做寫師，隨營參贊。英明皇帝稱他范先生，各貝勒大臣都稱他先生。滿朝文武，都十分敬重他。這時大隊人馬已到古勒，英明皇帝吩咐紮營。當晚在曠場上，擺下香案，馬步八旗兵丁，四面密密層層的圍定。英明皇帝帶著貝勒大臣文武百官，踱出帳來，向空中一齊跪倒，行過三跪九叩首的禮兒。范文程捧著七恨告文，高聲朗讀一遍。便在當地豎起一桿龍旗。四面樂器齊起，皇帝退進營去。

第二天，皇帝登上將臺，發下號令：「大軍分做兩路，左翼四旗，兵取東州、馬報單兩地；皇帝和諸貝勒帶著右翼四旗兵八旗護軍，取撫順關。」一聲號炮，拔寨都起。右翼四旗到了干渾鄂謨一片曠野地方安營。范文程進帳去見了皇帝，奏道：「臣仰察天象，不久便有大雨。大軍駐在平原，怕有困水之慮。此去西南有一座高山，名叫福金嶺，頗可以安插人馬。望陛下立刻下令，移軍山上去。」英明皇帝聽他的話，立刻拔營前進。那兵隊走至半路，雨點已連珠似的下來了，待到得上山紮住營盤，外面雨勢和移山倒海一般。皇帝在帳中嘆道：「范先生真神人也！」

誰知這一陣雨，一連下了十多天，兀自不肯住點。從山上望去，那平原上頓成了一片大湖，把這一座山四面圍住，好似大海中的一座孤島。英明皇帝悶坐在軍帳裡，心中十分焦急。有一天夜裡，許多貝勒大臣陪著皇帝。皇帝說道：「天下大雨，怕不能進兵。朕意欲回軍，好嗎？」當時大貝勒代善奏道：「不可！我們這一回去，還是再和明朝講和呢還是結怨呢？況且大軍已到明朝疆界，不戰而退，何以服眾？」范文程也說：「臣察天象，三日以內便當晴朗，請陛下再忍耐幾時！」皇帝便問道：「范先生，你看我們大軍幾時可以行動？」范文程說：「後天亥刻進兵。」

諸將聽了他的話，十分詫異。聽聽外面狂風大雨，正來得猛烈。皇帝卻信范文程的話，傳下令去，後天亥時進兵，向撫順關出發。到了這一天傍晚時候，還是傾盆似的大雨。到了亥時，果然風停雨止，溼雲四散，天上推出一輪皓月來，照在人臉上，好似白晝一般。皇帝在馬上打著鞍子說道：「范先生真神人也！」大軍迤邐行去。到第三天微明時候，前面隱隱露出一帶城池來，便是撫順城了。皇帝下令把人馬散開，在撫順關前橫著，有一百里長。這時撫順城裡，有一個農人出城來砍柴，被巡邏兵捉住，送來見皇帝。皇帝好言撫慰他，問他城內有多少人馬？那農人說：「只有游擊李永芳，帶著一千人馬。」皇帝便命范先生寫一封招降書，交給這個農人叫他送進城去。要知李永芳降與不降，且聽下回分解。

## 被底紅顏迷降將　腔中熱血贈知人

卻說英明皇帝待招降書送去以後，便要準備攻城。范文程悄悄的奏道：「這撫順城池高深，一時不易攻克。況且招降李游擊的書信送去，一時不得他的回信，我們也不能便下攻擊之令。依下臣愚見，暫退兵至十里以外，在深山樹林中藏著。城中百姓見我兵馬退去，自然照常開門做買賣。我們派五十名細作混進城去，於中取事，豈不輕便！」英明皇帝聽了他的，便下令兵退十里，悄悄的去深山樹林中藏躲著。撫順游擊官見敵兵去遠了，便吩咐開城，依舊開市做買賣。那時有一位千總名王命印的，見開了城門，怕建州兵馬再來，便去對李游擊說：「還是關上城門罷！」李永芳說：「我們撫順百姓，全靠開市度活。倘然閉城停市，那人心越發慌亂了。」王命印又說：「開了市場，怕奸細容易混入。」李永芳不聽他的，依舊天天開著市場。

從此，滿漢人民在城門口進進出出，也沒有人查問。過了七八天，大家也忘了建州兵馬。忽然一聲吶喊，建州的兵馬著地和狂風似的捲來。那把守城門的慌慌張張把城門關鎖起來，便有許多滿人鎖在城裡。一霎時外面駕起雲梯，箭如飛蝗的射進城來。李永芳在城樓上督促兵士放箭，又把許多木塊、石塊打下城去。正忙亂的時候，忽見西面火起。他急跳上馬向西門跑去，才到西城，那東城又火起了。急轉過馬頭向東城跑去，看看快到東城，那南城、北城又同時起火了。他知道城中有了奸細，悔不聽王命印之言，致有此失。李永芳急向自己衙門跑去，到了衙門口，只見裡面人聲雜亂，火光燭天。他仗著一柄大撲刀，搶進門去。才跨一步，腳下一根繩子一絆，一個倒栽蔥倒在地下。門角裡跳出十多個大漢來，上去按住拿繩子綁上了，抬去關在一間暗室裡。耳中只聽得人聲鼎沸，喊殺連天。直到半夜裡，才安靜下來，李永芳也便昏昏沉沉的睡去。到天明時候，外面走進四個滿洲兵來，把他拖出屋子去。

李永芳抬頭一看，那英明皇帝坐在上面，兩旁站著文武官員。皇帝傳旨下來，叫他投降。李永芳開口大罵，不肯投降。停了一會，外面把許多屍首抬了進來。李永芳看時，認得是千總王命印和一般將弁的屍首，內中還有李永芳妻子的屍首。李永芳看了，不禁嚎啕大哭。皇帝又傳諭下來，勸他不必悲傷，你妻子是遭城中亂兵殺死的，並不是滿洲兵殺死的，如今皇帝看你妻子死得可憐，便著人預備上等棺木收殮。一面吩咐把陳氏屍身停放在大堂，不一時果然有許多人，拿了上等的衣服棺木來收殮他妻子。收殮停當，皇帝又吩咐文武官員上去祭奠。這一來，把個李永芳的心軟化了一半，兩個兵士上來替李永芳鬆了綁，又設下酒肉請他吃。李永芳這時肚子十分饑餓，見了酒肉，不由不吃。他一邊吃著，一邊想到我吃便吃，投降卻不投降，看他們拿我如何處治？他放量吃了一個飽，誰知吃完了便兩眼矇矓昏昏沉沉的睡熟了。第二天早晨，李永芳醒過來一看，見自己睡在炕上，眼前燈燭輝煌，床頭錦衾香軟，一個美人兒和他並頭睡下。她是滿洲打扮，髻兒高高的，鬢兒低低的，壓在那粉脖子上面，越顯得黑白分明，兩道彎彎的蛾眉，眉梢斜浸在雲鬢裡，兩腮胭脂紅得可憐，一點朱唇鮮豔動人。那美人兒看他呆呆的向自己打量著，便嗤的一笑，把被角兒遮住自己的粉臉兒。看她身上穿著一件銀紅小襖，越顯得腰肢婀娜。李永芳心中一動，正要用手前去推開她，忽然啊喲一聲，伸手向自己頭上一摸。那頭髮剃得光光的，只頭頂上掛著一條大辮子。李永芳不由得嘆了一口大氣，淌下眼淚來。只見那美人又從被窩裡坐起身來，低聲軟語的勸慰他。李永芳問她，你是什麼人？怎麼和我一被窩睡著？那美人撲嗤一笑說道：「你看這大呆子！俺倆既做了夫妻，怎麼不睡在一個被窩裡？你問我是誰？我說出來時，怕不要嚇破你的膽。我不是別人，便是那當今皇上七太子阿巴泰的大公主呢！」李永芳聽了，果然嚇一跳，從被窩裡跳起來，直挺挺的跪在炕下。公主笑著，忙拉他起來，一面喚著侍女來服侍駙馬穿戴起來，看他居然穿著袍褂靴帽、紅頂花翎。一會兒那公主也打扮齊整，雙雙出去謝過皇上。皇上聖旨下來，拜李永芳做撫順總兵官，專管撫順一帶的漢人。

這時左翼人馬也在撫順會合，一連打破了撫安、花豹、三岔各處。又派兵進鴉鶻關，圍清河城，五日五夜打破了。大軍回來，又過撫順城，把城牆拆毀了。出關來，人馬齊集甲板地方。大小將士，齊來獻功。這時擄掠了許多金銀人畜，皇帝一齊賞了兵士們。又捉得關上做買賣的山東、山西，江南蘇州、杭州各地生意人，皇帝吩咐多多的給他們盤纏，放他們回家去。英明皇帝親自押陣，各貝勒大臣隨駕隨從。看看走到謝裡甸的地方，傳令駐營。

忽然探馬報說：「後面明廣寧總兵張承蔭、遼陽副將顧廷相、海州參將蒲世芳，領兵一萬，追趕前來。」英明皇帝聽了，微微一笑。說道：「這班貪生怕死的奴才！俺大軍到時，他們躲到哪裡去了？如今候俺出了關，卻又來追趕。這明明是裝幌子，哄他主子的。我量他來也沒有勇氣的。孩子們！快快去殺他一陣。」一個號令傳下去，大貝勒和四貝勒各帶本部人馬，直殺上去。那巴克什額爾德尼令另外兩貝勒也帶了兵馬，前去策應。

張承蔭見滿州兵來勢洶湧，便靠山分扎中、左、右三營，開掘壕溝，排列大砲。那八旗兵個個奮勇攻上山來。火炮下去，山下兵馬死了不少。正相持時候，忽然西南角起一陣狂風，飛沙走石，直嚮明朝兵營打去。大貝勒吶一聲喊，搶上前去，見人便砍，見馬便射。四貝勒也向山南奮力的攻打上去。正在血戰的時候，忽然山後金鼓大震，巴克什額爾德尼令另兩貝勒的人馬又從明兵的後營殺來。把張承蔭的兵隊，擠在半山裡，進退兩難。四百滿兵，把他包圍在核心，可憐張承蔭、顧廷相、蒲世芳和游擊梁汝貴等五十員戰將，都死在亂箭下。那殘兵敗將，向四面山下逃去。滿兵追殺四十多里，才止住這一場殺。四位貝勒獲得戰馬九千匹，盔甲七十副，兵仗器械不可勝數，他們一路唱著凱歌，回到大營。英明皇帝給他們在營裡大開慶功筵宴。這且不去說他。

話說明朝神宗皇帝，看著國弱民貧，百官偷惰，心下十分憂慮。忽然接到建州入寇，撫順失守，李永芳投降，鄒儲賢死節的消息，不由得驚慌起來。立刻傳諭升勤政殿，召見六部臣工。那兵部侍郎楊鎬出班奏稱：「建州夷人努爾哈赤，久有反意。臣前任遼東巡撫時，一再奏陳。無奈那時李成梁一味敷衍；我朝又因軍餉缺乏，遇事因循，到如今鬧成這不可收拾的局面；依臣愚見，現在建夷自稱可汗，屢次寇邊，他目中久無天朝，可想而知。為今之道，我朝非大發兵馬，痛痛的剿伐他一下不可。但出軍關外，非尋常戰事可比，必然要選熟悉關外人情地理的，才可以去得。據臣所知，有老將李如柏，罷職多年，求皇上下旨徵召他起來，授他遼東統兵之職。又有杜松、劉綎、劉遇節、馬林、麻崖、賀世賢等，都是深明關外情形的。請陛下調進京來，一一委任他大小各職，跟著李如柏帶兵二十四萬出關，去實力征剿；至於出軍之路，愚臣也早有計劃，約分大軍為四路，可令杜松及劉遇節等統兵三萬從瀋陽出撫順關，沿渾河左岸入蘇子河之河谷。可令馬林和麻崖等會合葉赫部的援軍一萬五千人，從開原鐵嶺方面出三岔兒入蘇子河一帶。可令李如柏和賀世賢等統兵二萬五千，沿太子河出清河城，從鴉鶻關入興京老城。可令劉綎帶兵一萬，會合朝鮮援軍一萬，從寬甸出佟家江一帶，入興京老城的南面。另委統兵大員，帶領大軍駐紮瀋陽，遙為策應。這是進退兩利，一網打盡之策，望陛下採納。」楊鎬奏罷，退回原班。兩旁官員見他洋洋灑灑說了一大篇，他們也沒得別的說了。皇帝便傳旨退朝。楊鎬回到家裡，自有一班同僚前來探望。

第二天，果然宮裡傳下聖旨來，拜楊鎬以兵部侍郎兼遼東經略使，駐紮瀋陽，為四路總指揮官。其餘李如柏等，都依了楊鎬的原奏，各個加上官銜，跟著大軍出關，去征伐建州夷人。那兵士和糧餉都從福建、浙江、四川、甘肅各省四處搜刮來的。可憐自從萬曆四十六年四月下了這道徵奴的上諭，直到第二年二月才得雜湊成軍，大軍開拔的這一天，楊鎬傳集人馬在大校場聽點。劉綎是先鋒官，早在將臺伺候。楊鎬騎馬到了大校場一看，那四處八方來的人馬，號令不一，服式也不一樣，零亂散雜，他心裡老大不高興。回想到國家府庫艱難，也是沒有法子的事件。當下他略略檢點一過，傳令祭旗。劉綎走到帥旗腳下，一頭牛捆綁在地，他手下兵士見先鋒官到來，便拔刀斫牛，連砍三刀，那牛頭才落下來，劉綎心想如此笨拙的兵器，如何出關去與建州夷人廝殺。當下勉強把旗祭起，楊鎬便把大軍分作四路。分派停當，暫回府中住宿。

楊鎬的夫人，聽說丈夫要帶兵遠征，心下有說不出的淒惶。當日便備了一桌酒席，在內堂替丈夫餞行。說起建州夷人，萬分強悍，此去不知勝敗如何。那夫人和如夫人、公子、小姐都淌下淚來。楊鎬忙喝住了。說些閒話。

舉家正憂悶的時候，忽然二門上的家人跑來回說：「外有劉將軍請見。」楊鎬問明是劉綎，心想我們才在校場上見過面，如今他又有什麼緊要公事呢？一面想著，一面走出去。

那劉綎見了楊鎬劈頭第一句便問道：「大帥，看我們的軍隊可用得嗎？」楊鎬聽了，不覺嘆了一口氣說道：「這也是沒法的事體？」劉綎說道：「大帥要知道，此番出師，不是兒戲的事體。像這樣雜湊的軍隊，末將怕是靠不住。依末將的意思，求大帥奏明皇上，另練新軍二三萬人，歸末將統領。教練一年，便成勁旅。那時不用勞師動眾，便是末將一人，也可以抵住那建夷十萬人馬。」

楊鎬聽了，又嘆了一口氣。舉起一隻手來，在劉將軍肩上一拍，說道：「老弟，你還怕不知道吧！如今國庫如此空虛，滿朝站的又大半是奸臣。便是這雜湊的軍隊，也是經過八九個月才得召整合功，哪裡又經得起將軍去另練新軍？不用說國庫裡拿不出這一宗軍餉，便是這一年的耽擱，那建州人怕不要打進關來麼？事到如今，也是沒得說的了。老弟！你看在下官面上，出去辛苦一趟吧！」劉綎原是一個血性男子，聽了楊鎬這一番話，便站起來拍著胸脯說道：「元帥既這樣說，末將拼著一條性命，結交皇上和元帥罷了！但是，……」劉綎說到這裡，覺得又是礙嘴，不好意思說下去。楊鎬聽了，便追著他問道：「但是什麼？」一看那劉綎已是掉下眼淚來了。楊鎬心裡明白，便拍著胸脯說道：「老弟放心！怕此番出軍不利，老弟身後的事，有上官替你料理。」劉綎忙上前跪下來說道：「這樣請元帥受末將一拜。」楊鎬也跪下去答拜說道：「俺二人拜做兄弟罷！」站起來兩人拉著手，淌眼淚。劉綎說道：「末將益發連家小的事也託付大哥了。」楊鎬心下萬分難受。迴心一想，大軍未發，先為此痛哭起來，豈不是不祥之兆嗎？忙止住了哭，索興拉他到內堂去拜見夫人，留他坐下喝酒。

第二天，楊鎬先把劉綎的家小取進府來，一塊兒住著；一面催促大軍浩浩蕩蕩殺奔關外去了。看看到了瀋陽，楊鎬傳集大小將領，商議軍事。探馬報來說：「金國皇帝，親帶八旗兵丁。每旗七千五百人，約有六萬大軍，已離我軍不遠。」楊鎬聽了，便拔下一枝令箭，令馬林等帶領本部人馬，會合葉赫援軍約一萬五千人，從開原鐵嶺方面出三岔兒入蘇子河一帶，擾他南面，只許混戰，不許對壘，引他深入南方，便立了第一功。馬林得令去了。第二枝令箭，傳劉綎上帳。說道：「你帶領一萬人馬，會合朝鮮一萬援軍，從寬甸出佟家江一帶入興京老城南面。你打聽得西路兵開仗，便從東路猛攻，斷其舊路。」劉綎得令去了。第三枝令箭，傳李如柏上帳來說：「你帶領二萬五千人馬，沿太子河出清河城，從鴉鶻關直搗興京巢穴。三路兵中，你這一路道途崎嶇，最不易走。你卻須晝夜趕程，路上不得停留。早到興京，便是你的第一功。」第四枝令箭，喚杜松和劉遇上帳說道：「你二人帶領三萬人馬，從瀋陽出撫順，沿海河左岸入蘇子河河谷，抵當敵軍正面，須穩紮穩打，打聽得南面軍隊開戰，才許你動身，猛力攻打，不得有誤。」杜松諾諾，連忙領了將令去了。這裡楊鎬修下戰書，打發人速到興京去。一面派游擊使安仁，沿路催督糧草，偵探敵情。

卻說四路兵馬，馬林一路行得最快。英明皇帝大軍，正向介凡山出發。忽然探馬報說：「南面蘇子河一帶，隱約見明軍旗幟。此外西、北、東三面，卻不有敵軍。」諸貝勒大臣聽了，齊對皇帝說道：「我軍向西直進，如今敵軍卻從南面橫衝過來，以我中軍擋敵人前鋒，怕為兵家所忌。請陛下下令大軍，速速改向南方進行為是。」英明皇帝聽了眾人的話，遲疑了一會，說道：「請軍師上帳！」那范文程聽皇帝傳喚，忙走進中軍營去。皇帝見了軍師，便把上項情形說了一遍。范文程略略思索了一會，說道：「依臣愚見，我軍且莫向西，也莫向南，暫時紮營在此，再聽後報。」

皇帝聽了點點頭，傳令下去。大軍立刻紮住營頭，休得行動。一面多派探馬，四處去偵察敵情速速回報。六萬大軍，正走得急迫，忽然下令停住，把個先鋒官扈爾漢，急得搔耳摸腮。說：「敵人已在前面，俺們趕快趕上去，迎頭痛痛的打他一仗，豈不是好？俺們既不斷了腿，又不害什麼病，好好的怎忽然在這裡，前不巴村，後不挨店的站住了，養起力來了呢？」諸貝勒聽了，哈哈大笑起來。看看大軍駐紮著，今天不走，明天也不走，後天又不走，急得那大小將弁，背地裡都罵「鳥軍師」。

到了第四天上，四處探馬都報到說道：北路上有一支明朝人馬，沿太子河正向清河城出發；東路上也有一支人馬，從寬甸出發；西路上，有一支明朝人馬從渾河一帶荒僻小徑而來。獨有南路上一支人馬，從開原鐵嶺方面晝夜兼程，搖旗吶喊而來。英明皇帝聽了，便問軍師，這四路人馬來得何意？范文程微微笑著說道：「清河城一路兵馬，直攻興京。雖是十分緊要，但是那路途崎嶇，行軍十分遲緩。目前興京絕不有礙。那東路上的兵馬，原是打算攻我軍的背後，但是我們前鋒倘然能夠得勝，那東路的兵，也不戰自退了。至於西、南兩路的兵馬，驟然聽去，覺得南路的敵兵來得急迫。但是臣料定他南路的兵馬，絕不是主要軍隊。這是他們伏下的疑兵，引誘我們向南走去。越走越深，他卻用全力從西路直撲我的後陣，那時我們腹背受敵。那東北兩路兵馬，便直搗興京，叫我們顧此失彼。如今我們偏不中他的計，請陛下傳令只用五百名兵士，在南路上險要所在，拉住敵人的疑兵。在樹林深處，多插旗幟，他自然不敢前進了。陛下自統八旗大軍，直攻撫順。這一路是明朝的主力軍隊。西路一破，那三路人馬，不戰自降矣。」

范文程說話時候，許多貝勒、大臣圍著他，靜靜的聽。聽到這裡，那扈爾漢跳出班來，舉手伸著一個大拇指說道：「先生好妙計！」回頭一看，見英明皇帝坐在上面，他忙爬下地去磕頭謝罪。要知范文程的計算錯也不錯，再看下回分解。

# 蘇子河邊淹戰將　薩滸山下困雄師

卻說英明皇帝聽了軍師一番談論，恍然大悟，忙傳令留下五百人，對付南來敵軍；撥一千人馬，擋寬甸一方面的敵軍；自己卻領著八旗六萬大軍，晝夜兼程向西出發。不多幾日，看看到了界凡山。吩咐扎定營頭，築起堡壘來。這時，明將杜松和劉遇節帶領三萬人馬，駐紮在薩爾滸山的山崗上。兩軍隔著一條蘇子河，遙遙相對。講到這位杜將軍，原是一位勇將。他在邊疆，身經大小百十回惡戰，從不退怯，長得一身好氣力，等閒一二百人，不在他眼中。他有一種古怪脾氣，每到交戰的時候，便把衣服脫去，露出一身黑肉來。那刀槍著在他身上，淌下血來，他也不在意。因此，他身上處處都是傷疤。他也愛喝酒，到酒醉的時候，便脫下衣服，來數著刀疤談論。那戰功雖說如此，但他每次戰爭，總是在左右翼跟著主帥，從不曾獨當一面，做過主帥。如今他掛著正先鋒的印，出兵到渾河地方。相過地勢，便下令把三萬人馬，都紮在山崗上。劉遇節看了，便勸他說道：「從來紮營，都是靠山傍水的。如今主帥把全隊人馬都搬上山去，倘然敵兵渡過河來，我軍從山上下來，又是累墜，又是費時。依末將的主意，分五千人馬，沿河扎定；再分五千人馬，沿蘇了河上下游偵探敵軍可有偷渡的情事。一萬五千人馬，分為中、左、右三營，靠山腳紮住。主帥統帶五千人馬，在薩爾滸山崗上，遠可以瞭望，還可以督戰。杜將軍聽了劉將軍一番話，且冷笑幾聲，不去睬他，卻依然在山崗上吃酒談兵。看看過了十多天，那對河的敵兵，卻毫無動靜。杜將軍等得不耐煩起來，便親自帶了一萬人馬，赤膊大呼，渡過河去討戰。待得劉遇節知道趕上前去勸阻說：「兵分則力單，渡河而戰，又是十分危險的事體。敵人不肯渡河過來，他一來是防我軍在半河裡攻擊他，二來是誘我軍過河，以逸待勞。將軍千萬不可渡河。」這時明兵已大半渡過河去，一任劉將軍千言萬語，杜將軍如何肯聽他，只囑咐劉將軍緊守山營，大喝一聲渡過河去了。那英明皇帝坐在帳中，打聽得明兵已渡過河來，便留下兩旗兵士，在界凡山等待敵軍。自己卻統著五萬五千大軍，從蘇子河上流頭悄悄的渡過去。

這時，劉將軍依著將令，在薩爾滸山上緊守著，老營河岸旁並無兵丁看守。誰知那建州兵馬，已是渡過大河漫山遍野而來。這是半夜時分，明朝將士，正在山上做他的好夢，只聽得四下里一聲吶喊，那建州兵已搶上山崗來。劉遇節從夢中驚醒過來，跳上馬衝下山去。這時夜色昏黑，那敵兵擎著火把分八路進攻，好似八條火龍。劉遇節看看抵敵不住，他帶了一萬多人馬，挑選那沒有火光的地方衝下山去。這劉將軍是不曾到過關外的，他手下又都是江南兵，不熟地理。那建州兵卻十分熟悉，只挑選那大路殺上山去。可憐許多明兵，只因不識道路，撞在敵軍裡，被他打得片甲不留。便是劉將軍帶著的一萬兵士，也都因不識道路，撞在叢莽中不得脫身的也有，翻在陷坑裡，遭人馬踏死的也有，劉將軍左衝右突，四下里找路，竟找不出一條下山的道路。他奔波了半夜，跑得人馬疲乏，一個眼錯，被絆馬索絆翻了，活捉到建州大營去。他見了建州皇帝，不住口的大罵。惱了大貝勒，便在他父親眼前，一刀揮作兩段。

這一場惡戰，薩爾滸山上的明兵，死了五千多人，逃去了五千多人，被建州兵活捉住一萬人馬。奪得的旗幟馬匹不計其數。這個消息傳到杜將軍耳朵裡，不覺嚇了一大跳。他渡過河，足足費了一天光陰。待到傍晚時候，那天上忽然下起傾盆似的大雨來，把個杜將軍打得和落湯雞似的，好不容易渡到對岸。那兵士們拖泥帶水的走著，人人怨恨，個個疲乏。看看到了那界凡山下，遠遠見那敵人營中全無燈火。杜將軍心中疑惑，忙傳命兵馬站住，派探馬前去打探。誰知前面的探子不曾回來，後面的探馬卻已報到說：薩爾滸山的大營全軍覆滅！杜將軍聽了，慌得手足無措，急傳人馬悄悄的退回渾河右岸去，他知道蘇子河右岸有敵兵攔住，便想從渾河退回去。這時便是四更天氣，天上烏雲滿布，漆黑無光。只有前面一條渾河發出白茫茫的光來。

杜將軍一邊走著，一邊肚子裡暗想：「幸而界凡山的敵兵不曾覺得，倘然給敵兵知道了，追趕上來，這時前有大河，後有追兵，不死在刀下，也要死在水裡。」看看全軍已到了渾河岸邊，便傳令渡過河去。到天色微明，人馬才渡得一半，杜將軍自己也下了船，在河中照料。這時所有木筏、船隻裝滿了人馬，在河中行駛，還有一半人馬，一齊站在河岸邊守候船筏。忽然身後塵頭大起，喊殺連天。那建州一萬五千人馬，和一陣風似的趕到，見人便殺，見馬便砍。那班明兵，在泥水中跋涉了一夜，受盡風寒，肚子又饑餓，身體又疲乏。這時逼得他前無去路，後有追兵。杜將軍在河中望見建州兵馬，十分驍勇，縱橫馳騁，殺得明兵大喊大哭。一半落在水裡，一半死在刀下，五千人馬，被殺得半個不留，岸上堆著一墩一墩的屍首，渾河的水也紅了。杜將軍看了，也無可奈何，只催著船隻快渡。一會兒，大軍渡到右岸，看看岸上一片平沙，靜悄悄的不見人影，杜將軍才放心了。那五千兵馬，零零落落也整不起隊伍來。杜將軍帶著他們向西面走去，走了十五六里路程，見前面一座大樹林，那山角斜插在樹林裡。杜將軍傳令到山下樹中去造飯息力。兵士們到了樹林中，便七歪八斜的倒在地下，將弁們上去喝起了這個，那個又睡倒了。杜將軍看著士兵也可憐，裝做看不見，一任他們遊散去。

正休息時候，忽聽得樹林後一聲炮響，左面大貝勒代善殺到，右面四貝勒皇太極殺出。杜將軍也不及招呼兵士，只帶了游擊王宣、趙夢麟和三五百親兵跳上馬，一溜煙逃去。這裡兩個貝勒在林中只是搜殺明兵，殺得他們呼爺喊娘，到底一個也不曾逃得性命。那杜將軍騎在馬上，連連的打著馬，也不分東西南北，見路便走。走到一座山谷下，只見前面閃出一支人馬來，黃傘寶蓋，馬上端端正正坐著一個建州可汗。左有大將扈爾漢，右有軍師范文程。那扈爾漢拍馬上前說道：「俺們等候你多時了，你快快獻上頭來！」杜將軍看看不是路，忙撥轉馬頭逃走。後面建州兵風馳電掣一般追來。杜將軍慌不擇路，只向那荒僻小路走去。流星趕馬似的，足足追了二十多里路。看看前面一座高山攔住去路，那山壁直豎，無路可尋。杜將軍知道此番性命難保，便掉轉馬頭，大喝一聲向建州兵衝來。兩將對陣，交戰了半個時辰。那建州兵士，也被他殺死不少。一瞥眼那王宣趙夢麟俱被扈爾漢殺死在馬下。杜將軍大怒，丟下來將，上去和扈爾漢對敵，山上站著一個小將，放過一枝冷箭來。「卜」的一聲，直穿杜將軍的咽喉。只聽得「啊喲」一聲，跌下馬來死了。

原來這座山名叫勺琴山。那山上的小將軍，是英明皇帝第十三個兒子，名叫賴暮布。他奉了父皇之命，領二千人馬在勺琴山上守候著。當下他二人回到大營，獻上杜松首級。英明皇帝論功行賞，要算大貝勒的功勞最大。把擄來的器械馬匹，都賞了將士們。這夜，總兵馬林，得了杜將軍全軍覆沒的消息。他行軍到尚間崖，深掘壕溝，嚴陣自守。大貝勒吃過慶功酒，便向他父皇要三百名騎兵，連夜趕到尚間崖去。馬林見建州兵到，便把砲兵列在營外，騎兵列在營內。另派潘宗顏自領一軍，在西面三里外斐芬山駐紮，互為犄角。這時英明皇帝大軍，也陸續到來，和大貝勒的兵合在一處。

探馬報稱：「空開蕚漠地方，有明左翼中路後營游擊龔念遂、李希泌統步騎軍一萬人，用大車外面遮著藤牌列陣。」英明皇帝囑咐大貝勒看守大營，他和四貝勒親自帶了一千人馬去檢視龔念遂的軍隊。四貝勒一見那大車環列，好似城牆，便喝令放火箭，頓時好似幾千條火龍向敵營射去。那大車轉動，十分笨重，一霎時都著了火，烈焰飛騰。四貝勒發出一聲喊，搶上前去，那後面的兵士，也跟著猛力進攻。人人奮勇，個個當先，早把那大車攻破。明兵被自己的車子攔住，一時逃不脫身，大半死在建州兵的刀槍之下。那李希泌、龔念遂都力戰而死。英明皇帝正站在高處，見他兒子在左衝右突，如入無人之境，心下好不歡喜。忽然一騎報到說道：「大貝勒已與馬林開仗了。」英明皇帝便丟下四貝勒，跑回大營去。只見馬林軍隊在尚間崖下紮營，便傳令軍士從山陰面爬上山去。皇帝親自在山上搖著紅旗，建州兵士奮勇衝殺下山。明兵看看擋不住了，正要轉身抵敵，那大貝勒帶著一萬鐵騎，從前面直衝殺過來。馬林兵士腹背受敵，不戰而逃。建州兵士，追一陣，殺一陣。明朝副將麻巖及大小將士，一齊陣亡。只有馬林逃得性命，落荒而走。這裡大貝勒追殺一陣，看看明朝人馬被他殺盡。這時四貝勒也得勝回來。兩軍合在一處，轉向斐芬山攻打潘宗顏去。

那斐芬山勢，十分險惡。英明皇帝下令騎兵一齊下馬，上山仰攻。明兵在山上，打下大砲來，建州兵死亡甚多。大貝勒和四貝勒在山下奮勇督戰，只苦得建州兵，是沒有大砲的。四貝勒向御營裡調來一支大隊弓箭手，那箭和飛蝗一般的飛向山頂上去。看看明兵陣角，還是兀立不動。後來扈爾漢看看力攻難以取勝，便帶了一千名校刀手，爬向山後小路，繞過敵營背後去，發一聲喊，殺進營去。明兵便大亂起來。山下的兵，見山上敵軍亂了陣腳。便又冒死上前。潘宗顏卻是一位勇將，他一任山後如何擾亂，只顧前面抵住敵兵。看看建州兵已到半山，他便指揮兵士，用炮火猛打。因此建州兵士，又死亡了二三千人。直到建州兵士占住山頭，他還親自開炮轟打。後來炮架子翻倒，把他的身體直摔下山去。可憐一位猛士，跌得腦漿迸裂血肉模糊。到這時，馬林這支人馬，可以算得全軍覆沒。

那葉赫貝勒金臺石布相古原帶有三千人馬，與明兵約定共打建州的。他走到開原中古城，聽得明朝兵敗，嚇得他卷旗息鼓，悄悄的逃回本部去。這時英明皇帝已破了明朝兩路兵馬。范文程便說：「陛下快快回軍防護興京要緊。」

英明皇帝便收集八旗軍隊，回兵到固勒班暫駐。

那時，明朝總兵官劉綎、李如柏兩支兵馬，由董鄂、虎攔兩路進兵，看看已離興京不遠。一個消息報到建州大營裡，英明皇帝便拜扈爾漢做先鋒，先帶一千人馬晝夜兼程回去，保護興京。第二天又打發二貝勒，帶本部人馬二千名接應。英明皇帝自己帶了貝勒大臣和文武官員，回到界凡山下行凱旋禮，斬倒八頭牛，祭旗告天。大貝勒見二貝勒已去，怕他奪了頭功，忙去對父皇說：「願帶二十個騎兵前去打探消息，大軍隨後來。」皇帝答應了他。三貝勒聽得了也要跟著去。四貝勒這時，在山後圍獵，聽說他哥哥先去，他便匹馬趕到父皇跟前，求著父皇也要和兩位哥哥一塊兒去。英明皇帝是喜歡四貝勒的，當時把他摟在懷裡說道：「好兒子，你兩個哥哥已去了，留下你一個在營裡陪伴著父親，豈不是好？」四貝勒心中原是想家，便再三求著父親，先放他回興京去。

三個貝勒回至興京，宮中幾位妃子聽說了，便喚進宮去，圍著他們打聽營中消息。四個貝勒，便手舞足蹈的，把戰場的情形細細說了。那妃子們聽了，又是歡喜，又是害怕。只有三貝勒莽古爾泰是有母親的。當下他母親富察氏聽到出神的時候，便一把摟過他兒子來，我的心肝乖乖亂叫。講到四貝勒皇太極，他母親葉赫氏雖早去世了，只因他面貌長得俊美，說話又討人歡喜，宮中的妃子，沒有一個不喜歡他的。那烏拉氏又是特別喜歡，當下也一把摟過皇太極去心肝寶貝的亂叫。那十四皇子多爾袞，見他母親歡喜哥哥，也搶上去倒在他母親懷裡。烏拉氏一手摟著多爾袞，一手摟著皇太極，大家看時，他弟兄兩人，一般的長得得人意兒。多爾袞年紀小，望去似乎比他哥哥還要俊些。大貝勒和二貝勒，看了這個情形，想起自己的母親，不覺心中一酸，一掉頭走出宮門去了。

天色微明，忽然聽得城外連珠炮響，鼓角齊鳴，知是皇帝駕到。城中大小臣工，忙出城去迎接進宮。英明皇帝到得宮裡，烏拉氏忙備辦筵席替皇帝接風。這時營中捉得幾個明朝美女，送進宮去。那妃子、公主們見她裙下尖尖的一雙小腳，都十分詫異，齊圍定了她，脫下弓鞋來，捏著看著。把那美女，只是低垂粉頸，再也抬不起頭來。停了一會，宮女上來領去梳洗，這一夜送去陪侍皇帝。皇帝見她長得溫柔美貌，倒也十分寵愛。

那阿敏也是十分好色的，這一夜他也弄得兩個明朝女去侍寢。第二天，帶進宮去，求皇帝賞她封號。皇帝便封她做侍妾，把自己的封做庶妃。阿敏看看皇帝的比自己的長得特別俊，便怔怔的看著，只是憨孜孜的笑。皇帝見了，不覺大怒，命宮女推出宮去。從此皇帝心中，有幾分厭惡二貝勒，不常召他進宮。

到了第二天，皇帝坐朝，便有扈爾漢出班奏稱，現有明朝西路兵馬，已從寬甸進董鄂路，居民逃匿深山茂林中。那總兵劉綎縱兵焚掠村落，殺死百姓很多。當有牛錄額真託保爾、額爾納、額黑乙三人率駐防兵五百人迎敵，被劉綎軍隊重重圍住。額爾納、額黑乙又被亂兵殺死，又殺死兵士三百人。託保爾帶了殘餘兵馬，逃來興京求救，請皇上下令，快發大兵前去迎敵。英明皇帝聽了，忙下令大貝勒、三貝勒、四口勒統原有人馬，先往董鄂路迎敵；又令扈爾漢帶領一支人馬，在深山茂林中策應。留四千精兵保守興京，預備抵敵李如柏、賀世賢兵馬。

此番出兵，大貝勒當大元帥；三貝勒當副元帥；四貝勒當先鋒元帥，拔寨先起。看看走到富察地方，探馬報說：「前面明兵沿佟家江來，相距只有十六里。」四貝勒聽了，吩咐在山谷中紮下營盤。一面在後營挑選二百名明朝浙江兵士，傳進帳來，給他酒肉，又用好言撫慰一番，教他們依舊穿著明朝軍裝，打著明朝旗號迎上去，到佟家江劉綎營裡謊報說：「杜松將軍已得了興京城池，特打發來迎接將軍進城去的。」又說：「你們好好的前去，倘能謊得劉挺到來，便算是你們的頭功，立刻放你們回浙江。見你們的妻兒老小去。」那班兵士聽說放他回家見妻兒老小去，便個個感激，人人奮勇。當下他們便打扮停當，打著杜元帥的旗號，向佟家江一路迎上去了。

這裡扈爾漢也帶著他的馬隊趕到，和四貝勒合兵一處。託保爾帶著敗殘軍馬來投見四貝勒，四貝勒吩咐他到深山茂林中去偵探敵蹤。

卻說那劉綎從瀋陽出發，由寬甸東同迤裡沿佟家江一帶過來。沿途山路崎嶇，叢莽深密，心中又怕杜松先得了興京，奪了自己大功。因此催促兵士，晝夜趕程，真是逢山開路，遇水搭橋。兵士們走得疲倦萬分，叫苦連天。看看到了董鄂路上，實指望藉著民房休息一會兒，誰知到了董鄂，那百姓走得十室九空，莫說牛羊雞犬不見一隻，便是那屋子也拆毀了。大軍到此，吃既沒東西吃，住也沒地方可住。劉綎十分憤恨，兵士們便放一把火把民房燒了，依舊拔隊前進。看看前面一帶大江，渡過江，已是富察地方。劉綎原與朝鮮兵約會在此，十日前，早已派海介道康應乾帶五百名步兵前去迎接。到如今既不見朝鮮兵到，也不見康應乾回來。劉綎無可奈何，便傳令大軍暫行沿江扎定，一俟朝鮮兵到，便即合兵進攻。

誰知守候了幾天，那朝鮮兵隊卻杳無音信。劉綎等得不耐煩起來，便下令兵士們明日四鼓造飯，五鼓渡江。那兵士正忙著收拾營裝，忽然，江對面渡過一小隊人馬來。夕陽照著旗上，顯出一個「杜」字來，兵士們忙去通報元帥，劉綎叫傳進帳來一看，果然是自家的兵士。問來杜元帥時，原來早於三日前奪得興京城池；建州都督，已被亂軍殺死。杜元帥住在都督府裡，專候劉元帥過江去，商量收服北路部落。這班兵士說得活靈活現，不由劉綎不信。劉綎聽了心中不覺一喜一恨。喜的是建州夷人已滅，中國從此可以高枕無憂；恨的是朝鮮隊延誤時日，這攻破興京的一番大功，被杜元帥奪去，自己枉做了一個先鋒元帥。此番出軍來，不曾立得尺寸功勞，回去難見經略的面。當下便把興京來的兵士，安頓下食宿的地方。傳令兵士明天緩緩起行，把所有戰器都收藏起來。兵士們也個個卸下甲冑，準備渡江入城，去休養幾天。要知劉綎究竟如何結局，再聽下回分解。

# 兄逼弟當筵結恨　甥殺舅登臺焚身

卻說劉綎帶有一萬兵士，個個都是強壯精悍。只因山河跋涉，飽受風塵，十停中倒有五停鬧起病來。如今所說杜將軍得了興京，派兵來迎接進城去休息幾天。兵士們聽了，便個個喜笑顏開，把兵器收藏起來。身上穿著軟甲，談笑歌唱著渡過江去。先前來報信的二百名浙江兵士，走在前面領路。看看走了二十多里路，後面忽然金鼓大震，一支人馬殺來。正是三貝勒統領的人馬。劉綎十分慌張。再看那領路的浙江兵，已是去得無影無蹤。幸而劉綎有五百名親兵，還不曾卸甲，便掉轉身來，列成陣勢。自己拍馬當先，和三貝勒廝殺。無奈那建州兵馬越來越多，他後面的兵士又來不及穿甲。劉綎知道前去有一座阿布達裡崗，可以駐得兵馬。便傳令兵士速速後退，到阿布達裡崗上守住山頂，再與敵人廝殺。劉綎親自押後，且戰且退。看看到了阿布達裡崗，明兵便搶著上山去。才走到山腰裡，忽聽得山頂上一聲號炮響，四貝勒領著一支人馬，大喊衝殺下來。明朝兵士，手無寸鐵，又是身披軟甲，只見山頂上箭如驟雨，打得明軍馬仰人翻，那屍身填滿了山谷。劉綎手下人馬，折去大半。這時前無去路，後有追兵，他便帶著人馬向西逃去。

前面有一座山峽，雙峰對峙，中間只露出一條羊腸鳥道。劉綎把兵馬排成一營直線，親自押後，慢慢的行去。才有小半人馬走出山谷，忽然西南兩支人馬殺出。左有大貝勒代善，右有扈爾漢，把明朝人馬切做兩段。大貝勒親自來戰劉綎。劉綎見了，眼中冒火，擎著大刀奮力殺去。兩人在山峽下一來一往，殺了五六十回合，不分勝負。大貝勒撇下劉綎，向山峽外走去。劉綎拍馬追去，卻被建州兵四下里圍住。劉綎東衝西突，往來馳騁，總逃不出這個圈子。看看自己手下兵士，被建州兵殺得只剩五六十人。那箭鋒四下里和飛蝗一般射來，劉綎拿刀背撥開，只是四下里找路走。忽然一枝箭飛來，射中馬眼；那馬受痛，和人一般直立起來，一翻身把劉綎掀下地來。建州兵一擁上前來捉他。劉綎手快，急拔下佩刀自刎死了。大貝勒上去割下他的首級來，轉過馬頭來，帶著本部兵馬，向富察趕去。

話說代善已打聽得明海介道康應乾帶著朝鮮一萬兵士，從富察南路走來。那朝鮮兵都是身披紙甲，頭帶柳條盔。於是，心生一計。待到半夜時，他親自帶一千騎兵，各各帶著火種，衝進朝鮮營去。前門廝殺，後門放起火來。這時東南風大作，那火頭撲入前營，頓時燒得滿天通紅。朝鮮兵士身上紙甲藤盔著了火，一時脫不得身，立刻燒死了一大半。那燒得焦頭爛額逃出營來的，都被大貝勒四下的伏兵捉住。這時三貝勒、四貝勒、扈爾漢的兵馬，都已趕到。四面圍定，一齊放箭。從半夜殺起，直殺到第二天午時。那一萬兵馬，不死於火，便死於箭。只有康應乾卻被他逃跑了。這一場惡戰，建州兵又擄得馬匹器械無數。

扈爾漢領了得勝兵士先走在路上，又遇到明朝游擊喬一琦一小隊兵馬。扈爾漢和他戰，一琦敗走，扈爾漢追上去。看看追到固拉庫崖下，忽見崖上紮著一個營盤，風吹著露出朝鮮的旗幟來。扈爾漢心下狐疑，認做喬一琦是誘敵之計。便把馬頭勒住，不敢前進；一面遣報馬去報與大貝勒三貝勒知道。不多時候，那大貝勒三貝勒四貝勒，帶著全部人馬趕到。

那朝鮮都元帥姜宏立，打聽得明兵大敗，便偃旗息鼓，打發通事官到建州營裡來投誠。說道幫助明朝，原不是中國王的本意，只因從前日本兵打進中國裡來，霸占住我們城池，那時多虧明朝派兵來幫助我們打退日本兵。如今明朝又送文書來叫我們出軍到寬甸，我們義不容辭，分派一萬人馬，在富察地方駐紮；我們原不知道和什麼人開戰，如今既是你們建州人馬，我們也不敢冒犯上國。況且那一萬兵士，已蒙上國殺死，如今我們元帥願修兩國之好，立刻停戰。大貝勒聽了這番話，便和扈爾漢商議。四貝勒便立刻有了主意。打發通事官跟著來人到固拉庫崖朝鮮營裡去回話。說：「你們既有誠意投誠，便當把所有明朝人馬殺死，都元帥姜宏立，親自到我們營中來投降。我們看天有好生之德，才肯赦他的罪孽。」那姜宏立聽了這番話，無法可想，便把明朝游擊官捉住，連他的兵士都從山頂上拋下去。可憐這五百多明兵，個個跌得斷腰折腿，腦破血流，死在山下；建州兵就山下割了喬一琦的首級，帶著朝鮮國的都元帥和副元帥兩人，回到興京去。那姜宏立見了英明皇帝，嚇得只是爬在地下磕頭。英明皇帝叫人扶起，在偏殿裡賞賜酒肉；一面又備辦慶功酒席，請大小從征官員，在御花園吃酒。

英明皇帝又在宮裡召集各妃子太子公主福晉們，開一個家庭筵宴。當附妃子們有富察氏、覺羅氏、和庶妃等。太子們有次子代善，三子阿拜，四子湯古岱，五子莽古爾泰，六子塔拜，七子阿巴泰，八子皇太極，九子巴布泰，十子德格類，十一子巴布海，十二子阿濟格，十三子賴慕布，十四子多爾袞，十五子多鐸，十六子費揚古。都團團圓圓陪著父皇坐在一桌。這時英明皇帝，一壁吃著酒，一壁聽大貝勒、三貝勒、四貝勒三人鋪敘戰功，心中好不快樂。皇帝心中最歡喜的是十四子多爾袞，看他面貌又長得清秀，腦子又聰明，性情又和順，宮中各妃子福晉們，沒有一個不喜歡他的。多爾袞在酒席上，也和穿花蛺蝶似的，跑來跑去。不是在這位妃子懷裡坐一回，便是在那位福晉膝前靠一回。皇帝吃到高興的時候，也把多爾袞拉過來，摟在懷裡；一手摸著他的脖子問道：「這幾天可拉弓嗎？」多爾袞忙回說：「這幾天，天天五更起來拉弓。師傅說孩兒有勁，明日打算添上一個力呢。」皇帝微笑說道：「不添也好，省得拉狠了，乏了力。」父子兩人正說著話，烏拉氏見他兒子得了光彩，心中也說不出的歡喜，忙離席出來，擺著腰走到皇帝跟前，笑說道：「陛下莫看他一個十歲的小孩子，他已跟著師傅學上中國的詩了。」皇帝聽了，伸著一個大拇指，說一聲：「好兒子！」當下多爾袞要賣弄自己的才學，便討來筆硯來，上面先寫著「西郊試箭」四個字，接著寫了一首七言絕句道：

繡旗隊隊出西林，箭腰弓在柳蔭；
眾裡一支飛電過，誰能巧射比穿針？

他略加思索的寫成了詩，忙捧著去獻給父皇。英明皇帝接紙在手，哈哈大笑。說道：「你父親枉做了一朝天子，這中國字我卻一個不認識。好孩子，你快譯給我聽聽！」多爾痛便把詩裡的意思，仔仔細細的譯了出來。滿殿的人聽了說好。這時，獨有富察氏見烏拉氏太得意了，心中酸溜溜的，有說不出的一種難受，便悄悄的向自己兩個兒子丟了一個眼色。那莽古爾泰因父親封他做了三貝勒，心中感激父親，卻不敢十分放肆。獨有德格類，因父皇不肯封他貝勒，心中久懷怨恨。如今見有母親壯他的膽，便想藉此出出氣。但是，一個人也不敢說話，他一向知道四貝勒皇太極是不滿意多爾袞的，便暗暗去拉著四貝勒的袖子，向他擠擠眼。皇太極心下明白。

講到皇太極，是太妃的兒子，又是一身好武藝，面貌也長得英俊，但是總比不上多爾袞長得秀美，因此宮裡的妃子，總是喜歡多爾袞的多。皇太極這一點醋氣，也捺在肚子里長久了，如今見他大要過面子去，便不覺心中勃然大怒，明仗著自己新有戰功，父皇絕不奈何他的，當下他便在鼻管中冷笑一聲，說道：「這些都是書呆子鬧著玩的事情！我大金國以馬上得天下，我們現在用不著這個！」這幾句話，雖然說得正大光明；但是聽在英明皇帝耳朵裡，明明知道他弟兄兩人在那裡吃醋。心想，這弟兄嫉妒，不是好事體，很想說幾句話責備他，無奈這皇太極也是自己十分寵愛的，文武百官又都各他好，他最近又立了戰功，便不好意思去說他。誰知這裡皇太極才說完話，那邊德格類又發話了。他冷笑著說道：「這些句子，聽在耳朵裡怪熟的，我師父也曾教過我，莫不是在什麼書上直抄下來，哄著父皇的嗎？」

這多爾袞到底是小孩子，聽兩個哥哥這樣奚落，他便把小嘴兒一扁，「哇」的一聲哭了。烏拉氏忙上來拉過去，英明皇帝氣得雙眉倒豎，喝著德格類說道：「你弟兄兩人欺侮他年紀小，這一點點小過節兒便氣他不過，將來會怎麼呢？」一句話罵得滿殿的太子啞口無言。英明皇帝便傳旨，把德格類逐出宮去，從此不奉宣召，不得進宮。旁的太子也覺得臉上沒有光彩，怏怏地退出宮來。獨有皇太極心中不服，卻暗暗的在外面買服文武百官，結黨營私。這且不在話下。

卻說明經略使楊鎬，在瀋陽城中，一次一次得到三路兵隊全軍覆沒的報告，嚇得他神魂顛倒，手足無措。他一面寫奏章報與神宗皇帝，一面立刻傳出軍令去，令清河城一路總兵李如柏的軍隊，趕速退回瀋陽，保護城池。這次薩爾滸山戰役，明朝共陣亡兵士八萬八千五百九十餘名，將領陣亡三百十餘名，燒死朝鮮兵士一萬餘名。楊鎬這時心中最掛念的，是他盟弟劉綎的屍首，便派了五十名兵士，悄悄地到阿布達裡崗下去，覓得劉將軍的屍首來，用香木雕刻一個人頭，裝在死人的頸子上，又買了一具上等棺木，把他裝下了，親自送回北京去。劉綎的妻子見了丈夫的棺木，哭得死去活來。虧得楊夫人和她好，打疊起千言萬語安慰她。從此劉綎的兒子，便在楊府中養大。楊夫人便把女兒許配給劉公子，兩家便成了眷屬，劉夫人也得一個靠傍。

明朝自從吃了這個大虧，便牢守關隘，不敢問關外的事。那建州皇帝，便趁此機會取了開源城，又打破鐵嶺城；打敗蒙古喀爾喀的軍隊，活捉酋長宰賽。扈爾漢又對英明皇帝說：「那葉赫部主，從前賴我婚姻，如今又幫助明朝前來攻我，這個仇恨不可不報，願陛下下令征之。」英明皇帝說道：「朕並非忘葉赫之仇，只因那葉赫部主和我四貝勒，有甥舅的名分，如今出兵打他，怕於親戚面上不好看。這時大貝勒站在一旁，跳起來說道：「從來說的，大義滅親，俺們要成大事的人，顧慮不得這許多。」英明皇帝聽了，點點頭說道：「這個話卻也不錯，」四貝勒便向父皇求得先鋒元帥，帶一萬人馬先行。英明皇帝親自帶了二萬人馬，隨後行去。諸貝勒大臣，也隨營聽用。

卻說那葉赫部主弟兄兩人：一名金臺石，住在東城，一名布揚古，住在西城。他弟兄兩人，自從明兵大敗以後，便帶著兵馬逃回本部，刻刻防備建州兵來攻打他。到這時建州兵果然來了，英明皇帝親自攻打東城，卻令貝勒攻打西城。英明皇帝攻到第三天上，打破了東城的外郭；心中還念郎舅之情，便令兵士大呼道：「金臺石快快出降，饒爾一死！」那金臺石站在城樓上說道：「努爾哈赤，你莫說這個話，我不是明朝人可比。我和你在滿洲地方，一般是雄主，豈肯束手歸順？與其降汝，毋寧戰死也！」說罷城上飛石滾木一齊下來，打得建州兵頭破血流，倒在地下死去的卻也不少。英明皇帝看著大怒，自己搖著令箭拍馬跳上去，後面軍士張著藤牌，冒死猛攻。大喊一聲，城牆坍了。建州兵一齊搶進城來，葉赫兵在城裡，還是拚死抵敵，金臺石一手拉著他的福晉，一手抱著他的小兒子，在高臺上躲避，建州兵四下里把高臺圍住，口中連喊道：金臺石快快投降！金臺石在上面說道：「你家四貝勒是我的外甥，若要我降，請你四貝勒上臺來一見，我便下臺投降。」當下英明皇帝聽了，便約退兵馬一箭之地，又差人到西城去把四貝勒皇太極喚來。

那四貝勒到了臺下，口稱『舅父』。金臺石招手，喚四貝勒上臺去。四貝勒正要上去，一個侍衛站在一旁冷眼看出金臺石的臉上露出凶殘的神氣，忙去向四貝勒耳旁悄悄的說道：「貝勒莫上去，可看見他臉上的神氣麼？他心中一定不懷好意呢。」四貝勒給他一句話點醒了，忙站住了；一面對他舅父說道：「我已在此，舅父快快下臺來！」金臺石冷笑說道：「你既不肯上來，我也不曾和你見過面；你是不是我那真的外甥，叫我也難信，我如何肯輕易下臺來呢？」這時大臣費英東、額駙達爾哈在一旁大聲喝道：「你看平常人裡面可有像我見貝勒這樣英俊魁武的人嗎？你下來便下來，不下來時，我們便放火燒臺了。」金臺石又說道：「我兒子德爾格勒，聽說他受傷在家，你何不喚他來，俺父子見一見面，再商量下臺的事。」停了一會，德爾格勒上臺來，見了他父親說道：「事到如今，守住在臺上也無用了，俺父子兩人快快下臺去，見了英明皇帝，或者他看在親戚面上，饒恕我們，也未可知。」金臺石聽兒子勸他投降，不覺大怒，拔下佩刀來，向他兒子砍去。他福晉見了，忙上去抱住了。德爾格勒看他父親不肯投降，只得抹著眼淚，走下臺來。他福晉見丈夫固執不肯下臺，便也抱著幼子，走下臺去。他母子三人，走到英明皇帝跟前，磕著頭，大哭起來。英明皇帝用好話勸慰著，又賞他母子酒飯，叫四貝勒陪著一塊兒吃。說道：「他是你的哥哥弟弟和舅母，從此以後，你須好眼相看。」費英東看著金臺石到底不肯下臺，便喝聲：「殺上去！」建州兵便一齊拿起斧子，砍那臺柱子。金臺石在臺上，放起一把火來。頓時轟轟烈烈，燒得滿臺通紅。建州兵在四下圍著看著，那臺燒到一半，便震天階一聲響亮，臺腳坍了，金臺石還不曾燒死，從臺上直翻下來。建州兵上去捉住了，拿繩子把他活活勒死。報與英明皇帝那裡，聖旨下來了，好好的棺斂埋葬。

這時西城正被建州兵圍得緊急。布揚古聽說東城已破，心中十分害怕，和他兄弟希爾杭古商量投降，又怕建州皇帝不准。他母親聽得了，便說：「待我先出城去和大貝勒說妥了，你弟兄再投降未遲。」當下他母親出城來見大貝勒。大貝勒見他外祖母來了，便迎接進帳，十分恭敬。他外祖母說：「你兩個舅舅極願投降，又怕你父皇不許，特求俺來問你。」大貝勒聽了，立刻拿起桌上一杯酒來，喝下半杯，剩下的半杯，叫人送去給布揚古吃下。拍著胸脯說道：「我外甥保舅舅的性命如何？」布揚古吃下半杯酒，吩咐開城，把大貝勒迎進城來，擺上酒席，他兩人對酌起來。說起親戚的情分，布揚古不住掉下眼淚來。大貝勒一面催促他快投降去。布揚古便站起身來，走到後院去，和他妻子告別。那福晉拉著布揚古的手，哭著說道：「聽說金臺石已被建州兵逼死，丈夫此去須得處處小心；那努爾哈赤十分陰險，怕他不懷好意。」布揚古便揮淚而別，走到前院，和他弟弟布林杭古一同跟著大貝勒到大營裡去見英明皇帝。

布揚古肚子裡記著他妻子囑咐的兩句話，刻刻提防。他跨著馬，走到營門口，不見有人出來迎接，心下便懷疑起來。勒定了馬，不敢下來。大貝勒見了忙搶上前來，拉住他的馬韁說道：「你不是一個好漢！話既說定，還有什麼疑心呢？」布揚古勉強下得馬來，走進帳去，見英明皇帝鐵板著臉兒，坐在上面，兩旁站著許多侍衛，各掛上腰刀，眼睜睜的看定他，靜悄悄的，真是威風凜凜，殺氣騰騰。布揚古心裡越發害怕，便屈著一條腿跪下去，心想他們倘要殺我，我一條腿不曾跪下，也可以逃得快些。半晌只聽得上面吩咐：「賞酒！」便有侍衛捧著金酒杯，滿滿的盛著一杯酒送到布揚古面前。布揚古看了這一杯酒，心頭止不住亂跳起來。他心想：「這一定是杯毒酒，我可不能吃的。」他便接過酒來，送到唇邊去，一手擎起袖子來遮住，悄悄的把一杯酒倒在地下，也不拜謝也不磕頭，便站了起來。只聽得英明皇帝冷笑一聲，吩咐大貝勒說道：「領你哥哥回西城去！」布揚古、布林杭古兩人急急退了出來，回到西城去。

那布揚古的福晉正盼望著，見丈夫平安回來，便笑逐顏開。夫妻兩人在內院重整筵席，淺斟低酌起來。吃到更深時候，便雙雙攜手入幃上炕，做他的好夢去。正甜蜜的時候，忽然窗戶外面跳進兩個大漢來，手拿一條粗繩，上來套住布揚古的頸子。見聽得布揚古大喊一聲，可憐活活的勒死了。他福晉從睡夢中驚醒過來，見了這情形，哭得死去活來。這時布揚古手下的侍衛已走得乾乾淨淨，還有誰來理會她呢？那兩個大漢看看人已死了，便一縱身跳出窗檻去了。原來這兩個大漢是英明皇帝差遣來的，他見布揚古那種桀驁不馴的樣子，怕他還有反意，因此打發這兩個刺客來勒死了他，為斬草除根之計。那布林杭古和大貝勒有郎舅之親，便饒恕了他。這時葉赫全部，都投降了建州。

英明皇帝在東城住了三天，便班師回國去。人馬趕到半路，忽然探馬來報說：「前面有一小隊兵馬，打著蒙古旗號，攔住去路。還有一位將軍，口口聲聲說，奉了林丹汗之命，捧有國書在此，要見你建州皇帝。」英明皇帝聽了，心想：「蒙古是西北大國，林丹汗又是蒙古王部的盟主，今既有使臣到來，不可怠慢了他。」忙吩咐紮住人馬，傳來使進帳。當下見營門外走進一個大將來，手捧國書，口稱：林丹汗使臣康喀爾拜虎請英明皇帝安。說著，行下禮去。這時大貝勒、四貝勒都站在一旁；四貝勒過去，接過國書來，送與他父皇。開啟國書看時，見上面寫道：

統四十萬蒙古國主巴圖魯成吉思汗，問水濱三萬人滿洲國主英明皇帝安寧無恙耶？明與吾兩國，仇敵也，聞自戊午年來，汝數苦明國。今年夏，我已親往明之廣寧招撫其城，收其貢賦，倘汝兵往廣寧，吾將牽制汝。吾二人非有釁端也，但以吾已服之城為汝所得，吾名安在？若不從吾言，則我二人是非，天必鑒之。先是，二國使者，常相往來，因汝使臣謂不以禮相遇，拘吾兩人，遂不復聘問。如以吾言為是，汝其令前使來，復至中國。

英明皇帝看了國書一言不發，便把國書遞給大貝勒。許多貝勒大臣，一齊圍上來，一邊看著，一邊連說：「豈有此理！」就中四貝勒忍耐不住，搶上前去，一把揪住了那拜虎，拔下佩刀來，要割去他的鼻子。英明皇帝見了，忙搖著手止住他。一面喚人把拜虎領出去，拿酒肉好好看待；一面在帳中召集了一班貝勒大臣，商量回答國書的事件。有的說把拜虎殺了，莫去理他；有的說，把蒙古營裡的兵都捉來，割去耳朵，放他回去，也叫他們知道我們的厲害。英明皇帝聽了，連連搖著頭說：「不妥！不妥！」

這時，十四皇子多爾袞，年紀雖小，也跟著他父親在營帳裡。當下他卻站起來說道：「蒙古有兵四十萬。我們如今正要奪明朝的天下，何妨暫時利用蒙古的兵力和他結盟，合力攻打明朝？得了明朝的天下，那時我們路近，他們路遠，不怕明朝的天下不歸我們掌握。」多爾袞說到這裡，英明皇帝拍著他的頸子，說道：「小孩子，主意倒不差！」到了第二天，把拜虎宣進帳來，便拿兩國結盟合力攻打明朝的話對他說了。拜虎連聲說：「好，好！」當便斬倒一頭白馬，一頭烏牛，對天立誓道：

今滿洲八旗執政貝勒與蒙古國王部落執政貝勒，蒙天地眷佑，俾合謀併力與明修怨；如其與明釋舊憾，結和好，亦必合謀然後許之。若滿洲渝盟，不偕喀爾喀貝勒合謀，先與明和好，皇天后土，其降之罰；若明欲與喀爾喀貝勒和好，密遣離間，貝勒等不以其言告我滿洲英明皇帝者，皇天后土，亦降之罰。吾二國同踐盟言天地佑之。其飲是酒；食是肉。二國執政貝勒，尚克永命，子孫百世及千萬年。二國如一，共享太平。

要知蒙古和滿洲兩國如何合力攻打明朝，且聽下回分解。

# 翠華園神宗醉玉膚　慈慶宮妃子進紅丸

卻說滿洲英明皇帝，一面與蒙古五部落貝勒訂定攻守同盟的誓約，一面打發人進關去，探聽明朝的消息。自己班師回興京去，教練八旗兵士，預備早晚廝殺。有一天，正在西偏殿上和許多貝勒大臣講究如何併吞明朝天下的法子，忽宣承官上殿來，奏稱：今有探馬探得明朝的消息，在殿門外守候陛下的旨意。英明皇帝聽了，忙傳聖旨宣探馬上殿。那探子走上殿來，跪倒在地，口稱：臣奉旨進關，探得明朝的消息，意欲一一奏明皇上知道。英明皇帝便吩咐：「快快奏來！」

探子便說道：「如今明朝神宗皇帝，拜張居正做宰相，整理朝綱，大非昔比。」英明皇帝便問：「如何整理法呢？」探子奏道：「張宰相把在朝奸臣一齊革退，用了許多正人君子在朝輔政。又派人到江南江北調查戶口，測量田地，查出許多田稅上的弊端，每年朝廷可多收錢糧一百多萬兩銀子。又裁去關口糧船上沒用的官員一千多名。今年正月，又下令免無下欠租二百多萬銀子。百姓人人感激他皇上，忠心待他的皇上。張宰相又吩咐兵部尚書，多招兵馬，用心教練，準備和我們滿洲廝殺。他一面派戚繼光帶領大兵，駐紮在蒙古邊境，刻刻提防；一面多派得力兵士，在山海關用心把守。那神宗皇帝見張宰相忠心愛國，便也十分敬重他，卻也十分害怕他。」

英明皇帝聽了，十分詫異。說道：「敬重他也罷了，怎麼又害怕起來呢？」那探子又說道：「陛下卻不知道，那張宰相對待神宗皇帝，真是十分嚴厲呢！聽說張宰相推薦了許多有才學的江南人，做皇帝的日講官，每日把皇帝的行住起坐和說笑，都要記在冊子上，給張宰相看過。倘然有不在道理的地方，張宰相便當面埋怨。因此神宗皇帝便不敢偷懶胡為。又叫許多大臣，天天陪著皇帝讀書，張宰相自己也陪著皇帝，每天在講壇上坐一個時辰。那張宰相坐在一塊兒的時候，把個神宗直急得背脊上淌下汗珠來。有一天神宗皇帝讀《論語》，讀到『色勃如也』一句，把個勃字錯讀做背字一樣的聲音，張宰相便板起面孔站起來，大聲大氣對皇帝說道：『這不是背字的聲音，是勃然大怒的勃字聲音！』這幾句話把個神宗皇帝嚇了一大跳。當時，許多日講官聽了，也個個臉上變了顏色。」英明皇帝聽到這裡，便不禁嘆了一口氣，說道：「好宰相！明朝有這個張居正，看來我們一時還惹他不得。」一面忙把這個消息去報與林丹汗知道；一面吩咐探子，再進關打聽去。

誰知明朝神宗皇帝，自從張宰相死去以後，卻十分不濟事，滿朝都站滿了奸臣。神宗皇帝又懶管朝政，終日在深宮裡和妃子遊玩，朝廷大事，聽憑幾個太監在那裡作威作福。接著，甘肅寧夏地方的哱拜，反亂起來；那日本大將豐臣秀吉，又帶領十三萬陸軍和九千二百名水師，來攻打朝鮮。打破了王城，朝鮮王李昭，逃到義州；一面到明朝來求救。那英明皇帝趁此機會，便把李昭兩個王子抓來，攻打朝鮮北面。這個消息傳到神宗皇帝耳朵裡，忙打發將軍祖承訓，帶領大隊人馬前去救援。在路上遇到日本的先鋒隊小西行長，打了一仗，大敗逃回。那時李如松的兵隊，正駐紮在關外，他仗著兵強馬壯，帶著兵隊，和日本小早川將軍在碧蹄驛惡戰一場。如松逃回平壤。明朝宰相石星，得了這個消息，十分害怕，便立刻打發沈唯敬前去講和。但是明朝此番在寧夏用兵，用去兵費一百八十七萬八千多兩銀子，在朝鮮用兵七年，又用去兵費七百八十二萬二萬多兩銀子。弄得國庫空虛，人心大亂。神宗皇帝急得搔耳摸腮，無法可想。便有那親近的太監，趁此機會，勸說把全國的礦產開放了，許多百姓開採，朝廷便從中取礦稅，那時國庫裡豈不是又多了一宗收入。神宗皇帝答應了，聖旨下去，凡是有礦脈的地方，許百姓隨時報告開採。那班太監，便藉著這個名目，和地方官串通一氣，到處騷擾。凡是礦苗旺盛的地方，都被他們霸占了去。還藉著朝廷的勢力，硬逼著百姓替他開採，倘然採不得礦苗，還要硬逼著百姓賠償他的損失。百姓若稍不依順，他便硬說你田地房屋下面有礦脈，把你的田地也收沒了，房屋又拉坍了。弄得百姓個個怨恨，人人切齒。

那班太監還不知足，又哄著神宗皇帝下上諭，在天津地方收店鋪稅；廣州地方收採珠稅；兩淮地方收鹽稅；浙江、廣東、福建地方收市舶稅；成都地方收茶鹽稅；重慶地方收名木稅，長江一帶收船稅；荊州地方收店稅；寶坻地方收魚草稅。那班貪官汙吏，便趁火打劫，百般敲詐。在平常人家，一隻雞，一頭豬，都要抽稅。鬧得民窮財盡，十室九空。可笑那神宗皇帝，天天在深宮裡和妃子美人玩得天昏地黑的，好似睡在鼓裡，怎會知道百姓的痛苦和憤恨？那班太監，還怕皇帝一旦臨朝，查出他們的底細來，便又買通宮裡總管魏太監，求他在皇帝跟前欺哄著。說：「國家大事，自有百官料理；天子玉食萬方，理應享受人間的極樂。從來說的人壽幾何？陛下倘不趁這年富力強的時候及時行樂，百年以後，和草木同腐，豈不可嘆？」一句話觸動了皇帝的歪性，便越發連日連夜的尋起快活來了。從此金鑾殿上，永不設朝，冷冷清清的景陽鐘鼓，伴著荒荒涼涼的殿頭野草，只有那成群結伴的狐鼠蝙蝠在裡面封王拜相便了。

這裡魏太監見皇帝高興，便大興土木。仿著元朝的舊制，在大內建造德壽宮、翠華宮、連天樓、紅鑾殿、入霄殿、五花殿。這時正值盛夏天氣，魏太監便在樹木茂盛的地方，造一座「清林閣」。四面圍著長松翠竹，南風吹著樹葉，蕭蕭的響著，好似吹彈絲竹。東面又有「松聲亭」，西面又有「竹風亭」。在清林閣的南面，萬壽山腳下，又造一座「春熙堂」，拿花椒滿塗著牆壁，四面滿掛著錦繡簾幃，拿香桂做柱子，烏骨做屏風，孔雀毛做帳子，滿地鋪著又軟又厚的繡毯。一走進屋子，真是溫柔香豔，鬧得神宗皇帝神魂顛倒，眼花撩亂。

這些還不夠，魏太監又在江南地方，選了五七百個絕色的秀女，安頓在各處房櫳宮闈裡，聽憑皇帝隨時遊幸。他又仿著元朝的名稱，在桃花盛開的時候，宮中便排下筵宴，稱做愛嬌之宴；紅梅初開的時候，稱做澆紅宴；海棠花開的時侯，稱做暖妝宴；瑞香花開的時候，稱做撥寒宴；牡丹花開的時候，稱做惜香宴；花落的時候，稱做戀春宴；花未開的時候，稱做奪秀宴。此外還有落帽宴、清暑宴、清寒宴、迎春宴、佩蘭宴、採蓮宴。沒有一事不宴，沒有一地不宴，天天鬧著筵宴，處處聽得笙歌，脂香粉膩，把個風流天子鬧得昏昏沉沉。

這裡面最得皇帝寵愛的，便是鄭貴妃。說起那鄭貴妃的美貌，真可抵得上「回頭一笑百媚生，六宮粉黛無顏色」兩句詞兒。神宗皇帝行動坐臥，沒有鄭貴妃陪在一旁，他是不歡喜的。那鄭貴妃和魏太監打成一片，想出各種新奇玩意兒來哄著皇帝。魏太監又替鄭貴妃制一套霧帔雲裳，又輕又薄，暑天穿著，好似霧裡看花，一肌一膚，都隱隱約約露在外面。皇帝看了，越發神思顛倒起來。一霎時宮裡的婦女，全都穿起這種輕薄衣裳來，走來走去，在日光下面映著，好似精赤一般。

這時正是炎天盛暑。到了夜間，還是燻蒸得叫人耐不住。幸而一輪皓月掛在空中。那夜，神宗皇帝到太液池中泛月去。魏太監得了這個號令，忙忙過去預備。這裡皇帝和鄭貴妃，拉著手走到太液池邊，上了畫舫，慢慢的蕩到水中央。只見月色射波，水光映月，綠荷含香，芳藻吐秀。回頭看畫舫四圍，都有採蓮小艇夾持著，艇子上都載著女軍。左面領隊的一個宮女，倒也長得花容月貌，異常清秀，頭上戴著赤羽冠，披著斑紋甲，手裡拿著泥金畫戟，船頭上插著鳳尾旗，風吹著，旗上露出「鳳隊」兩字來。右面領隊的一個宮女，也出落得長眉秀眼，十分嫵媚。她頭上戴著漆朱帽，穿著雪氅甲，手裡擎著瀝粉雕戈，船頭上插著鶴翼旗，月光照著、旗上露出「鶴團」兩字來。此外，又有採菱、採蓮的小船，船上結著綠紗，滿載著宮女，輕快便捷，在水面上往來如飛。

這時候，看看月麗中天，彩雲四合。鄭貴妃便吩咐下去，開宴張樂。皇帝和貴妃並肩兒坐在中艙，四面窗槅子開啟，月光射進船艙來，照在筵席上，分外有光彩。那細樂吹打到中間，便有一隊披羅曳縠的宮女，在筵前作群仙之舞。月光射進羅裳裡去，照出她們雪也似的肢體來，婉轉輕盈，又嬌聲滴滴唱著「賀新涼」的曲子。神宗皇帝看了，十分高興，笑著對鄭貴妃說道：「昔西王母宴穆天子在瑤池的地方，後人稱羨他，古往今來沒有比他再快活的了。但是，朕今天和卿等賞此月圓，共此良夜，液池之樂卻不減於瑤池。可惜沒有上元夫人在坐，不得聽她一曲步玄之聲。」貴妃聽了，便吩咐樂隊，奏《月照臨》之曲，自己出席來，當筵舞著、唱著道：

五華兮如織！照臨兮一色！
麗正兮中城！同樂兮萬國！

鄭貴妃唱罷，皇帝親自上去扶她入席，又賞貴妃八寶盤，玳瑁盞。貴妃又起來拜謝。船中宮女又都向貴妃道賀。

這時神宗皇帝已吃得半醉，便靠著貴妃的肩頭，離席而起。船窗外面，採菱船送來青菱來；採蓮船送來蓮子來。貴妃坐在皇帝腳下，親自剝著菱肉蓮子給皇帝吃，皇帝一面吃著，一百望著船艙外，只見月到中天，分外明淨，水面上照出萬道金光來。一隻一隻小艇子，在金光中蕩蕩著，一陣陣笙歌從水面吹來，悠幽悅耳。皇帝憑著船舷，傳旨下去：教兩軍水戲。只聽著一聲鼓響，那「鳳隊」和「鶴團」排成陣勢，來往旋轉，愈轉愈快，水面上起了一層波瀾。兩隊宮女，有的拿戟打，有的用槍挑，弄得滿船是水。身上穿的紗衫，被水溼透了，黏住在身上，襯出雪也似的肌膚來，分外嬌豔。皇帝看了，不禁大笑，那宮女們也一齊笑起來。一時裡，鶯嗔燕叱，水面上起了一陣繁噪。遊戲多時，皇帝下旨停戰。那兩隊水軍，便一字兒排在皇帝坐船跟前。皇帝吩咐賞下紗羅脂粉去，幾百個宮女便一齊嬌聲喚道：「皇帝萬歲！」神宗皇帝又把那個領隊的宮女宣上船來，帶回翠華宮臨幸去了。

過了幾天，魏太監又請皇帝駕臨漾碧池去遊玩。那裡用綠石砌成，四面圍著綠色的羅幃，又種著綠葉的花草，池中滿儲清水，望去好似碧玉盤一般。池上橫跨三個橋洞，橋上結著三座錦亭，排著三方匾額。左面是「凝霞」兩字，右面是「承霄」兩字，中央是「進鑾」兩字。皇帝和各院妃嬪，在亭中飲酒作樂。酒罷，一隊細樂，領著三十六院妃嬪，到香泉潭中去洗澡。皇帝便張著紫雲九華蓋，坐在潭邊觀看。只見那潭熱氣噴騰，芬香觸鼻，那班妃嬪，一個個跳下水去戲弄著。水中間立著一頭頭玉狻猊，水晶鹿，紅石馬。那班妃嬪戲弄一陣，各個騎上牲口背去。有斜依著的，有橫陳的，有抱著的，有撲著的，有騎著的，有坐著的。有的手拿著各種花枝的，有的彈著各種樂器的，有的在水面上打著綵球的，有的在水裡對舞著的。鄭貴妃看了高興，便也卸下衣裙，跳進潭水裡去遊戲了一會，然後爬在一頭玉馬背上騎著。皇帝看去，見貴妃長著一身雪也似的肌膚，心中十分歡喜。那許多妃嬪，見貴妃來了，便大家圍著她，在水裡跳著唱著。那水花飛舞起來，濺得皇帝也是一頭一臉。皇帝卻不惱怒，哈哈大笑起來，自己拿汗巾揩去水球，又從水裡把貴妃扶了出來回宮，尋他的歡樂去了。

神宗這樣荒淫無度，精神漸漸有點不濟起來。鄭貴妃暗暗的和魏太監商量，魏太監弄來鴉片煙來，勸皇帝吃。皇帝果然能振作精神，便又終日吞雲吐霧大吃起來。他這樣子在深宮裡昏天黑地鬧了二十年工夫，那朝廷大事，越發糟得不堪設想。魏太監裡面打通鄭貴妃，外面結識了一班奸臣，大弄威權。神宗皇帝原有兩個兒子，大兒子名叫常洛，是王恭妃生的，次子名叫常詢，是鄭貴妃生的。這常洵子以母貴，神宗十分寵愛他，三歲的時候，便封他做福王；那長子常洛，卻落得無名無位，便有許多正直的大臣，出來幫助他，常常上奏章，請皇帝立常洛為太子。無奈神宗聽了鄭貴妃的枕邊狀，便不許臣子議論太子的事體。那班大臣還不肯罷休，早上一本，晚上一本，都是說請皇上早立太子。那許多奏章，都被魏太監捺住了，神宗皇帝一眼也不曾瞧見。好在皇帝在二十六年裡面，不曾設過一次朝，那班臣子，也無從面奏。這裡面惱動了一位吏部郎中名叫顧憲成的，特別的又上了一本奏章，設法買通小太監，送進宮去。神宗看了，大發雷霆，立刻下一道聖旨，把顧憲成革職。那時還有考功郎趙南星，左都御史鄒元標，和王家屏一班官員，一齊丟了功名，回到家鄉地方，召集一班自命為清流的讀書人，在無錫地方立了一個東林書院。他藉著講學名義，天天聚在一塊兒，談論朝政，辱罵太監。

內中有一個高攀龍最是厲害，他朋友又多，不多幾時，便到處有他們的同黨，人人稱他們為東林黨。他們又結識了一班在朝做御史官的，常常上奏章彈劾那班私通太監的大官。有一個祭酒官湯賓尹，立了一個宣昆黨，在直隸、山東、湖南、湖北、江蘇、浙江幾省地方，都有他的同黨。日子久了，那班大臣見了這兩黨的人，也有些害怕。這兩黨的人，口口聲聲要立常洛為太子。後來，越鬧越凶了，那班太監和大臣，都有性命之憂，他們沒有辦法，把二十六年不坐朝的神宗皇帝請出來，上了一本奏章，說東林黨和宣昆黨的人，如何凶橫。皇帝勃然大怒，連下幾道上諭，把兩黨的人革職的革職，捉拿的捉拿，一齊關在監牢裡。一面便把常洛冊立為太子，又把福王調到河南去，造座高大的王府，化了三千多萬兩銀子。

這鄭貴妃心中還是十分不願意，暗暗的和魏太監商量，在萬曆四十三年上，忽然有一個大漢，名叫張節的，手裡拿著木棍，慌慌張張的闖進皇太子住的慈慶宮裡去。那看守宮門的侍衛，上去攔阻，也被他打傷了。一時裡宮裡太監聲張起來，跑來許多護兵，把張節捉住了，送到刑部衙門裡去審問。那刺客供認：是鄭貴妃宮裡的太監馬三道，指使他來行刺太子的。這一句話傳出去，外面便沸沸揚揚，說是貴妃謀死太子。那鄭貴妃聽得了，便在神宗皇帝面前撒痴撒嬌的哭訴。神宗皇帝便把太子宣進宮去，一手拉著貴妃，一手拉著太子，替貴妃辯白。說：「這事貴妃完全不知情的。」太子看在父子情面上，也推說那張節是個瘋癲的。刑部郎中胡士相，便把張節定下了個殺頭的罪；又把馬三道充軍到三千里外去。

自從出了這個案件以後，這鄭貴妃忽然拿好心看待太子起來，常常做些針線活送給太子，又弄些食物給太子吃。太子看她並無惡意，便也常常進宮朝見貴妃。因此太子和神宗父子的恩愛，又十分濃厚起來。鄭貴妃又怕太子不相信她，便和神宗說了，下一道聖旨給福王：以後不奉宣召，不得擅自進宮。這一來又討好太子，又杜絕了他母子間的嫌疑。

誰知這神宗皇帝在萬曆四十八年上死了，太子常洛即位，便是光宗皇帝。這光宗皇帝，因為鄭貴妃和他好，便把她留在宮裡，和母親一般看待。又誰知光宗即位不多幾天，便害起病來。光宗皇后卻沒有急壞，倒急壞了鄭貴妃。便傳命出去，叫大臣到處求醫問藥。這時有一個太監，名叫崔文升，獻了一味丹方，給皇帝吃了下去，那病勢越發沉重了。這時又有一位大臣，名叫方從哲的，打發鴻臚寺丞李可灼，送進一粒紅丸來。鄭貴妃勸光宗服下。那時鄭貴妃做媒給光宗做妃子的李選侍，也力勸皇帝服這一粒紅丸。光宗聽了兩位妃子的話，便把紅丸吞下肚去。誰知第二天，那藥性發作起來，這位做不上一年的光宗皇帝，便有些性命難保了。要知光宗皇帝性命如何，且聽下回分解。

## 依翠偎紅將軍短氣　嬌妻雛兒天子託孤

卻說光宗皇帝自從服了李可灼的紅丸，到第二天一命歸了天，宮裡便頓時慌亂起來。李可灼進了紅丸，藥死了皇帝，非但沒有罪名，那方從哲反推說是皇帝的遺旨，賞李可灼銀兩。外面有人疑心是鄭貴妃的指使，便有禮部尚書孫慎行，御史王安舜，給事中惠世揚上奏章，說方從哲有弒逆的罪名。這時慕宗皇帝即了位，知道國事已糟到十分，不願追究家事。但是，明朝自從楊鎬兵敗，張宰相去世以後，神宗皇帝二十多年不問朝政，光宗皇帝即位不到一年便即逝世，這裡邊再加上太監弄權，大臣貪贓，開礦加稅的事體，鬧得天怒人怨，又是什麼東林黨、宣昆黨，鬧得昏天黑地。宮裡又鬧什麼梃擊紅丸的案件，全國的君臣和老百姓，終日在慘霧愁雲裡，還有什麼工夫去管那關外的滿洲人！

那滿洲的英明皇帝，卻趁機會，得步進步。他一方面勤修內政，一方面結好蒙古，一方面卻悄悄的買馬招兵。先鋒隊已到瀋陽一帶，先攻取了瀋陽東面的懿路、蒲河兩座城池。這軍情報到明朝京裡，那神宗皇帝正在宮裡遊玩，得了這個消息，便忙得手足無措，立刻升殿，召集了大小臣子，商議禦敵之策。當時便有人保舉江夏人熊廷弼，「熟悉邊情，才堪大用」。神宗皇帝聽了，便接二連三的聖旨下去把熊廷弼召進京來，給他掛上遼東經略使的印綬，又賜上方寶劍一口，准他先斬後奏。神宗皇帝打發熊廷弼去了以後，便又躲在宮裡不問外事了。他在二十六年裡面，只有這一回接見大臣。

那熊經略奉了皇上的旨意，帶領十八萬大兵殺奔關外來。誰知他才出得山海關，探子報來，那鐵嶺又失守了。熊經略便催促兵士，晝夜兼程而進。到了瀋陽地方，看看那沿路逃難的軍民，實在狼狽得可憐；又看那駐紮的兵隊，實在腐敗得不成個樣子。便赫然大怒，捉住劉遇節、王捷、王文鼎三個逃將，綁在院子裡，審問明白，砍下腦袋來，送到各營去示眾。那班軍士們看了，個個害怕，人人聽令。熊經略一面教練兵士，一面督造戰車火炮，掘壕修城，把十八萬精兵，分紮在靉陽清河撫順柴河三岔兒鎮江幾個緊要隘口上。這時打聽得滿洲兵隊，已到了奉集堡，只離瀋陽四五十里路。熊經略忙帶領大兵，乘雪夜趕到瀋陽。一面安撫百姓，一面又進守撫順，和滿洲兵對壘。那英明皇帝打聽得熊廷弼是中原第一條好漢，也便不敢進去，傳令退守興京去了。

這裡熊經略正要整隊進兵，忽然北京接連來了幾道上諭，把熊廷弼革了職，又派袁應泰接任遼東經略使。熊經略接了聖旨，不得不交卸了兵權，垂頭喪氣的回去；到得京裡，才知道朝廷大捉東林黨人，因為熊廷弼也和東林黨人通聲氣，所以也把他革了職。這時神宗皇帝已死，朝廷裡正亂得不可開交。熊經略也只得嘆了一口氣，回老家種地去了。這裡袁應泰接了經略的任，消息傳到英明皇帝耳朵裡，便拍手大笑道：「我獨怕那個熊蠻子，如今他去了！這個袁蠻子卻是一個文官，懂得什麼兵法？」便又點起大兵，進駐奉集堡。明朝的守將李秉誠出城應敵；英明皇帝分左翼四旗兵去和他廝殺，卻分右翼四旗兵去攻打黃山。四貝勒獨領一支精兵，殺向武靖營去。英明皇帝親統八旗大軍，進圍瀋陽；一面約蒙古兵在西北角上夾攻，打了十三天，便把瀋陽城打破，急進兵至遼陽。

那時，經略袁應泰統領大兵，在遼陽駐紮。一聽得瀋陽失守的消息，便嚇得魂不附體，忙召集大小將領，商量守城之策。巡按史張銓獻計，快快決太子河的水灌入城壕，沿壕排列槍炮，小心把守；另派守道何廷魁，帶領五千人馬，在城外東北角上駐紮，成為犄角之勢。那東北角上，有一座馬鞍山，是進遼陽城的咽喉。何廷魁一貫有名的武將，袁應泰所以派他去當這個要隘。

說起這位何將軍，雖十分有英雄氣，卻又很有兒女情；他有兩位如夫人，是他心上的人兒。那兩位如夫人，原也長得標緻，一個能操琴，一個能作畫，日夜伴著何將軍，寸步不離的。這兩位如夫人，又各生得一女；那面龐兒和她母親長得一模一樣，何將軍看了，又是十分寵愛。如今聽得要調他去把守馬鞍山，叫他如何丟得下這四個寶貝？嘴裡雖答應著，臉上早露出不快活的神色來。袁應泰深知道他的心病，便許他把家眷隨帶在營裡；這一來，把個何廷魁感激得五體投地，便說了一句：末將以死報國！立刻出城去了。

那邊英明皇帝打聽明白，便帶著炮車，渡過太子河，在東山上結一個大營，和東門的明兵炮火交攻，明兵漸漸有些不支。英明皇帝親統八千步兵去攻打小西門，一面又約蒙古兵去當東門；又打發大貝勒帶領左翼四旗，直取馬鞍山的明兵。那何將軍帶兵在馬鞍山駐紮，原要在山下紮營，又怕兩位如夫人受了驚慌，便搬到山頂上一座娘娘廟中去住下來。卻派一二百名兵士，在山下做探子。誰知那大貝勒在深夜時候，踏雪進兵；這三百名探子兵，在睡夢中，被他們打得一個不留。待到山頂上何將軍知道，要衝殺下去，早已被滿洲兵圍得鐵桶相似，休想下得山來。眼看著滿洲大隊人馬，在山下走過，卻不曾攔得一個。到第三天上，忽見遼陽城中火光燭天，何將軍知道大勢已去，這時也顧不得他的家眷，催逼人馬，衝殺下山去，卻被大貝勒的兵，殺死的殺死，活捉的活捉，休想逃得一個。何將軍也被他們捉住了，便破口大罵，又被滿洲兵斬成肉泥。山上的兩位如夫人，聽說丈夫已死，便各個抱著她的女兒，向廟後井中一跳。後人感動她們的烈性，便把這座廟改稱雙烈婦廟，供著兩位如夫人的神主。此是後話。

卻說當時滿洲兵，打進遼陽城的小西門。放起一把火，城內大亂。袁應泰知事不可救，便跑上城樓去，意欲跳下城去盡忠。後面巡按史張銓，卻上來扯住了。袁應泰淌著眼淚，對張銓說道：「我受了皇上的恩典，不能保守城池，原當以身殉國。但將軍有關外之寄，我死後還望將軍收集殘兵，為退守河西之計。」袁經略說罷，急拔下佩刀來，自勒而死。張銓捧著屍首哭了一陣，正要走下樓去，那滿洲兵已蜂擁似的上來，將他們捉住。推到大營裡去，見了英明皇帝，頓足大罵，四貝勒聽了大怒，一刀砍下頭來。這時遼河以東七十多城池，都投降了滿洲。英明皇帝便把京師搬到遼陽城中來。

遼陽城失守的消息，報到北京城裡，把個熹宗皇帝急得捶胸頓足。第二天臨朝，便商議抵敵滿兵的計策。當時大臣劉一憬出班，奏請皇上仍起用熊廷弼；又薦王化貞巡撫遼東。皇帝一一依他奏章，立刻派人到鄉間去，把熊廷弼拉進京來。熹宗皇帝在偏殿賜宴，封他做遼東經略使，給他統領二十萬大兵；又向山東登州、萊州地方調動海軍，歸他節制。大軍出發的時候，皇帝親送出城，賞一件麒麟戰袍，彩幣四箱；又在城外設宴，命滿朝文武大臣，陪他餞行。

熊經略打發王化臣帶領大兵先出關去，自己卻帶了四千名親兵，慢慢的向遼東出發，沿路檢視地勢，撫問民情。到了廣寧，便住在經略衙門裡。

第二天，王化臣來見。熊經略問起兵隊的事。王化臣回稱：已把大軍分成六營，沿遼河西岸把守著。熊經略聽了，大不高興。說：「遼河狹窄難守，堡小難容大兵；今日情形，只須牢守廣寧。如今駐兵河上，分便無力；倘然敵兵以輕騎偷渡，專打一營，力必不敵。一營敗，那六營都敗，便是廣寧，也守不住了。熊經略再三開導，無奈王化臣生性倔強，依舊把守遼河去。這裡只留經略使的親兵四千人，把守廣寧城。熊經略看看王化臣不聽號令，他是一位巡撫官，又不好輕易得罪他，只得寫了一本奏章，送回北京去。

誰知滿洲英明皇帝，用兵神速，他統領八旗大軍，渡過遼河來，攻打鎮武、西平、閭陽、鎮寧一路的明兵，卻十分勇猛。打一處，得一處；攻一城，破一城，王化臣在閭陽地方大敗。這戰報傳到廣寧，熊經略十分驚慌，急急帶了兵隊，從錦州趕到大凌河去；在山僻小路上，遇到王化臣，赤腳蓬頭，只跟得兩個差役。他見了熊經略，不禁嚎啕大哭起來。熊經略嘆了一口氣，說道：「早不聽我的話，致有今日之敗！如今大勢已去，我兩人只有拚命而已！」正說話時，忽聽得前面金鼓大震，一彪軍殺出，正是大貝勒代善帶領他一萬鐵騎兵，直衝過來。一陣混殺，早把四千個明兵，殺得落花流水一般。熊經略和王巡撫夾在難民裡面，逃進關來。這時英明皇帝，早已攻破了廣寧城。北京城裡，接連著敗陣失城的戰報，嚇得全朝文武，個個都面無人色。熹宗皇帝赫然大怒，下旨捉住熊、王兩人，押進西城去斬首；把他們的腦袋，送到邊地上去號令。

滿清英明皇帝，既得了廣寧各地，便又把京城搬到瀋陽來駐紮。把東路兵馬，聚集在瀋陽地方，兵有十萬人。一面請貝勒大臣，商議進攻山海關之計；一面再派精明的探子，前去探聽明朝的消息。

這時，明朝已改任王在晉為遼東經略使，在山海關外八里鋪地方造一座新城，設下關隘，小心把守。這時忽然有一大漢，獨自騎著一匹馬，闖出城來。嘴裡大聲說道：只求皇上給我軍馬錢谷，我一人便足以對付十萬滿兵。那把城兵士聽得了，立刻送他去見王在晉。問起遼東的事體，他便滔滔不絕的說個透澈。王經略大喜，一面把他留在城中，一面上奏皇帝。原來這大漢，名叫袁崇煥，在熊經略任上，也曾做過武官。後來明兵大敗，他便流落在關外，到處檢視地勢，訪問風俗，因此結識了許多關外的屯民，和關內的敗兵。後來聖旨下來，任袁崇煥為關外監軍，發國庫銀二十萬兩，著他招募散兵。這時兵部尚書孫承宗，也十分信任袁崇煥，常常在熹宗皇帝面前，替他說話。後來王在晉告退，袁崇煥便做了遼東經略使。

袁經略主張水陸並重，陸路守寧遠城，水路守覺華島。袁崇煥在寧遠地方，造高大的城池，激勵將士與城共存亡。到天啟六年正月，英明皇帝親統大兵十三萬，去攻寧遠。袁經略聽說滿洲兵到，便把葡萄牙國的大砲，排列在城上，又調善放火箭的福建兵，把守城頭；並親自登城督戰，吃、喝、睡、息都在城樓上，和兵士一樣。那兵士們個個感激，都肯為袁崇煥拚命。袁崇煥在城樓上，和他的翻譯官談論詩文。忽然城外金鼓大震，袁經略笑說道：「敵兵來了！」忙把大砲架起，又從城堞上推出一隻一隻本櫃，櫃裡面躲著火箭兵。看看滿洲兵已到外城，這是袁經略的計策，把敵兵誘進外城，一聲炮響，那外城門緊緊關住，滿洲兵好似圍在鐵桶裡。城頭上炮火齊發，只聽得一片哭聲，打死了滿洲兵無數。過了一會，轟的一聲地雷大發，只見空中拋起許多滿洲兵，都是焦頭爛腦，斷手摺腿的。這時，那滿洲英明皇帝也被困在內城，被地雷打倒在地；虧得他身旁有一個小兵搶得快，把英明皇帝抱起。接著又是第二個地雷爆炸，正在英明皇帝倒下的地方；那小兵跑得快，已經被城牆上一塊磚頭落下來，打在英明皇帝的腦殼上，一下就暈過去了。

這時滿洲兵馬大亂，各人自投生路。大貝勒在塵土中爬起來，找到了他父親，忙扶上馬。幸而這時東面城根被地雷震坍了一個缺口，大貝勒保著他父親，從缺口裡逃出來。在路上遇見四貝勒，帶兵接應。這時英明皇帝已清醒過來，覺得渾身疼痛，知道自己內傷甚重，便吩咐大貝勒從速退兵，守住廣寧要緊。自己卻坐著船，沿太子河下去，到清河地方，在溫泉裡洗了一個澡；看看傷勢一天重似一天，英明皇帝睡在床上，幾回暈絕過去。他昏昏沉沉的時候，心中便記念著他最心愛的繼大妃烏拉納喇氏，和納喇氏生的十四王子多爾袞。便打發人星夜到瀋陽去，召他母子到來；一面又到營中去，把大貝勒代善喚來。

大貝勒聽說父皇傳召，忙把兵權交給四貝勒，匆匆趕到離瀋陽城四十里靉雞堡地方來。納喇氏先到，見皇帝病勢危在旦夕，不由得坐在榻前悲悲切切地哭泣起來。第二天，大貝勒也到了。英明皇帝偶然清醒過來，一手拉著納喇氏，一手拉著代善，囑咐了許多身後的話。說道：「納喇氏是我最愛的妃子，我死以後，你須如母親一樣看待她。」當時大貝勒聽了父親的話，便對納喇氏跪了下去，磕了三個頭，嘴裡喚著「母親」，說道：「母親放心，孩兒一輩子孝順便了。」英明皇帝在枕上看了，便點著頭說道：「這才是我的好孩子！」停了一會，又說道：「講到立太子的事體，我心裡很喜歡十四王子多爾袞，可惜他年紀還小，懂不得什麼。你是大哥哥，又是我的孝順兒子，我死以後，你做個攝政王，守候你的弟弟年紀大了，便保護他登了皇位。這是我肚子裡的第一件心事，如今趁沒人在跟前的時候，俺爺兒兩個說定了，免得日後爭執。」說著，便拉過多爾袞的手來，放在大貝勒手心裡。大貝勒一時感動了骨肉的情分，便把弟弟攬在懷裡，緊緊的摟住。

英明皇帝看了，微微一笑，便把雙腳一蹬，眼一翻，死過去了。納喇氏倒在丈夫身上，嚎啕大哭。那代善和多爾袞弟兄兩人，也拉著手對哭。正淒惶的時候，急見四貝勒慌慌張張的進來。父皇死了，他也不哭泣，還連連追問：「父皇可曾吩咐立誰為太子？」大貝勒見他氣色不善，知道一時不能直說，便含糊說道：「父皇才死，我們諸事再從長計較。」四貝勒聽了，冷冷的說道：「有什麼從長計較？父皇身後，立太子是第一件緊要事體。大哥請在裡面料理父皇的喪事，俺如今手中有的是兵權，可以做得主，便是那阿敏、莽古爾泰兩位哥哥，俺也和他們商量過了，他們也很聽俺的話。外面的事體，大哥不用管，由俺安排去。」四貝勒說完了話，便洋洋得意的去了。這里納喇氏和大貝勒看了這情形，知道四貝勒外面已有預備，這件事倘若爭鬧起來，定然十分凶險。便是納喇氏，也不願把自己寵愛的兒子送性命去。當下便悄悄的求大貝勒，千萬不要把父皇要立多爾袞做太子的話說出去，情願丟了這個皇位，保全母子的性命。大貝勒看看納喇氏求得可憐，便也忍了這口氣。

第二天，諸位貝勒大臣，把英明皇帝的屍首迎進瀋陽城去，在正殿上供著。自有達海法師帶領眾喇嘛僧，在殿上念經超度。看看到了大殮時候，那許多文武百官和貝勒親王，都齊集在殿上，預備送殮。忽然四貝勒、二貝勒、三貝勒，各個帶著佩刀闖進殿來；後面跟定了二三百武士，一字兒站在階下。四貝勒走上殿去，口中大聲嚷道：「還有大事未定，父皇遺體且慢收殮！」說著，一把把大貝勒拉了過來，嚇得滿殿大臣都面無神色。只聽得四貝勒大聲對大貝勒說道：「國不可一日無君，民不可一日無主；如今父皇殯天，已有三日，還不曾立定國主，弄得外面軍心搖亂。我雖掌握著兵權，卻一天一天的壓不住起來，你若不信，你看！」

四貝勒說著，舉手向殿門外一指，只聽得吻喇喇一聲響亮，那殿門一重一重的一齊開啟：殿門外站著無數的兵士，各個全身披掛，擎著雪亮的刀槍。他們見了四貝勒，便大聲嚷著：「四貝勒萬歲！」把手裡的刀槍高高舉起。要知大貝勒見了這情形如何回答，且聽下回分解。

## 逼宮廷納喇氏殉節　立文后皇太極鍾情

卻說殿外兵士喊過萬歲以後，四貝勒又接著對大貝勒說道：「父皇臨死的時候，只有俺和哥哥兩人送終。俺父皇對哥哥說些什麼來？」大貝勒聽了四貝勒的話，才明白他的意思，心想自己原不想做什麼太子，樂得順水推船，解了這個仇恨。當下便說道：「父皇臨死的時候，曾對俺說來：『四貝勒年少有識，應立為太子。』這句話一出口，殿下又齊聲喊道：「萬歲！」便有二貝勒阿敏，三貝勒莽古爾泰搶上殿來，扶著四貝勒在寶位上坐定。回頭過來，對大眾說道：「如今大行皇帝龍馭上賓，也無所為立太子不立太子；國不可一日無君，如今俺們便奉四貝勒為君，有不依的，看我寶刀！」說著，自己先爬下地去，對四貝勒行了大禮。那滿殿的文武百官，也不由得一齊上去，磕頭朝賀，口稱：「皇帝萬歲！萬萬歲！」這四貝勒到了這時候，倒又不好意思起來，忙拉著大貝勒，二貝勒、三貝勒、並肩兒坐下，同受百官的朝賀。

一時，朝賀已畢。喇嘛僧前來請皇上送殮。皇太極坐在上面，動也不動。大貝勒認做他沒有聽得，便重說了一遍。皇太極忽然說道：「大行帝還有心願未了，且慢收殮。」接著便傳承宣官，請繼大妃出殿。大貝勒聽了，知道皇帝不懷好意，忙上去奏道：「不可！一來是如今繼大妃已是太后的地位，皇上倘有諭旨，只宜屈尊到太后宮中去傳諭；二來，如今大行皇帝新喪，繼大妃正萬分傷感的時候，皇上不宜有所宣召。」皇太極聽了，笑笑說道：「大貝勒的話雖是不錯，但是如今的事，不是朕敢宣召繼大妃，仍是大行皇帝的遺旨宣召大妃，朕如何敢違抗父皇遺旨？」大貝勒聽他名正言順，也不好再去攔阻。

不一刻，那納喇氏滿面淚痕，走出殿來。文武百官上去請安，皇太極也請過安。喝一聲：「聽貴旨！」皇太極先自己朝上跪倒，文武百官也跟著跪倒；只聽得皇太極爬在地上說道：「大行皇帝有口詔付朕道：『我死後，必以納喇氏殉葬』。」這句話說罷，便站了起來。納喇氏聽了這句話，嗡的一聲，一縷柔魂飛出了泥丸宮，身軀一歪，倒在宮女懷裡。停了一會，悠悠醒來。他親生子多爾袞、多鐸兩人，上去拉住他母親的衣袖，大哭起來。納喇氏也哭著說道：我自十二歲得侍奉先帝，至今二十六年，海樣深情，原不忍相離。只是我兩兒多爾袞、多鐸，年紀都小，我死以後，總求皇上看先帝面上，好好看待他。」說著，便對皇太極拜下地去。皇太極也慌忙回拜。納喇氏站起身來，回宮去了。過了一會，宮女出來報說：「太妃已殉節了！」接著，又報說：「庶妃阿濟根氏，德因澤氏也自縊死了。」這裡正殿上，才大吹大擂的把英明皇帝的屍首收殮起來。從此改年號稱天聰元年，皇帝稱做太宗。這太宗皇帝，又因大貝勒二貝勒三貝勒有功於他，便也另眼相看。每日設朝，便和三位哥哥並肩坐在上面，受百官的拜跪。後來太宗又和大貝勒商量立皇后的事體。大貝勒便問：「意欲冊立何人？」太宗說道：「父皇在日，雖已給朕娶了元妃。此外，後宮得寵為妃嬪，卻也很多；但是，朕心目中只有那博爾濟吉特氏，朕意欲立她為後，又怕人知道她是再醮之婦，給人恥笑，因此遲疑不決。」大貝勒便回奏道：「陛下也忒煞過慮了！從來夫婦以愛情為重，吉特氏既是合陛下的心意，便不妨冊立為後；若然怕人恥笑，臣今有一策，陛下可與吉特氏重行婚禮，告過宗廟，還有誰敢恥笑陛下？」太宗聽了，連說：「不錯！」又說這禮節卻須十分隆重，如今卻叫誰去籌備這個大典呢？大貝勒思索了一會，說道：「有了！陛下宮裡不是有一個范先生麼？他肚子裡有的是禮數，不妨叫他去擬來。」

太宗聽了點頭稱是。這日退朝回宮，便把那范文程傳了進去，一夜工夫，擬定了一張大婚的禮節單兒。太宗下旨，發交禮部籌備。一霎時，滿城傳遍。都嚷道：「皇帝要娶皇后了！」到了大婚的那日，皇宮裡燈彩輝煌，果然熱鬧非常。皇后坐著鳳輦，一隊一隊細樂，迎進宮去。見了太宗，先行君臣之禮，後行夫婦之禮。皇帝和皇后並肩坐在寶座上，受過百官的朝賀，然後起駕往太廟行廟見禮。回進宮來，受過妃嬪的朝賀，又行家族禮，那弟兄叔伯妯娌姊妹，都一一見過禮，接著又受命婦的朝賀，行禮已畢，夫妻雙雙回寢宮去行合巹禮。太宗放眼看時，見吉特氏穿著皇后的服式，便覺得儀態萬方，容顏絕代。後面跟隨的一群妃嬪，雖也華服鮮衣，卻都被吉特後的顏色壓下去了。好似鴉鵲隨著鳳凰，野花傍著牡丹，都是黯然失色。太宗這時心中，止不住癢癢的，忙命眾妃嬪退去，自己拉著吉特後的纖手，並肩坐下，淺斟低酌起來。

原來這位吉特後與太宗的一段姻緣，真是說來話長。如今趁他們吃酒的當兒，抽空約略的補敘幾句。講起這段姻緣，還是在英明皇帝出兵撫順這一年結成的。皇太極的生母，便是葉赫納喇氏。這時英明皇帝和葉赫氏十分恩愛，皇太極也長得俊秀聰明，越發能夠得他父親的寵愛，皇太極年紀雖輕，辦事體卻極有決斷，因此英明皇帝把他留在城裡，代理部務。又叫阿拜、湯古岱、塔拜、阿巴泰幾個哥哥也幫著他照料照料。皇太極奉了父親之命，不敢怠慢，日日夜夜辦著事，連吃飯睡覺也沒有工夫。葉赫氏見他兒子這樣辛苦，不由她不心痛起來。又知道他歡喜打獵的，父親在家的時候，他終日在外面追飛逐走，快樂逍遙，如今拿他拘束得寸步不移，豈不要把他悶壞了。葉赫氏想到這裡，便和皇太極的幾位哥哥商量，弟兄五人，輪流管理部務，皇太極空下來，也給他出外去舒散舒散。幾位哥哥都答應了，便放他三天假，聽他遊玩去。

皇太極得了空，依舊帶了他一班侍衛，到西山打獵去。他們打得高興，愈走愈遠，足足走了四五十里路了，便在深山裡支起篷帳，胡亂宿了一宵。到了第二天，又向前進，打得的野獸越發多了。看看走到一座松林裡，遠望林外空地上有一群梅花大鹿，正在那裡吃草。皇太極見了，開心得了不得，忙發下號令，一百多名騎馬的侍衛，向西面趕去。這裡只留下皇太極一個人，站在林子裡。忽然一頭母鹿，被人追趕得慌慌張張，鑽進林子裡來。皇太極見了，急急跳上馬，搶上前去。那母鹿見林子裡有人，便向東一繞，繞出林子外，箭也似的逃去。皇太極哪裡肯舍，在後緊緊跟住，在一片平原上，流星似的趕著。皇太極的一匹馬，是有名的大宛馬，騎在馬背上，又穩又快，真是瞬息千里。看看趕上，皇太極左手彎弓，右手抽箭，「吱吱吱」的連飛三箭。有一箭射中在母鹿的背脊上，那母鹿忍著痛，便發了瘋似的，帶跑帶跏，竄過山頭去。這匹大宛馬也有幾分左性，見這頭鹿逃得快，也便追得快。看看追過山頭，前面漆黑一座林子，高高的兩座山崗對峙著，倒掛在林子上面。皇太極這時覺得有些疲倦，意欲到林子裡去休息休息，那頭鹿也不知跑到什麼地方去了。他便放鬆了手中的韁繩，慢慢的踱到林子裡面。

皇太極正要下馬，忽然腦脖子後面呼的一聲，一枝箭從頭上飛過。接著呼呼兩枝箭，一枝從皇太極的臂下攢過，一枝插在肩頭的軟甲上。皇太極知道有人謀害他，忙一低頭，把手中韁繩緊一緊，那頭馬潑喇喇直向林子裡跑去。只聽得後面一聲吶喊，一陣馬蹄聲，緊緊跟住。那飛蝗似的箭，在他馬尾肩頭落下來。一枝箭射中馬的後腿，一枝箭射在皇太極的大腿上。幸而路隔得遠，箭力不強。皇太極急把箭頭拔去。那馬中了箭，發起怒來，大叫一聲，四腳騰空，穿崗越嶺的過去。皇太極騎在馬上，緊緊抱住馬頸子，耳中只聽得風聲嗚嗚的響著，昏昏沉沉的跑了許多時候，那馬才慢慢的放緩來。

皇太極在馬上喘過一口氣來，抬頭看時，四周一帶山崗，草長鶯飛，另是一種風景。遠遠聽得山泉潺潺的響，皇太極嘴裡覺得萬分枯渴，又想這匹馬也乏了，須得給它吃一口水，養息養息精神，再想法覓路回去。回過頭去看看，後面並沒有人追趕，他便跳下馬來，一手拉著轡繩，在長草堆裡慢慢走著。那腿上的箭創，原不十分疼痛，走著路也沒妨礙。聽聽泉聲近在耳邊，左找右找，卻是找不著。慢慢的走過一座山峽，只見那一股瀑布從山峽裡直衝下來，曲曲折折，向平地上流去。流成一道小溪。皇太極蹲下身去，拿手掬著泉水，吃了幾口，頓覺神清氣爽.；又拉著馬走下溪去吃水，他自己坐在溪邊養一會神。

正靜悄悄的時候，忽聽得一聲吶喊，接著馬蹄聲風馳電掣一般的過來。皇太極此時已成了驚弓之鳥，聽了這個聲音，不由得心中一陣亂跳。心想，莫非那仇人又追上來了嗎?幸而他坐在溪邊，身子卻被溪岸遮住，來的人還看他不到。皇太極這時悄悄的把馬拉近身來，伸長脖子向岸上一望，只見一片平原，有三四十個騎馬的，正在那裡追一頭大狼。那頭狼被他們趕到平地上來，東奔西竄，四面都有騎馬的圍定。再看馬上的人，不由皇太極怔了一怔，原來那騎在馬上的，並不是男子，卻個個都是粉裝玉琢的女孩兒。她們一面追著野獸，一面吶喊著。這頭狼給她們逼得無路可走了，便向溪邊奔走。五六個女孩兒拍馬追來，看看快到溪邊，皇太極卻忍不住了，便彎弓搭箭，覷定那野獸的腦門，颼的一箭，中個正著。同時有一個姑娘，馬跑得快，趕上前來，一箭也射中在那野獸的腦殼上，和皇太極那枝箭，恰恰對面。這頭狼，長嚎一聲，倒在地下死了。

那姑娘趕上前來一看，見有兩枝箭，十分詫異。正出神的時候，後面一大群女孩兒都跑到溪邊來，圍定那隻死狼。就中一個女孩兒眼尖，一瞥眼，見溪邊有一個男子站著，忙聲張起來，大家都跑到溪邊來。

皇太極這時也躲不過了，只好拉著馬走上岸來。許多女孩兒領他到一位姑娘跟前去。皇太極抬頭一看，不覺眼花撩亂起來，這姑娘真長得俊呢！你看她，苗條的身材，裊娜的腰肢，短袖蠻靴，扎縛得俊俏動人。再看她臉上時，一張鵝蛋樣的臉兒，不施脂粉，又白淨，又滋潤，好似一塊羊脂白玉。彎彎的眉兒，剪水似的瞳兒，瓊瑤似的鼻子，血點也似的珠唇，兩邊粉腮上露出兩點笑渦來。這時她見了陌生男子，不覺有點含羞，便回過頭去對身傍的侍女說道：「你問他是什麼人？怎麼這樣沒規矩，闖進俺們的圍場來了。」那侍女聽了，便過來對皇太極說道：「俺姑娘的話，你聽得了麼？」連問了幾句，皇太極總是不開口。原來這時皇太極眼中見了這絕色的女孩兒，早把他的魂靈兒吸去了，只是眼睜睜的望著，任你再三追問他，好似不曾聽得一般。他前後圍著的許多女孩兒，見了他這種失魂落魄的樣子，大家笑說道：「這人怕是聾子啊！」又說道：「怕是啞了哩！」又說道：「怕是傻子哩！」內中有一個女孩子，冷笑了一聲：「什麼傻子！他正是一個壞蛋呢！」一句話，引得姑娘也「嗤」的一聲笑了。

皇太極聽得有人罵他壞蛋，才明白過來。禁不住哈哈大笑，說道：「我做了一輩子貝勒，誰也不敢罵我壞蛋，今天吃你這黃毛丫頭罵得好凶。」她們聽他說是貝勒，便又吃吃的笑起來，說道：「再沒有看見這樣的窮貝勒！出來連侍衛也沒有一個，卻自拉著馬。我家塞桑貝勒出門來，前呼後擁的帶著一百多人，那才正是威風呢！」皇太極到此時，才把自己的名姓家世，和出門打獵，獨自射一隻母鹿，不覺走遠了路；又在半路上遇見仇人，一陣子亂跑，不覺跑到這個地方來的前前後後，一五一十的說了出來。

那位姑娘聽皇太極吐露真情，她也聽得父親常常說起，如今建州部落如何強盛，那位四貝勒又是如何英雄。如今看他果然是一表人材，說話嘹亮。從來佳人愛才子，她不覺心頭有一種說不出的情意。便開口說道：「既是建州四貝勒，俺們都是鄰部，這地方離貴部已有兩百里路，想來貝勒一時也不得回去，俺棚帳便在前面，請貝勒過去坐著，喝一口水再談吧。」說著，自己攀鞍上馬，在前面走著領路。這時皇太極早已被她這嚦嚦鶯聲迷住了，也不由得上馬跟去。後面一群女孩子，說說笑笑，跟著。轉過樹林，便露出一座大帳篷來，皇太極跟著走進帳去，分賓主坐下。侍女拿上酥酪餑餑來，他肚子裡正餓了，便也老實不客氣，一邊吃著，一邊動問姑娘的家世。

那姑娘笑說道：「這地方已是科爾沁部邊界。俺父親便是部主博爾濟吉特塞桑貝勒。」皇太極聽她說是塞桑貝勒的女兒，早不禁心中一喜，忙上前去請了一個安，說著：「原來是一位格格，真是冒犯冒犯！」他說著，偷偷看她肌膚，白淨細膩，心想這玉人兒果然名不虛傳。

原來這滿洲一帶地方，人人知道塞桑貝勒的兩位格格，是兩個尤物。因她們皮膚潔白如玉，那大格格便名大玉兒，二格格便名小玉兒。這時皇太極故意弄個狡獪，接著問題：「請問格格的芳名是什麼？」那大玉兒聽了，便把脖子一低，拿手帕掩著朱唇，微微一笑，不肯答他。誰知旁邊站著的侍女，卻接著答道：「俺格格名叫大玉兒。」

這大玉兒聽了，霎時把臉兒放了下來。慌得那班侍女倒退不迭。大玉兒把手一揮，說道：「快出去！莫在此多嘴。不奉呼喚，不許進帳。」那班侍女見格格發怒，忙一齊退出，找女伴們說話去了。這帳裡只留下大玉兒和皇太極二人，唧唧噥噥的直到天晚，也不喚張燈，也不傳晚飯。侍女們又不敢進帳去問；只在帳外侍候著。只聽得裡面說一陣，笑一陣，直到天明才喚侍女預備酒飯。大玉兒和皇太極並肩兒坐著，淺斟低酌起來，這一席酒直吃了兩個時辰。皇太極因記念家裡，再三告辭，大玉兒沒奈何，只得打發人到自己部落裡去調一隊兵士來，護送皇太極回家去。侍女們留心看時，只見她格格兩個眼皮哭得紅腫，騎在馬上直送到邊界上還不肯回去。皇太極再三勸慰，兩人並著馬頭，說了許多話，才依依不捨的分離。大玉兒也無心打獵了，便卷旗息鼓，回自己部落裡去。

話說葉赫納喇氏，自從皇太極出去打獵，心中常常掛念著。第一天夜裡不見兒子回來，原不十分盼望，因為皇太極打獵，常常在外面過夜的。到了第二天，看著天晚還不見他回來，心下便著急起來。直到上燈時候，只見跟去的一班侍衛，慌慌張張的跑來說：四貝勒走失了。葉赫氏便詫異起來，仔仔細細的盤問那班侍衛，他們也說不出個原因，也只說：「大家趕一群鹿去，只有四貝勒留在林子裡，待回到林子裡找時，已是影蹤全無。後來又在山前山後各處找去，直找到天黑，也不見四貝勒的影蹤。奴才們沒有法想，只得先回來稟告大福晉，請大福晉想個主意。」

葉赫氏只生有這個兒子，如今聽說走失了，不由她不掉下淚來。便立刻傳集一千兵士，同著侍衛再到西山上找去。對他們說道：「倘然不把四貝勒找回來，休想活命！」可憐那班兵士們，翻山過嶺的找尋，直找到第四天上，只見四貝勒洋洋得意的回來了。葉赫氏見了，一把摟住，兒肝肉兒喚著向著。四貝勒不說別的，只嚷著：「快打發人到科爾沁說媒去！」那班福晉格格聽了他的話，認做他是瘋了。葉赫氏再三追問，四貝勒才把遇見仇人，和見了大玉兒的情形說了出來。又說：「我這一遭兒才看見真正的美人呢！」又立逼著他母親打發人說親去。葉赫氏聽了，皺一皺眉頭，說道：「父親不是早已給你說下親事了嗎？怎麼又到別家說媒去？」四貝勒再三纏繞不休，他母親便推說父親早晚要回來了，這事體也得待你父親回來做主。四貝勒無可奈何，只得天天望著父親回來。

不多幾天，那英明皇帝果然回來了。此番出兵又打了勝仗，正是十分高興。四貝勒把說媒的事體說了，英明皇帝一口答應，吃過了慶功筵宴以後，便打發大臣帶了許多聘禮，到科爾沁說親去。四貝勒自從大臣去了以後，天天伸長了脖子盼望著。望了許多日子，好不容易，盼到這大臣回來。只見他拿去的聘禮，又原封不動的帶了回來。英明皇帝問時，那大臣說道：「可惜去遲了！臣到科爾沁部，見塞桑貝勒，把來意說了；塞桑貝勒一口回絕，說：『小女卻巧於昨天說定了，配給葉赫國貝勒金臺石的世子德爾格勒了。』臣當時不信，那桑塞貝勒說：『媒人現在。』便喚出一個人來，原來是葉赫國的臣子，名叫阿爾塔石的。當時臣也無話可說，只得告辭回來。」

英明皇帝聽了這話，便也沒得說。只是皇太極聽說這樣一個美人，被舅舅家的表哥搶了去，他如何肯依？便逼著他母親去對他舅舅說，要把那美人讓給他。葉赫氏關礙著自己孃家人的面子，自然不肯去說。皇太極惱恨起來，便打算帶了人馬打他舅舅去。英明皇帝攔住了，一面給他成親。四貝勒在新婚的時候，倒也忘了那大玉兒了。誰知後來因為葉赫部暗助明朝，英明皇帝在薩爾滸山打敗了明兵，便移師去征伐葉赫部。皇太極第一個自告奮勇，充著先鋒隊去打東城，這東城正是金臺石父子兩人住著。皇太極心中記掛著大玉兒，便督率兵士，不分晝夜的攻打；那座東城，居然被他開啟了。金臺石帶了他的福晉和小兒子，逃往高臺上。四貝勒認定那大玉兒也在高臺上，便帶了兵士，把高臺緊緊的圍定，大叫：「舅舅快降！免得舅母表嫂受驚！」後來聽說大玉兒還在宮裡，恰巧大貝勒代善也帶兵到來，他便把人馬交與哥哥，自己帶了一二百親兵，飛也似的趕向宮裡去。

那大玉兒自從嫁了德爾格勒，倒也一雙兩好，夫妻兩人，常常並馬出獵，追鹿逐犬，十分快活。有時想起未嫁時候和皇太極在帳篷裡一夜的情愛，便又忍不住芳心搖動起來。只因德爾格勒待她萬分恩愛，便也慢慢地把想皇太極的心淡了下去。到了這時，國破家亡，他丈夫又被滿洲兵捉了去，生死未卜；獨自一人，躲在宮裡，心中不由得害怕起來。轉心一想，我家和愛新覺羅氏是甥舅之親，想來他們也絕不難為我丈夫的。正想時，只見那班宮女，倉皇失色的跑進來，說道：「滿洲兵已闖進宮裡來了！」接著又聽得外面許多腳步聲。大玉兒到了此時，也只得大著膽，帶著宮女出去，正顏危色的對那班兵士說道：「你們帶著兵士，向宮裡亂闖，是何道理？你家皇帝和我家是郎舅至親，便一時失和，也不該來騷擾宮禁。你家皇帝知道了，怕不砍下你的腦袋來。」看她的容貌，真是豔如桃李；聽她的說話，又是冷如冰霜。把那班兵士倒弄得進退兩難，手足無措起來。

士兵們正在尷尬的時候，忽見一個少年將軍，騎著馬，飛也似的趕來，到宮門口下馬。那班兵士見了，忙上去打了一個簽，嘴裡叫著四貝勒，垂手站在一旁。大玉兒認得是皇太極，偷眼看時，見他面龐兒越長得俊俏了，止不住粉腮兒上飛起一朵紅雲來。那四貝勒搶上前去，請了一個安，問一聲「表嫂好！」偷看她粉臉兒又比前豐滿得多了。一時想起從前的情愛，忍不住挨近身去要拉她的手。迴心一想，給兵士們看見不好意思。便回過頭來，把手裡的馬鞭子一揮，說一聲：「退去！」那班兵士，便和潮水一般的退出宮去了。皇太極這才挨身上去，向大玉兒兜頭一揖，說道：「俺來遲一步，驚動了嫂嫂，請嫂嫂恕罪！俺在這裡賠禮了。」大玉兒嬌羞滿面，低頭斂袖，含笑說道：「貴部兵士，闖進宮來，不由俺不害怕，幸得貝勒到來，免受驚恐。但是，俺如今變了亡國的宮嬪，便受些驚嚇，也是份內！又怎麼敢怨恨貝勒呢？」她說著，由不得眼圈一紅，向皇太極臉上看了一眼，露出無限怨恨來。皇太極看了，恨不得上去撫慰她一番，又礙著宮女的眼，一時不敢放肆。便挨近身去，低低地說道：「我站了半天，腿也酸了，可否求嫂嫂帶我進宮去略坐一會？我還有緊要的話奉告。」大玉兒卻坦然說道：「彼此原是至親，坐坐何妨？說著，自己扶著宮女在前面領路，皇太極在後面跟著，曲曲折折走過許多院子，到了一所錦繡的所在。皇太極知是大玉兒的臥房了，卻站住了不好意思進去。大玉兒回過頭來，嫣然一笑，說道：「這地方可坐得嗎？」皇太極接著說道：「坐得！坐得！」忙走進房去，挑選一個座兒坐下。大玉兒打發宮女出去，皇太極看看左右沒人，便站起來，上去拉住大玉兒的手，說道：「嫂嫂，想得我好苦呀！」大玉兒一摔手，轉過背去，拿一方大紅手帕抹著眼淚，抽抽泣泣的說道：「好一個薄倖郎！」只說得一句，便悲悲切切的痛哭起來。

皇太極這時打疊起千百溫存，把從前一番經過和自己的苦心，委委婉婉的說了出來。接著又說了無數的勸慰話，自己再三賠著罪，好不容易把這位美人的眼淚止住了。皇太極伸手過來，輕輕的把她拉近身來，一面替她揩著眼淚，說道：「你不用過於傷心，我若不真心愛你便也不拼著性命來打仗了；如今既見了你，俺們從前的交情還在，你還愁什麼國亡家破呢？」

他兩個墜歡再拾，破鏡重圓，有說不出的許多悲歡啼笑。要知這大玉兒後來到底怎樣做了皇后，且聽下回分解。

# 朱唇接處嫂爲叔媒　黃旗展來臣尊帝號

話說大玉兒原是天生尤物。她在七歲的時候，跟著奴僕到牧場上去遊玩，有一個喇嘛見了她，便說道：「這位格格有大貴之相。」奴僕在一旁笑說道：「俺科爾沁貝勒的格格，不貴也是貴了，何用你多說！」那喇嘛搖著頭說道：「我說的貴，是貴為天子的貴。」那班奴僕又笑說道：「你這和尚說話，越說越離經了。俺這滿洲地方和內外蒙古，哪裡找個天子去？難道叫我們格格嫁到那明朝皇帝去？」這幾句話，大玉兒的母親常常拿她說笑；大玉兒也聽在耳朵裡。如今見了皇太極，又想起他父親現在已經做了皇帝，保不定他將來也是一個太子。再加他兩人原有一番舊日的恩情，如今她又在患難之中，心中早有了一段私意。他兩人在宮中唧唧噥噥的談著心，宮女們在房門外站著，又不敢闖進房去；隔了半晌，裡面傳出話來，給福晉備馬，只見皇太極和大玉兒兩人手拉手兒，走出宮來；大玉兒又招呼貼身服侍的四個宮女，一齊上馬。由皇太極帶領著，到自己營裡去藏起來。從此大玉兒做了皇太極的妃子，宮中都稱她吉特妃子。皇太極又看在吉特氏面下，求著父親，饒了德爾格勒的一條命。這都是過去的事實。如今，皇太極趁自己即位的時候，便把他心愛的吉待氏冊立為皇后，稱為孝莊文皇后。他的原配，只封為關睢宮宸妃。文後住的宮，稱作永福宮。太宗皇帝天天在永福宮裡住宿，別的妃嬪，休想得到一夜的臨幸。

皇太極雖做了皇帝，只因常常要陪伴皇后，所有國家大事，都由大貝勒、二貝勒、三貝勒分管。這時十四親王多爾袞，年紀只有十五歲，十五親王多鐸，年紀只有十三歲。因為文皇后喜歡他弟兄兩人，便留在宮中，常常和皇后做伴，太宗也因他們母親死得慘，這時良心發現，便特別好意看待他們。多爾袞生得乖巧，面貌也漂亮，文皇后特別多喜歡他些。文皇后有一個妹妹，名叫小玉兒，這時也跟著她姊姊住在宮裡，卻和多爾袞同年伴月，他兩人朝朝見面，自然容易親熱；再加那小玉兒的面貌，和她姊姊真是長得一模一樣。她姊妹兩人的皮膚，都長得潔白無暇；因此，她父母便拿個『玉』字做她的名字。

這時，正是長夏無事，文皇后午睡醒來，不見了小玉兒和多爾袞兩人，知道他們又往園子裡玩耍去了，便也帶著幾個宮女向園裡走來。走到一帶高槐下面，樹蔭罩地；遠遠的只見小玉兒坐在樹根下一方湖石上。不知什麼事惱了小玉兒，慌得多爾袞左一揖右一揖向她拜著；小玉兒只是轉過臉去不理他。文皇后看見了，不禁覺得好笑起來。說道：「小丫頭！總是這副執拗脾氣，老不肯改的。」說著，自己在一方湖石上坐下，吩咐宮女過去把他兩人喚來。

多爾袞走到皇后跟前。皇后伸過手去，把他攬在懷裡。多爾袞跪在地下，仰著臉，皇后兩手按在他肩上，低著脖子看他；真是長得眉清目秀，唇紅齒白。忍不住低下頭去，在他唇上親了一個嘴。說：「好叔叔，你愛上了她嗎？我便拿她給你，好嗎？」多爾袞倒也乖巧，聽了，忙磕頭謝恩。這時小玉兒站在一旁，心裡雖也愛多爾袞，但是見她姊姊和他親嘴，心裡不覺起了一陣醋意。後來聽她姊姊又把自己的終身許給了多爾袞，她臉上一陣臊，便一轉身飛也似的逃去了。到了晚上，皇后把這個意思對皇帝說了；皇帝也十分歡喜，立刻傳了內務大臣來，吩咐給十四親王造一座高大的王邸，便在衍慶宮後面。

到了第二年，多爾袞和小玉兒都是十六歲了，便行了大禮。這一場喜事做得十分熱鬧，更是他小夫妻兩口過得十分恩愛。可是這一來，卻撇得文皇后十分冷清了，雖說有太宗皇帝天天陪伴著，但是從來說的「日久生厭」，任你是第一等的恩愛夫妻，倘然是朝夜不離，行監坐守，甜蜜到十分，親熱到十分，便也要覺得厭倦起來。何況赫赫一位皇帝，有的是三宮六院，縵立遠視而望幸的，隨處都是。皇帝到了厭倦的時候，豈有了不想異味的嗎？因此太宗空閒下來，也常到別的宮院裡去走走，越發撇得皇后冷清清的。皇后在十分冷靜的時候，便帶了一班宮女，臂鷹跨馬，依舊到外面打獵去。滿洲人不論男女，都拿打豬當一件消遣事體，皇帝知道了，也不去阻攔她。誰知皇后今天打獵，明天打獵，卻打出意外奇緣來了。

這一天，皇后在花崗子打獵，正追著一頭野豬，皇后馬快，趕在前面，追進林子去。那頭豬也乖巧，盡在林子裡左繞右繞；皇后盤馬彎弓，東趕到西，西趕到東，兀自射它不著。把個皇后弄得嬌喘細細，香汗涔涔。正忙亂的時候，那頭豬忽然惱怒起來，大叫一聲，掉轉身體直向皇后撲來，張著血盆似的大口，露著鋼牙似的齒牙，把個皇后嚇得魂不附體，嬌聲叫喚起來。正危急的時候，忽聽得嗖嗖兩聲，左右林中飛出兩枝箭來，不偏不斜，齊插入那頭野豬的兩只耳朵裡去。只聽大嚎一聲，這頭野豬倒在地下死了。接著後面的宮女也趕到了，皇后略定了一定神，便吩咐到左右林子裡搜人去。誰知也不用搜，那林子裡鑽出兩個大漢來，一齊跪倒在皇后馬前。皇后吩咐宮女問他：什麼地方人？姓什麼？叫什麼？為什麼躲在這林子裡？那兩個大漢見問，便有一個磕著頭說道：「奴才名叫王皋，他叫鄧侉子，都是山東人氏，祖上在關外做買賣，折了本錢，流落在遼陽地方，不得回家。因為家貧，不能度日，幸喜習得一手弓箭，便以打獵為生。弟兄兩個，常在撫順捉幾頭野豬度日。這幾天因為那地方野獸稀少，所以趕到這瀋陽地方來尋些野獸。只因人地生疏，不知道這裡是禁地，誤犯了娘娘的聖駕，求娘娘饒恕了奴才一條狗命！」

皇后聽他說話伶俐，狀貌魁梧，心裡不覺一動；又想起方才那種慌張的樣子，虧得他兩人救了危急，心裡又有幾分感激他。心想在宮裡終日和宮女纏得怪膩的，這兩人說話又伶俐又爽快，倒不如把他兩人帶進宮去，空閒下來，也好找他說話解解悶兒。皇后想到這裡，便自己撥轉馬頭，繞到林子外面去；把個貼身的宮女喚近身來，悄悄地對她說了，自己卻等在林子外面。等了一會，宮女把王皋鄧侉子兩人領出來，皇后看時，不覺好笑起來；原來他們把這兩個漢子也打扮成宮女模樣，趁皇后回宮的時候，混進宮去。從此這兩個獵戶，一交跌在青雲裡，輪流著侍候皇后；空閒下來，搬出許多鄉間的故事來說說。文皇后生長宮闈，這些事體，真是她聞所未聞，她越發覺得這兩個人可愛；因此文皇后便安安靜靜的住在宮裡，也不出去打獵了。

太宗皇帝終究是英雄性格，他在宮裡和皇后妃嬪廝守得膩煩起來，便天天上朝，和貝勒大臣們商量國家大事。天聰五年十一月的時候，忽然有探子報稱：「內蒙古林丹漢，私受明朝賄賂白銀四萬兩；現今出兵在西剌木倫上源地方，窺探我國邊地。」太宗皇帝聽了，十分動怒，說：「我國和林丹漢結盟在先，共拒明國，如今他貪利忘義，罪由自取，朕誓必討之。」一面把國事託給和碩睿親王多爾袞，一面點齊大隊人馬，親自帶領著，直攻察哈爾。

太宗皇帝多年不打仗了，如今帶兵出來，卻十分高興。到第二年，又召集了許多蒙古歸附來的部主，到西剌木倫河上，過興安嶺，到達裡泊地方，打敗了林丹軍隊，那林丹漢帶了他的人民，逃過歸化城，渡過黃河口，到大草灘地方，忽然害病死了。太宗皇帝便收兵回去，路過明朝邊地，他便越過萬里長城，到大同、宣府一帶地方，耀武揚威的走著。明朝人也奈何他不得。

天聰九年時候，打聽得林丹汗的兒子額哲，逃在託裡圖地方，另立一個部落。小玉兒雖說是一個女流，她卻勸多爾袞帶兵去收服額哲，藉此也立些功勞。多爾袞也聽小玉兒的話，便奏明太宗皇帝，出兵到託裡圖地方，收服了林丹的部眾，又得了林丹的傳國玉璽回來。從此內蒙古各部落完全歸併在太宗部下。

太宗見多爾袞有功，便又特別和他親熱。常常傳他夫妻兩人進宮去；姊妹弟兄四人，在一塊兒吃酒說笑。那皇后從小看多爾袞長大，自然特別親熱些。皇后長得一個美人西子似的，任你鐵石人見了，也要動心。這時皇后親手遞一個果子去給多爾袞，多爾袞忙上前接著，在皇后的臂膀上一擦，覺得滑膩如酥，不覺心中一動。他想：小玉兒的肌膚白淨滑膩和他姊姊不相上下，這皇后身上不知怎麼個有趣？我今生若得和皇后真個銷魂，便死也心甘的。他只是怔怔的想著，皇后向他說話，也不聽得了。皇后看他這痴呆的樣子，知道他心中不轉好念頭，又看他臉兒，依舊是眉清目秀，唇紅齒白，她陡然想起那年在槐樹蔭下和他親嘴的情形，不覺心中一動，急回過臉去，不覺一陣臊熱，紅上臉來。幸而這時皇帝正和小玉兒說著話，不曾留意到他們。但是他兩人自從這一回種下愛根，到底忍耐不住；後來鬧出一段風流佳話來，這也是前生注定的緣分。這都是後話且不提。

第二天，太宗坐朝，只見武英郡王阿濟格出班奏道：「今有明將總提兵大元帥孔有德，總督糧餉總兵官耿仲明，帶領他兵士一萬三千八百七十四名，前來投降我朝；如今他兵隊駐紮在安東，現有降書在此，請陛下的召意。」說著，把那降書捧上御案去。太宗看時，上面大略寫道：「昨奉部調西援，錢糧缺乏，兼沿途閉門罷市，日不得食，夜不得宿；忍氣吞聲，行去吳橋，又因惡官把持，以致眾兵奮激起義；遂破新城，破登州，隨收服各州縣，繼因援兵四集，圍困半載，我兵糧少，只得棄登州而駕舟師，飄至廣鹿島。本師即乘機收服廣鹿、長山、石城等島。久仰可汗網羅海內英豪，有堯舜湯武之胸襟，是願率眾投誠，特差副將劉承祖、曹紹中為先容。汗速乘此機會，成其大事；即天賜汗之福，亦本帥之幸也。」太宗看了降書，不覺心中大喜，立刻傳見劉承祖、曹紹中兩人，當面褒獎了幾句。又打發二貝勒、三貝勒，貝子博洛內，大臣圖爾格，帶了大隊人馬，到安東迎接去。那明朝和朝鮮，聽說孔有德、耿仲明兩人在安東上岸，便也調動兵隊，前去攔擊。只因滿洲兵十分厲害，孔、耿兩將的兵也出死力抵抗，便得安全上岸。太宗傳諭賜他田地房屋在遼陽地方，孔耿兩人心中十分感激，要親自進京去朝見太宗，當面謝恩。當下便寫了一道謝恩表文，道：

皇上萬福萬安，德所部先來，官兵現已安插，均蒙給糧，恩同於天！德等欲赴都門謝恩，聽候皇上的鈞旨，赴闕叩首，不勝顫慄之至！

太宗聽說孔、耿二將將要進京來，便親自帶了許多貝勒大臣迎接上去。走到渾河石岸，遇見了太宗，他住在一座黃緞的篷帳裡。孔有德和耿仲明走進帳去，爬在地下磕頭，嘴裡說：「謝皇帝天恩！」太宗忙上去親自扶他起來，又伸著兩手在他腰上一抱。兩邊站著的大臣的臉上，都不覺露出詫異的神色來。原來這抱見的禮，是滿洲人十分看重的。如今太宗和孔、耿兩人行抱見禮，那班大臣心中十分詫異。行過了禮，太宗又在帳中賜宴，並封孔有德做都元帥，耿仲明做總兵官。第二天太宗回京，耿、孔兩人也跟著進京去。連日許多貝勒大官，輪流替他二人接風。

孔有德每天朝罷回來，住在客館裡，和耿仲明談論太宗的恩德，沒有報答的法子。後來孔有德想出一個尊號的法子來，立刻邀集了許多滿洲蒙古的貝勒大臣，在客館裡商議皇帝的尊號。那班貝勒大臣，一齊說願意，便請范文程擬表文，又把表文寫成滿、蒙、漢三國的文字。越明天大朝的時候，吏部和碩墨勒根青、貝勒多爾袞捧著滿洲表文，科爾沁國土謝圖濟農捧著蒙古表文，孔有德捧著漢字表文，一齊跪在殿下，由侍衛官把表文送上龍案去。太宗看時，上面寫道：

諸貝勒大臣文武各官及外藩諸貝勒，恭唯皇上承天眷佑，應運而興；當天下昏亂之時，修德體，大逆者威之以兵，順者撫之以德！寬溫之譽，施及萬方。征服朝鮮，統一蒙古，更獲玉璽，內外化成；上合天意，下協輿情。以是臣等仰體天心，敬上尊號，一切儀物，俱已完備。伏願府賜諭允，勿虛眾望。

太宗看了說道：「現在時局未定，正在用兵的時候，也無暇及此。」諸貝勒大臣一齊勸駕，說道：「從來說的『名正言順』，皇上功蓋寰宇，如今要用兵明國，須上尊號，才能和明朝皇帝下個敵體的戰書。」太宗聽他們說話有理，便也答應了，挑選了個吉日祭告天地，受「寬溫仁聖皇帝」的稱號，改國號為大清，改元稱崇德元年。

第二天，太宗帶領諸貝勒去祭太廟。尊始祖稱澤王，高祖稱慶王，曾祖稱昌王，祖稱福王。尊太祖努爾哈赤稱武皇帝，廟稱太廟，陵稱福陵。封孔有德做恭順王，耿仲明做懷順王。此外貝勒大臣都加封進爵；一面拜和碩睿親王多爾袞為統帥，進兵到大凌河，猛戰三天三夜，打破了大凌河，捉住明將祖大壽，又放他回國去，替清朝做著偵探。

多爾袞又進兵圍住錦州，消息報到明朝，熹宗便拜洪承疇做經略使，就帶王樸、曹變蛟、馬科、吳三桂、李輔明、唐通、白廣恩、王廷臣八個總兵官，參將游擊守備二百多名，馬步兵十三萬人去救錦州。把營頭紮在松山城北乳峰山的山崗上，多爾袞打聽得明朝兵勢浩大，怕自己抵敵不住，便打發旗牌官回盛京求救兵去。太宗得了消息，便立刻調動大隊人馬，親自統帶著，到錦州來；京城裡的事體，自有鄭親王濟爾哈朗照管。不多幾天，太宗兵馬到了遼河西岸，多爾袞前來接駕，便說起洪承疇兵來攻我右翼和土謝圖親王營盤，被我們兵士打退。太宗聽了，也不說話，騎著馬帶著許多親王大臣，到松山腳下去看敵兵的形勢。回到自己營裡，便吩咐把大兵散開，包圍住松山到杏山這一段路，又從烏忻河紮營，直扎到海邊，攔斷了一條大路。

那明朝兵將，見自己被清兵包圍住了，心裡個個驚慌起來，都打算偷偷的逃去。到第二天一清早，明朝八個總兵官，都帶領本部兵馬，擂鼓吹角，直衝進噶布希賢的陣地裡來。誰知那噶布希賢，已早得了太宗授的機宜，只是把守營門，掩旗息鼓的不動聲色。待明兵走進營門，只看見紅旗一動，營裡面萬弩齊發，一箭一個，明兵的先鋒隊，被射倒了四五百人。明兵嚇了一跳，急轉身逃命。後面的人馬，被前面的人馬衝動，一齊和潮木——般倒退下去。只聽得吶喊聲，叫嚎聲，自己踏死自己的兵馬，也不知有多少。清國兵馬乘勢追殺，鑲藍旗擺牙喇、武英郡王阿濟格、貝子博洛內、大臣圖爾格等四路夾攻，直追到塔山地方。明兵有糧米十二堆，在筆架山地方，統被清兵奪去。

明朝將官，吃了這一回敗仗，都打算逃回國去，撤退了七營步兵，靠著松山城駐紮。那清朝鑲紅旗兵，攔住了明兵的去路。第二天，洪承疇傳令猛撲鑲紅旗兵，兩軍各出，死力對敵，正殺得起勁，明兵一見前面一簇人馬，張著黃傘，傘下面一個人，威風凜凜的騎在馬上，早嚇得心驚膽顫，撇下敵兵，紛紛逃回營去。太宗一面鳴金收兵，立刻傳集諸將到帳下議事。太宗說道：「我看明兵營中，旌旗不整，今夜敵兵必逃。」當即傳令，著左翼四旗擺牙喇，合著阿禮哈蒙古兵，噶布希賢兵，連線著擺一個長蛇陣，直到海邊，攔住明兵的去路。要知明兵勝敗如何，且聽下回分解。

# 傳疑案宸妃逝世　驚豔遇洪帥投誠

卻說這一夜初更向盡，只聽得北風獵獵，刁斗聲聲。清兵御營中，列炬如晝。太宗坐在豹皮椅上，許多猛將分左右站立。御案上攤著一張地圖。太宗手指著地圖，對眾將講著敵兵的形勢。

正說著，忽然有一個將軍，進帳來說道：「明軍人馬在暗地裡移動，今夜怕要來偷營，請萬歲保重。」太宗聽了，冷笑一聲，說道：「鼠輩決沒有這樣的膽量！」一句話沒有說完，忽然探馬來報說：「明兵逃了！」那吳三桂、王樸、唐通、馬科、白廣恩、李輔明幾個總兵，帶了馬步兵，向噶布希賢陣地上逃去。太宗聽了，只說得一個「追」字，那左右猛將一齊走出營門，各帶本部兵馬，著地捲起一陣狂風，向海邊追去。這裡太宗又打發蒙古固山額真阿賴庫、魯克爾漢、察哈爾，各帶本部兵馬，埋伏在杏山一路，如見有敵兵，立刻攔頭痛打，不得遠追，也不得擅自回軍；又下令睿親王多爾袞、貝子羅託、公屯濟一班主將，帶領四旗擺牙喇兵和土謝圖親王兵，前往錦州城外塔山大路上，攔腰截斷敵兵；又傳令達賢堪辛達里納林，率領槍炮手，前往筆架山保守糧米；又傳令正黃旗阿禮哈超哈，鎮國將軍宗室巴布海纛，章京圖辣，帶兵去攔截塔山路敵兵；又傳令武英郡主阿濟格，也去攔截塔山路敵兵，倘然敵兵要偷過塔山，可率領巴布海圖賴從寧遠直向連山路上追去；又令貝子博洛，帶兵從桑噶爾塞堡攔切敵兵。又打聽得明朝郎中張若麒從小凌河口坐船逃去，便令鑲黃旗蒙占固山梅勒章京賴虎，察哈爾部下巴特帶兵往前追趕。各路兵馬奉令四出，趕的趕，殺的殺，可憐那班明朝兵丁，被清兵殺的屍橫遍野，血流成河，東奔西逃，只恨爺娘不給他多長兩條腿。

太宗皇帝看著軍事順手，便命多爾袞、阿濟格，調動主要軍隊進圍塔山；又調紅衣大砲十尊幫著攻打，打破了塔山城，活捉明副將王希賢、參將崔定國、都司楊重鎮。明總兵吳三桂、王樸逃向杏山城一帶去。太宗驅兵進逼松山，四面掘壕，緊緊圍定。當夜，明總兵曹變蛟撤退乳峰山的兵隊，棄營偷逃，衝進太宗的御營來。太宗上馬提刀，親自督戰，曹變蛟受傷，逃回松山城去。

卻說噶布希賢帶兵在杏山埋伏，守候到第三天，果見前面塵頭起處，一隊明兵到來。打聽得是總兵吳三桂、王樸帶領他部人馬，要逃向寧遠去。噶布希賢按兵不動，待明兵過去一半，一聲炮響，伏兵齊起，好似餓狼撲羊，一陣掩殺，明兵死了三四千，剩下來的，也是四散逃去。吳三桂帶領敗殘人馬逃到高橋地方，一聲吹角，清國伏兵又起，前面一員大將正是多鐸，攔住去路，大聲喊殺，聲震天地。慌得明兵手忙腳亂，反撞進清朝營盤裡去，被清兵關起營門來，殺得一個不留。吳三桂和王樸兩人，單身獨馬，落荒而走。這一場好殺，先後斬殺明兵五萬三千七百八十多人，得到馬七千四百四十匹，駝六十六匹，盔甲九千三百四十六副。

當夜太宗在營裡犒賞兵士，大開筵宴。正吃得熱鬧時候貝勒嶽託站起來對太宗說道：「臣請陛下下令，領一旅兵隊，趁今夜月色皎潔，前去攻取松山城。」太宗搖著頭說道：「不可！中國將士連日血戰，趁今夜無事，便該休養。再者，你也莫小覷了這座松山城，我打聽得城裡明朝將士很多。有洪承疇、邱民仰、張門、姚恭、王士禎這班大將，又有總兵王廷臣、曹變蛟、祖大樂，帶領三萬人馬把守城池。就中那位洪經略，是朕心愛的，聽說他是中原才子，又熟悉中國政治風俗，朕欲併吞中原，先要說降這位經略大臣，才能成功。」太宗說著，只見帳下走出一員大臣來，說道：「這事容易，臣和松山副將夏承德頗有幾分交情。如今臣親自送勸降書，走進松山城去，先說降了夏承德，再請他幫著臣說降洪經略，豈不是好？」太宗看時，原來是貝勒多鐸，不覺大喜。說道：「吾弟肯親自去說降，是大清之幸也！」當下修下勸降書，帶了五百名兵士，走進松山城去。

這裡太宗伸長了脖子望他，直望到日落西山，才見多鐸回來。說夏承德頗有投降之意，洪承疇卻抵死不從，他說「城可破，頭可斷，大明經略卻不可降！」太宗聽了，皺一皺眉頭，便把范文程傳來，再寫一封勸降書，著范文程自己送去。洪經略總是個不肯降。太宗一連送了六回勸降書，後來洪承疇索興關上城門，拒絕來使，太宗無法可想，只得把勸降的告示，綁在箭頭上，射進城去。那告示上大略說道：

餘率師至此，知妝援兵必逃；預遣兵出，圍守松山，使不得入。自塔山南至於海，北至於山，去路俱斷；又分兵各路截守，被斬者屍積遍野，投海者海水為紅，今汝援兵已絕，此乃天佑我也。汝等早降，絕不殺死，並保全汝等祿位。爾等可自思之。

到了九月初一這一天，太宗看著洪承疇沒有降意，便帶領內外諸王貝勒貝子大臣們，拈香拜天；一面打發著親王多爾袞、肅郡王豪格回守盛京，一面拔寨齊起，向松山進兵。傳令：「倘然遇見洪承疇，須要活捉，不可殺死。」還親自押著紅衣炮隊，直攻松山。洪承疇在城裡，出死力抵敵，兩軍相持不下。忽見一匹馬飛也似的向御營跑來，守營兵士上前扣住，馬上一位將軍，跳下馬來，手裡捧著文書，直跑進帳去，將文書送上御案。太宗看文書時，不覺嚇了一大跳。原來這人是來報喪的，太宗的原配關睢宮宸妃，已死了。太宗雖寵愛莊後，但宸妃和他是結髮夫婦，自有一番恩愛。太宗不覺大哭，便立刻把兵事交給諸位貝勒，星夜趕回盛京去。

說起這位宸妃，卻也有十分姿色，只是趕不上莊後那種風流體態。太宗念夫妻分上，也時時臨幸。這莊妃看了，心中不免起一點醋意。此番太宗出兵的時候，宸妃還是好好的，不曾有一點疾病，誰知太宗出兵不多幾天，宸妃忽然死了。當時大學士希福剛林，梅勒章京冷僧機，得了宸妃薨逝的消息，急急進宮檢視。見宸妃面貌很美，豐容盛鬋，也不像是害病的。希福剛林看了，十分詫異，說道：「皇上遠去，宮裡大變，倘然皇上次來問俺，叫我拿什麼話回奏呢？」冷僧機在一旁說道：「這個容易，我們只叫把關睢宮裡的宮女捉來，審問她宸妃死的時候，有什麼人在身旁，我們便把那人抓來一問，便可以知道了。」這幾句話，傳到永福宮莊後耳朵裡，不禁慌張起來。忙打發一個小宮女出去，把大學士傳進宮去，一面又把睿親王多爾袞傳進宮去，幾句話，把一件大事，化為烏有。

第二天，多爾袞打發冷僧機出城去迎接聖駕。冷僧機是多爾袞的心腹，見了太宗，自然有一番掩飾。這裡希福剛林聽了皇后的吩咐，便潦潦草草，將宸妃的屍身收殮了。太宗到來，只看見一口棺木，便也沒有什麼說的。那莊皇后又怕太宗悲傷，便打疊起全副精神，趨奉太宗。太宗有這麼一個美人陪在身旁，有說有笑，早把一肚子悲傷，消滅得無影無蹤。皇后知道太宗喜歡打獵的，便哄著皇帝到葉赫部打獵去，兩人談起舊情，便越發覺得恩愛，當夜便在篷帳裡雙雙宿下。從此皇后把整個兒皇帝全霸占著，卻沒有第二個人可以分寵了。

看看打獵到第四天上，忽然見他大兒子肅郡豪格，笑吟吟的走進來。見了太宗，便請下安去。說道：「父皇大喜！松山城已經被孩兒打下來了。」太宗這一喜，直喜得心花怒放，拉住他兒子的手，坐下來問個仔細。說道：「原是松山守城副將夏承德預先打發人來說，他把守城南，今夜豎起雲梯，向南面爬進城來，他在裡面接應。到了夜裡，孩兒帶了大隊人馬，果然從城南打了進去。當時捉住明朝經略洪承疇，巡撫邱民仰，總兵王廷臣，曹變蛟，祖大樂，游擊祖大名，祖大成等一班官員。又殺死明兵三千零六十三人，活捉住婦女孩童一千二百四十九口，獲得盔甲弓箭一萬五千多副，大小紅衣炮、鳥槍三千二百七十三件，請父皇快快回京安插去。」太宗聽了，不禁哈哈大笑，趕快收拾圍場回盛京去。到了宮裡，便有一起一起的大臣，前來報告軍情。太宗都拿好言安慰，又吩咐不許虐待漢人。准了貝勒嶽託的奏章：一品的漢官，便把諸貝勒的格格賞他做妻子；二品官，把國裡大臣的女兒賞他做妻子。又特下上諭，把洪承疇送到客館去，好好的看待，每天送筵席去請他吃；又挑選四個宮女去伺候呼喚。

那洪承疇原是明朝的忠臣，也是一位名將，如今被清兵捉來，願拼一死。誰知送他到盛京來，太宗既不傳見，也不殺他，看看那班總兵官，殺的殺，降的降，早已一個不在他身旁。又看看自己住在客館裡，吃的是山珍海味，住的是錦被繡榻，便知道清朝還有勸他投降的意思。他便立定主意，從這一天起，一粒飯也不上嘴，一天到晚，只是向西呆坐著。太宗皇帝派人來勸他吃，他也不吃；勸他降，他也不降。後來惱了他，索興把房子門關鎖起來，所有一切侍從宮女，都不得進去。看看過了兩天，洪承疇卻粒米不進。這消息傳到太宗耳朵裡，太宗十分憂愁。對諸大臣說道：「倘然洪承疇不肯投降，眼見這中原取不成了！」便下聖旨，有誰能出奇謀說得洪承疇投降的，便賞黃金萬兩。這個聖旨一下，誰不想得黃金？便有許多大臣，想盡方法去勸說。無奈洪承疇給你個老不見面。

看看又到了第四天上，洪承疇已餓得不像個模樣了，那多鐸便把洪承疇一個貼身的書僮，名叫金升的，捉來百般恐嚇他：洪經略生平最愛什麼？那金升起初不敢說。後來多鐸吩咐自己府裡的侍女，把金升領去，大家哄著他，勸他吃酒，又和他胡纏。內中有一個侍女，面貌即長得白淨，金升起初不敢說，但金升看上了她，那侍女便陪他睡去。在被窩裡，偶爾才說他主人是獨愛女色的。這個消息一傳出去，多鐸便奏明皇帝，挑選了四個絕色的宮女，又在掠來的婦女裡面挑選了四個美貌的漢女，一齊送客館裡去。誰知洪承疇連正眼也不看一眼，把個太宗皇帝急得在宮裡只是搔耳摸腮，長吁短嘆。

文皇后在一旁看了，卻莫名其妙。問時，太宗皇帝才把洪經略不肯投降的事說了出來。文皇后聽了，微微一笑，說道：「想來那洪承疇雖說好色，絕不愛那種下等女人。這件事陛下放心，託付在賤妾身上，在這三天裡，管教說得洪經略投降。」太宗說道：「這如何使得？卿是朕心愛的，又是一位堂堂國母，倘然傳說出去，卻教朕這張臉擱到什麼地方去？」文皇后聽了，又說道：「陛下為國家大事，何惜一皇后？再者，賤妾此去為皇上辦事，我們夫妻的情愛仍在。陛下若慮洩漏春光、有礙陛下的顏面，這件事做得祕密些就是了。」文皇后說到這裡，太宗看看皇后的面龐，實在長得標緻，心想任你鐵石人見了也要動心的。便嘆了一口氣，說道：「做得祕密些，莫叫他們笑我。」

文皇后得了聖旨，便回宮去換了一身豔服，梳著高高的髻兒，擦著紅紅的胭脂，鬢影釵光，真是行一步也可人意兒。文皇后打扮停當，便僱一輛小車，帶著一個貼身宮女，從宮後夾道上偷偷地溜出去。

到了客館裡，那輛車兒直拉進內院裡。裡面忽然傳出皇帝的手諭來，貼在客館門外，上面寫著：「不論官民人等，不許進館。」那文皇后到了館裡，看著那洪承疇，倒也長得清秀。他盤腿坐在椅子上，已是五日不吃飯了，早把他餓得眼花頭暈，神志昏沉。文皇后指揮宮女，把他扶下椅子來，放倒在炕上。宮女一齊退出去，文皇后爬上炕去，盤腿坐著，把洪經略的身體輕輕扶起，斜倚在炕邊上。

那洪承疇昏昏沉沉，起初由她的擺弄去，他總是閉著眼。到了這時，覺得自己的身體落入溫柔鄉，一陣一陣脂粉香吹進鼻管來。洪經略是天生一位多情人，別的事體都打不動他的心，只有這女色上的勾當，便是在他臨死的時候，也多少要動一動心。況且那陣香味，原是文皇后所獨有的，覺得異樣蝕鼻，不由他心中怦怦地跳動起來。便忍不住開眼一看，只見一個絕色女子，明眸皓齒，翠黛朱唇，看著他嫣然一笑，那種輕盈嫵媚的姿態，真可以勾魂攝魄。洪經略忍不住問了聲：「你是什麼人？」接著聽得那女子櫻唇中嗤的一笑，說道：「好一個殉國的忠臣！你死你的，快莫問我什麼人。」洪經略聽她鶯鶯嚦嚦，不覺精神一振，便坐起身來說道：「我殉我的國，與你什麼相干？」那女子說道：「妾身心腸十分慈悲，見經略在此受苦，特意要來救經略早日脫離苦海。」

洪經略聽了，冷笑一聲。說道：「你敢是也來勸我投降的麼？但是我的主意已定。再過一兩天，便可以如我的心願了。你雖然長得美貌，你倘然說別的話，我是願意聽的，你若是說勸降的話，我是不願聽的。快去罷！」

那女子聽了，又微微一笑，把身子特別挨近些。說道：「我雖說是一個女子，卻也很敬重經略的氣節。現在經略既然打定了主意，我怎麼敢破壞經略的志氣呢？但是我看經略也十分可憐！」洪經略問道：「你可憐我什麼呢？」那女子說道：「我看經略好好的一個男子，在家的時候，三妻四妾，呼奴喚婢，席豐履厚，錦衣玉食，何等尊貴？如今孤淒淒一個人，舉目無親，求死不得；雖說是隻有一兩天便可以成事，但是我想這一兩天的難受，比前五天要勝過幾倍。好好一個人，吃著這樣的苦，豈不是可憐？」

那女子說著話，一陣陣的口脂香，射進他鼻管來。洪承疇心中不覺又是一動，急急閉上眼，要把這女子推開，哪知手臂又是軟綿綿的，沒有氣力。接著又聽那女子悲切切的聲音說道：「經略降又不肯降，死又不快死。如今我有一碗毒酒在此，經略快快吃下去，可以立刻送命，也免得在這裡受苦。我可憐經略，這一點便是我來救經略早離苦海的慈悲心腸。」洪承疇這時正餓得難受，聽說有毒酒，便睜開眼來一看，見那女子玉也似的一隻手，捧著一隻碗，碗裡盛著黃澄澄的一碗酒。洪承疇硬一硬心腸，劈手去奪過來，仰著脖子往嘴裡一倒，咕嘟咕嘟地一陣響，把這碗毒酒吃得個點滴不留。那女子便拿回碗去，轉個身來，扶他睡倒，自己卻也和他倒在一個枕上，那一陣陣的脂粉香，和頭上的花香，又送進鼻管來。

洪承疇卻只是仰天躺著，閉著眼睛等死，那女子也靜悄悄的不作一聲兒。誰知這時也越睡越睡不熟，越想死越不肯死，那一陣一陣的香氣，越來越濃厚。洪經略每聞著這香味，不覺心中一動，每心一動，便忙自己止住。這樣子捱了許多時候，洪經略覺得越發的清醒了，翻來覆去的只是睡不熟，那女子看他不得安睡，便有一搭沒一搭的和他說些閒話。洪經略起初也不去睬她，後來那女子問起：經略府上有幾位姨太太？哪位姨太太年紀最輕，面貌最美？洪經略聽了這幾句話，便勾起了他無限心事，心中一陣翻騰，好似熟油煎熬一般難受。又聽那女子接著說道：「經略此番離家千里，盡忠在客館裡，倒也罷了，只是府上那一位美人兒，從此春花秋月，深閨夢裡，想來不知要怎麼難受呢？」洪經略聽到這裡，早已撐不住了，「哇」的一聲，轉過身來，對著那女子抽抽咽咽的哭個不住。那女子打疊起溫言軟語，再三勸慰著。要知洪經略性命如何，且聽下回分解。

# 多爾袞計殲情敵　吉特后巧償宿緣

卻說洪經略才止住了哭，嘆一口氣，說道：「事已如此，也顧不得這許多了。只是這毒藥吃下肚去，怎麼還不死呢？」一句話，只引得那女子一頭躲進洪經略懷裡，只是嗤嗤地笑個不休。洪經略問她：「什麼好笑？」那女子拿手帕按住朱唇，笑說道：「什麼毒藥不毒藥，那是上好的參湯呢！俺看你餓得難受，求生不得，求死不得，便哄著你喝下去一碗參湯接接力。是俺家從吉林進貢來的上好人蔘，這一碗吃下去，少說也有五六天可以活命。看經略如今死也不死？」說著，又忍不住吃吃的笑。

洪經略給她這一番話說得臉上紅一塊白一塊，果然覺得神氣越清醒了；又聽那女子在他耳邊低低的說道：「經略大人，我看你還是投降的好。一來也保全了大人的性命；二來也不失封侯之位，三來也免得家裡幾位姨太太守世孤；四來也不辜負了俺相勸的好意。」她說到這裡，霍的坐起身來，一手掠著鬢兒，斜過眼珠來，向經略溜了一眼。接著粉腮上飛起了兩朵紅雲，低著脖子，只是弄那圍巾上的流蘇，一種嫵媚的姿態，把洪經略看得個眼花撩亂。他忙一收神，跳下地來，大聲喝道：「你是哪裡來的淫婢，敢來誘惑老夫！」那女子聽了，卻不慌不忙盤腿向炕上一坐，從懷裡掏出一方小字的金印來，向洪經略懷裡一丟。洪經略接在手中看時，不覺把他嚇得魂靈兒直透出泥丸，兩條腿兒軟軟地跪倒在地，連連磕著頭。說道：「外臣該死！外臣蒙娘娘天恩高厚，情願投降，一輩子伺候娘娘鳳駕。」原來那方金印上刻著兩行字，一行是滿洲字，一行是漢字，有「永福宮之寶璽」六個字。

洪經略到這時，才知道坐在炕上的，便是赫赫有名的關外第一美人、滿洲第一貴婦人孝莊文皇后。直嚇得他不住地磕頭，只求娘娘饒命。那娘娘伸出玉也似的臂膀來，把洪經略拉上炕去。洪經略看時，見皇后穿一件棗紅嵌金的旗袍，那大襟上揩著自己的眼淚鼻涕，溼了一大塊。他越發的不好意思，爬在炕上，還是不住地磕頭。此後卻不聽得他兩人的聲息。

良宵易度，第二天一清早，洪經略從夢中醒來，枕上早已不見了那昨日勸駕的女子，停了一會，四個宮女，捧著洗臉水和燕窩粥進來。洪經略胡亂洗過臉，吃了粥。接著外面遞進許多手本來，睿親王多爾袞，鄭親王濟爾哈朗，肅郡王豪格、貝勒嶽託、貝子羅託、大學士希福剛林，梅勒章機冷僧機等滿洲一班權貴，都親自來拜望，多爾袞說：「皇上十分記念經略，務必請經略進宮去一見。」停了一會，內面傳話出來，宣待詔進館；洪承疇剃去了四面頭髮，頭頂上結一條小辮，穿著皇帝給的紅頂花翎，黃馬褂，大搖大擺地踱出館來，跨上馬，後面跟著一班貝勒大臣，直走到大清門外下馬。

那裡祖大壽、童協、祖大樂、祖大弼、夏承德、高勛、祖澤遠等一班明朝的降將，都候在朝門外，見洪承疇來了，大家上前去迎接，跟著一塊兒上殿去。從大清門走到篤恭殿，從篤恭殿走到崇政殿，兩旁滿站著御林軍士。洪承疇跪在殿下，三跪九叩首，稱皇帝陛下。禮畢，太宗皇帝宣洪承疇上殿，在寶座左面安設金漆椅一隻，金唾盂一，金壺一，貯水金瓶一，香爐二，香盒二。後面站著穿綠衣黃帶青衫褂，戴涼帽的侍衛四人。皇帝賞洪承疇坐下，問他明朝的政教、禮制、風俗、軍制，十分詳細，足足談了兩三個時辰。皇帝退朝，聖旨下來，拜洪承疇為內院大學士，在崇政殿賜宴。從此以後，太宗常常為國家大事，召洪學士進宮去，文皇后也坐在一旁；洪學士見了文皇后，爬下地去，多磕幾個頭，口稱「罪臣」。文皇后見了，總微微一笑。

太宗也因為皇后有勸降的功勞，便另眼看待她。有時指著洪學士對文皇后說道：「他是投降皇后的！」大家笑著。

雖說如此，卻不知怎麼，自從洪承疇投降以後，太宗對皇后卻慢慢地冷漠起來了。皇后肚子裡也有幾分明白，心中有說不出的怨恨。悶起來，便帶著王皋、鄧佺子兩人出外打獵去。有一天，在圍場上遇到睿親王多爾袞，皇后把他喚到馬前，狠狠地瞪了他一眼，說道：「老九，你好！怎麼這幾天不進宮來？」多爾袞故意裝出詫異的樣子，說道：「啊呀！宮裡是什麼地方，臣子不受宣召，怎麼進來得？」皇后聽了，把她小嘴兒一撇，笑罵道：「小鬼子，你裝傻嗎？你是俺的妹夫，又是叔叔，還鬧這些過節嗎？說著，把手裡的馬鞭子擦過去，在睿親王頭上拍的打了一下。說道：「滾你媽的蛋！」睿親王磕個頭，轉身走去。又聽得皇后在背後說道：「明天再不進宮來，仔細你的腿！」多爾袞這時已騎上了馬，聽了皇后說話，便調轉馬頭，正要回去；只見皇后已經轉個馬頭走去，左邊王皋，右邊鄧佺子，三人並著馬頭，把臉湊在一處，做出十分親密的樣子來。多爾袞在後面看了，不覺一縷酸氣，從腳跟直衝頂門，心裡罵道：「你們這兩個王八蛋，俺明天好好的收拾你們。」

到了第二天，多爾袞真的進宮去見他哥哥，悄悄地把昨天在圍場上見王皋如何如何無禮的情形說了出來。誰知太宗對於這兩人，心中本來就有一個疑團。那是前幾天，太宗走進永福宮去，遠遠地看見皇后正和鄧傍子在那裡調笑。當時太宗還認做自己眼花，忍耐在肚子裡，不曾發作。如今聽了多爾袞的說話，回想到從前的情形，愈想愈懷疑。不覺勃然大怒，心想這兩個光棍留在宮裡，終究不是事體，便不如趁今天發復了他。想罷，立刻打發侍衛傳諭出去，把王皋和鄧傍子兩人，一齊喚出宮來。

皇后正和兩人說笑著，聽說有諭旨，皇后急問為什麼事體，宮女回說不知道。王皋兩人只得跟著侍衛先走，見了太宗皇帝，跪下磕頭。太宗一句話也不說，只把令箭遞給多爾袞，把這兩個人押出朝門外去，砍下腦袋來。待到皇后知道這個消息，已經遲了。明知道多爾袞為愛自己，所以殺了這兩個人，但是皇后眼前少了這兩個人湊趣，便覺鬱鬱寡歡。太宗皇帝近日又因為有朝鮮的事體。天天和貝勒大臣商議出兵的事體，也沒有工夫進宮來陪伴她，只把個皇后弄得冷清清的。

那太宗為何要出兵朝鮮？只因朝鮮王仁祖反對太宗加尊號。恰巧仁祖的妃子韓氏死了，太宗打發英俄爾岱、馬福太兩人到朝鮮去弔孝，趁便勸他投降稱臣。那仁祖非但不肯投降，反埋伏下兵士在客館裡，要刺殺這兩個使臣。這兩個使臣逃回國來，把這情形一長二短奏明了太宗。太宗大怒。便立刻調齊了十萬人馬，一面和諸位貝勒大臣在朝堂上商量御駕親征的事體。

文皇后打聽得皇帝又要親征，便又想起一件事來，趁太宗朝罷回宮的時候，便親自去見皇帝。皇帝因為殺了王皋的事，也多日不見皇后了；當下夫妻兩人見了面，十分客氣。皇帝提起不久要親征朝鮮的事體，皇后便問皇上：「此番親征，命何人監國？」太宗道：「朕已將朝裡的事託付了洪學士，他雖說是最近歸順的，卻是十分可靠的人。宮裡的事，自有皇后主持，照那上次出兵撫順一樣辦理。」皇后聽了，忙奏：「這一回可不能照上次的辦法了。因為妾身近來多病，不能多受辛苦，求皇上留下一個親信的人監國才好。」皇帝聽了，倒躊躇起來，說道：「留什麼人監國呢？偏偏那阿敏和莽古爾泰又病了。」皇后聽了，冷笑一聲，說道：「皇上以為他們可靠嗎？妾身害怕的，就是他們兩個人！」太宗聽了，詫異起來。忙問：「這兩個人怎麼樣？」皇后忙攔著說道：「皇上出兵在即，這兩個人怎麼樣，且不去問他。總之，請皇上留下人監國，妾身可以保得無事。」太宗因心中有事，便也不追問下去；隨說道：「只是留誰呢？」皇后忽然說道：「有了！多爾袞這人，皇上不是常常稱讚他忠心嗎？況且又是臣妾的妹夫，倘然留在朝裡監國，一定沒有亂子。他也可以管得宮裡的事體，臣妾也不用避什麼嫌疑。」太宗聽了，拍手說道：「招啊！怎麼我一時把老九忘了呢？快傳他進來。」

宮女聽了，飛也似的傳話出來。不多時候，多爾袞進宮來。太宗把留京監國，和提防阿敏、莽古爾泰的話，再三叮囑了一回，自己便站起身來，出宮上馬，帶著大兵，一直向朝鮮出發去了。這裡多爾袞見皇帝去了，正要送出宮去；走到門簾下面，忽聽得皇后在裡面喚道：「老九，回來！我還有話說呢。」多爾袞聽了，忙回進去，直挺挺地站在皇后面前侯旨言。半晌，皇后也不開口，也不叫去。多爾袞忙請了一個安，說道：「多爾袞伺候著呢！」皇后微微一笑，說道：「我有要緊話和你商量，這裡不是說話的地方，快隨我到寢宮去。」說著，自己站起身來向寢宮走去，多爾袞跟在後面，看著到了寢宮裡面，只見宮裡裝飾得金碧輝煌，皇后便在逍遙椅上坐下，向宮女們望了一眼，宮女們知道皇后的意思，急急退出，只剩她叔嫂二人在內，唧唧噥噥，不知商量些什麼。直到天色已晚，掌上燈來，多爾袞要告辭回去，皇后向他溜了一眼，接著笑了一笑，說道：「用了晚膳回去！」自己便轉進套居去，重勻了脂粉，換了晚裝。宮人擺上晚膳，皇后居中坐下，多爾袞在一旁陪坐。宮女斟上了酒，兩人便淺斟低酌起來。一面說笑著，一面吃喝著。

這時廊下的宮女，只聽得屋子裡皇后吃吃的笑聲，停了一會，那貼身服侍的兩個宮女，也退了出來，大家在外面守著。只覺得燈影昏沉，語言纏綿，唧唧噥噥的，直到半夜時分，多爾袞才告辭出來。宮女們掌著宮燈，送他出去。臨走的時候，多爾袞還是依依不捨的說了許多話。皇后膩煩起來，嗤的一笑，把手在多爾袞肩上一推，說道：「得啦！時候不早了，快去罷！當心涼著。俺那小玉兒，不知怎麼掛念你呢！」多爾袞聽了，也笑著出去了。

說起那阿敏和莽古爾泰兩人，確實有謀反的心腸。只因他兩人和太宗是異母弟兄，莽古爾泰又仗著自己是富察後的長子，如今褚英、代善已死，這皇帝的寶位，便應轉到自己坐。誰知在先皇賓天的時候，太宗卻用武力劫奪了去。自從皇太極做了皇帝，又替他南征北討，東蕩西殺，也不曾有安閒的日子，因此心中十分怨恨。便是阿敏，也自己仗著是舒爾哈齊的長子，努爾哈赤的長子既已死了，這帝位便該輪到自己身上來。如今被太宗占了，心中也十分怨恨。兩人肚子裡的心事，沒人的時候常常說起，兄弟兩人便聯繫起來，暗中結交黨羽，四下布置心腹。在太宗出征撫順的時候，原打算發作，不料太宗回來得很快，措手不及，大家只好按兵不動。此番太宗又親自帶兵出去，原是他們的好機會，誰知這個大事，卻敗壞在一個女子手裡。

這個女子是什麼人呢？便是那莽古濟格格。平日仗著自己有幾分姿色，到處搔首弄姿，勾引男子。她心目中第一個歡喜的，便是太宗的大兒子豪格。她打算把豪格勾引上來，自己便是穩穩的一位將來的皇后了。誰知天不做美，後來那豪格娶了博爾濟錦氏做了妃子，把個莽古濟格格氣得一佛出世，二佛昇天。她從此把豪格恨入切骨，她掉過來，便入了莽古爾泰的黨。那時和莽古爾泰同黨的，還有德格類、鎖諾木杜稜一班人。天天祕密會議，預備起事。莽古濟格格看看這班人，又沒有一箇中她的意的，不知怎麼，她又勾引上了一個冷僧機。從此他倆人暗去明來，十分恩愛。莽古濟格格認做冷僧機是自己的心腹，把他們的陰謀，通通告訴了他。誰知冷僧機是睿親王的心腹，早把這件事悄悄的對睿親王說了。睿親王便打發他妃子小玉兒進宮去，告訴她姊姊。這時正是太宗出兵撫順未回，後來太宗回來，皇后也因沒有真實憑據，不敢告發。此番皇帝又要出征，因此皇后便請皇帝留下監國的人。卻巧留下一個多爾袞，真是公私兩便，從此多爾袞，便以監國為名，天天進宮去。皇后卻把莽古爾泰謀反的事體，掛在心裡，常常催著多爾袞，叫他趁早下手。

多爾袞這時已經是假意入莽古爾泰的黨，他們天天會議，多爾袞也在座，假意說些怨恨皇帝的話，又說到起事的那天，他在宮裡做內應，又如何調動兵馬，如何切斷太宗的歸路，說得天花亂墜，把個莽古爾泰哄得心悅誠服。第二天，多爾袞請這班反叛在府中吃酒，趁他們酒醉的時候，一齊拿下，又在各處貝勒府中，搜出許多造反的告示來。多爾袞一面吩咐把這班人監禁起來；一面自己進宮去，報告皇后。皇后聽了大喜，伸手在多爾袞的肩上一拍，笑說道：「我的好妹夫，到底俺的眼力不錯，保舉準人了！」說著，忙傳洪學士和冷僧機進宮來，吩咐把這班反賊好好的看守起來，待皇帝回宮，再行發付。

這裡皇后把多爾袞留在宮裡，夜夜取樂。正在快活的時候，只聽得一聲傳說，皇上回宮了！多爾袞也無可奈何，只得垂頭喪氣，退出宮來，帶領一班文武大臣，出城迎接去。太宗此番打勝了朝鮮，受了朝鮮王李倧的投降，心中十分快活。回得國來，大宴功臣。多爾袞看看皇帝正在快活的時候，不好把阿敏謀反的事體說出來。到了第二天，才把這件事體原原本本的說明了。太宗聽了，十分動怒，立刻要升殿親自審問。後來還是洪學士奏請發交九親王審問。誰知那莽古爾泰在監牢裡，聽得皇帝回京的消息，把他一嚇，一時裡嚇破了膽死了。多爾袞得皇帝的旨意，便把阿敏、德格類、鎖諾木、杜稜，還有莽古濟格格一班反叛，從牢裡提出宮審問。多爾袞是和他們假意做同黨的，他們的陰謀，多爾袞通通知道，他們也無可抵賴，只得一一招認。多爾袞取了口供，奏明皇帝，一一定了死罪，發交刑部大臣執行。

太宗想起皇后的功勞，便站起來，踱進永福宮去。一眼瞥見皇后陪著一個美貌少年在那裡吃酒。那少年見皇帝來了，他忙搶上前去請安。皇帝看看這少年十分面善，問時，原來是皇后的內仔、科爾沁卓禮克圖親王吳克善的兒子，名喚弼爾塔噶爾。自從皇帝上尊號的那年，他跟著父親進京來到賀，皇后便把他留下了。只因太宗連年帶兵在外，只和他見一個面，所以不十分認識。當時經皇后說明了，皇帝便把他拉進身來，仔細打量著，果然長得清秀漂亮。問他：「多大年紀？」他回說：「十八歲了。」又問他：「拉得弓、騎得馬嗎？」他回說：「勉強學會。」皇后接著說道：「講起他的弓馬來，真了得！他還救俺公主的性命呢。」皇帝便問怎麼一回事。

皇后說道：「我們阿頓，生性歡喜打獵。那天是皇上出兵去的第三天，阿頓帶了宮女們到東山打獵去。忽然一頭白兔，在公主馬前跑過，公主拍馬直追進林子裡去，忽然林子裡跳出一頭老虎來，那老虎直撲公主馬頭。這時宮女們在林子外站得很遠的，只有喊救的分兒，卻沒有人敢上前去打老虎。看著那頭虎已抓住馬蹄兒了，那馬大吼一聲，和人一般地站立起來，公主一個翻身被摔下馬來。正在萬分危急的時候，忽然林子裡那面搶進一個少年來，提著短刀，一下跳上了虎背，揪住了它的頸骨。那老虎仰起頭來，那少年一刀下去，直刺進老虎的眼眶裡。那頭老虎大叫一聲，屁股一撅，把那少年掀下背來，壓在老虎的肚子底下。這時俺們公主自己得了性命，見這少年正在虎口之下，便急急彎弓搭箭，要射過去，又怕誤中了少年，正慌張的時候，那少年不慌不忙，拔出短刀，在老虎肚子下面，狠命一切。只見那老虎倒在地下，翻了幾翻，死了。那少年卻笑吟吟的站在公主跟前。公主看時，那少年不是別人，原來是他。皇后說到這裡，把一個手指指著弼爾塔噶爾。又說道：「那頭大蟲，原來是他趕進林子裡來的。那一天，他也在東山上打獵呢！」

皇帝聽了笑說道：「這一頭老虎，卻也抵得那年我和你的一頭鹿呢！」說著，不禁又哈哈大笑。皇后聽了皇帝的話，想起從前的情形，粉腮兒上不覺得起了一層紅雲，微微一笑。

正在這時，只聽得宮女說一聲：「公主來了！」便見四個宮女，簇擁著一位花枝招展的固倫公主。皇后便喚道：「阿頓！快去見了你父王。」固倫公主上去行個禮。回頭過來，見了弼爾塔噶爾，不禁吟吟一笑，那一笑，兩面粉腮兒上露出兩個酒窩兒來。接著，低低的喚了一聲：「哥哥！」太宗看了，十分歡喜。笑說道：「好一對兒！」便回過頭來問皇后：「阿頓今年幾歲了？」皇后笑了一聲，說道：「陛下怎麼連阿頓的年紀也忘了？她是陛下滅科爾沁部那年生的。」太宗聽了，拍著手，說道：「記得記得。阿頓今年十七歲了。」

原來皇后說這句話，是有意思的：這位固倫公主，雖說是太宗的大女兒，實在還是那皇后的前夫德爾格勒的種子。那文皇后是天命四年八月裡嫁給太宗皇帝的，第二年正月裡，便生下這個固倫公主來。這時太宗看看弼爾塔噶爾人才出眾，便和皇后說明，把公主下嫁。當時把皇后的哥哥吳克善喚來，當面說定親事。一面吩咐豪格，在京城裡造起一座高大的駙馬府來，一面派人到四處去替公主採辦嫁妝。這事整整忙了一年，還不曾完備。

皇后這時又生了一個太子，滿月以後，太宗進永福宮去看望皇后，見她調養的面龐兒越發豐潤了，再看那太子時，又長得潔白清秀，啼聲洪大。太宗笑說道：「這樣的母親，才生得出這樣的好兒子！」皇后聽了，也微微一笑，說道：「請陛下賞一個名兒。」太宗略略思索了一回，說道：「便取名福臨罷。」宮裡因太子滿月，連日吃著筵宴，把公主下嫁的事體反擱起了。皇后再三催著皇帝，太宗便吩咐豪格到薩滿那裡請好日子去。豪格回來說：「薩滿說，今年沒有好日子，姊姊的好日子，挑選定在明年六月初一日。」皇后聽了，也沒有法，只得耐性候著。

這裡多爾袞自從太宗回京來，便沒有機會進宮和皇后見面去，把他急得在家裡只拿小玉妃出氣，夫妻兩口兒常常吵嘴。小玉妃也知道皇后的私事，心裡想起，便酸溜溜的，只因是同胞姊妹，不好意思發作，因此也常常藉著事端和多爾袞爭吵。那皇后在宮裡，也想這位九叔叔想得厲害。到第二年的正月裡，皇帝忽然又要出兵去了。原來明朝自從洪承疇投降、松山失守以後，便派兵部尚書陳新甲前來，和太宗議和。太宗皇帝開了六條和約，那明朝因為條約十分苛刻，便置之不理，直到如今七八個年頭，太宗也忍耐不住，便點起兵馬，命貝勒阿巴泰充先鋒，打進關去。自己帶領大兵，隨後進攻。要知太宗此番出兵利與不利，且聽下回分解。

# 露姦情太宗暴姐　見美色豫王調情

卻說太宗皇帝因為憤恨明朝和議不成，也等不得國倫公主出閣，便親自帶兵打進關去。臨走的時候，依舊把朝廷的事體，託付了睿親王，自己帶著左右兩翼八萬人馬，晝夜趕程。從界山腳下，打破了邊牆進去，左翼兵馬從雁門關黃崖口打進去。兩支兵馬，在薊州地方會齊，合在一塊兒，直打到克州地方。沿路打破三座府城，六十七座縣城。捉住明朝的魯王，便在軍前斬首。擄得明朝男女百姓三十六萬人，牲口五十五萬頭。那先鋒阿巴泰，從南路打來，大兵駐紮在山東宮州，住了一個多月，也不曾見一個明朝的兵馬。阿巴泰便把沿路擄得的錦繡金銀，捆裝在騾車上，從天津到琢鹿一帶三十多里地面，車輪接著不斷，過蘆溝橋十多天還不曾過完。

那明朝崇偵皇帝下詔，令各省起勤於兵。那勤王兵隊到通州地方，見清兵強盛，大家嚇得躲起來，不敢去攔阻他。眼看著滿洲兵馬，一隊一隊的退出關去。太宗皇帝不費一兵一卒的兵力，白白得了許多金銀珠寶，心下如何不快活，便在營裡辦起慶功筵宴來，挑選定吉日班師。誰知這裡太宗正在得意的時候，他宮裡卻鬧出極大的風波來，太宗皇帝的性命，也被斷送這一朝。

原來此番睿親王多爾袞受了太宗的託付，天天住在宮裡，和皇后成雙成對，毫無顧忌。好在宮裡上上下下的人，都是多爾袞的心腹，誰敢走露消息？這其間卻有兩個人恨得咬牙切骨。一個是太宗長子豪格；一個是多爾哀的妃子小玉兒。那豪格雖奉命辦理固倫公主的婚事，卻事事不得自由，都要聽他叔叔的命令；他叔叔多爾袞正和皇后伴得火熱，深宮密院，便是要找他說一句話，也是不容易的事體。這時豪格督造駙馬府，工程已是完成，要找他叔叔商量布置府內的事體，便特地跑進宮去求見。多爾袞平常總在永福宮西書房裡起坐，他便一徑向西書房走去。看看書房裡靜悄悄的，只有三五個太監守著，並沒有多爾袞這個人。問時，大家都推說不知道。豪格急退出宮來，折到睿親王府中去一問，回答說：「王爺有四天不曾回府了」

這時，事有湊巧，那小玉妃正因多爾袞進宮去一連四天不回府，心中酸勁正無處發洩，忽聽說豪格到來，便傳話出去，請郡王進內院去。那豪格一見了他嬸母，便問：「叔叔連日不回府來，不知道什麼地方去了？」那小玉妃正悶著一肚子怨氣，也不及撿點，便冷笑一聲說道：「你叔叔麼！他不住在宮裡，還有什麼地方住得？他們正樂呢，哪裡還想到回府啊！」多爾袞的事，豪格早已十分清楚，只因沒有機會，不好發作出來。如今不防他嬸嬸卻直說出來，他禁不住臉脹得通紅，勉強耐住了性子，問道：「叔叔不回家，嬸嬸怎麼不到宮裡找去？」小玉妃說道：「我也曾去找，宮裡的人，得了你叔叔的好處，都回說不在。我要闖進去，卻被宮女們攔住說：「萬歲留下旨意，非奉皇后呼喚，不准擅自進宮。」我這幾天正無處拉把。侄兒，你既來了，須要替我想一個主意，也得替你自己想個主意。盡這樣鬧下去，我和你兩人的臉面，擱到什麼地方呢？」一句話說惱了肅親王，當下他把胸脯一拍，說道：「嬸嬸放心！此番父皇回來，我便把這番情形面奏，請父皇下旨，禁止叔叔進宮。現在嬸嬸卻須耐著性兒，千萬不可聲張，倘然給叔叔知道，嬸嬸和侄兒的性命都是不保。」說完，告辭出來，又去料理固倫公主婚事去了。

看看快到公主下嫁的吉日，忽然一對人馬飛也似的跑進宮來。說：「皇帝駕到！」滿朝文武，聽了這個消息，忙亂著披掛出城去接駕。自然是睿親王多爾袞領班，他騎著一頭栗色駿馬，走在前頭。出城九里地方，遇到太宗大隊人馬，文武百官都俯伏在地下，口稱「萬歲！」太宗見多爾袞也爬在路旁，忙跳下馬來，親自扶起。兄弟兩個並肩兒騎在馬上，走進宮去，到崇政殿前下馬。皇帝上殿，百官依次朝賀。皇帝傳旨，便在西偏殿賜宴，一時傳杯遞盞，直吃到日落西山，才各個謝宴回家。皇帝這一晚，暫不回宮，在東偏殿裡息宿，自有宮娥伺候。第二天，便是固倫公主下嫁的正日，整個盛京城裡車馬擠擁，大街小巷，塞滿了那看熱鬧的百姓。那駙馬弼爾培噶爾全身披掛，進宮去迎親。國倫公主，拜過太殿，辭別父皇母后，跟著駙馬出宮，下嫁到駙馬府去。那班親王、郡王、貝勒、貝子，奉國將軍，和碩親王、福晉、格格等一班皇親國戚，一隊一隊的進宮去道賀。依豪格的意思，立刻要把多爾袞的事奏明父皇。後來還是他福晉勸住，說：「父皇連日辛苦，又接著辦慶功筵宴，下嫁喜筵，心中十分快樂；不如待事過以後，慢慢奏明。」豪格聽了福晉的話，暫時忍耐。

看看喜事一過，皇帝便下諭，夜間進宮。日間又在西偏殿上，設慶功筵宴，大小臣子個個吃得酒醉飯飽。大家站在崇政殿下，預備送皇帝進宮，誰知直守到天色昏暗，還不見有動靜。那文武官員，個個站得腿痠腰痛，散又不敢散，問又不敢問。正徬徨的時候，忽然殿上傳下諭旨來說：今夜不進宮了，改在明早進宮，百官們退出。

多爾袞領著百官退出朝門來。忽見一個太監，飛也似的趕上來，在多爾袞的耳邊低低的說了幾句話，把個睿親王嚇得臉色大變，忙吩咐百官各自散去，自己跨上馬，箭也似的向永福宮跑去，直到宮門口下馬，走進宮去，見了皇后，兩人對拉著手兒，只是發怔。文皇后連連問他：「什麼事？」多爾袞喘過一口氣來，便說道：「豪格這個小子，已把你我的事，奏明皇上，如今皇上大怒，眼見有大禍到來。我們要趕快想一個法子，避了這場禍水才是。」接著他叔嫂兩人唧唧噥噥的說了許多話，多爾袞想了一個主意出來，叮囑皇后照辦。皇后起初還不肯，後來想不肯也沒有別的好法子，便點頭答應了。接著他兩人又說笑了一陣，多爾袞退出宮去。

第二天五更時分，大小臣子又齊集在崇政殿，伺候皇帝進宮。到平明時候，皇帝走出殿來。看他一臉怒氣，嚇得大臣們忙爬下地去磕頭。只有肅郡王豪格，跟在父皇身後。皇帝上了暖轎，三十二個人抬著，一班親王們，在兩旁護擁著，到永福宮門口，一齊退出。大家才走出大清門，忽見一個太監，搶上前來，拉住眾官們的衣袖，喘吁吁的說道：「皇上升天了！」一句話，把百官們嚇怔了，呆呆的站著，你看著我，我看著你，也說不出一句話來。後來還是睿親王說道：「站在這裡也不中用，俺們還是回到朝房裡候遺旨去。」說著，帶著百官們回到朝房裡來，還不曾坐定，宮裡傳出皇后懿旨來，傳睿親王進宮去商量大事，多爾袞聽了，忙趕進宮去。

這時候皇上的屍身，安放在永福宮正院裡，多爾袞進去，行過禮，宮女才領著到寢宮裡。皇后低垂粉頸，坐在床沿上。多爾袞上去請了安，皇后好似不看見一般。那班宮女見了這樣子，一齊退出屋子來。裡面有一個貼身宮女，便站在廊下伺候皇后呼喚。她悄悄的在窗眼兒裡望進去，只見睿親王在安樂椅上坐著，皇后站起身來，慢慢的走上前去，拉著多爾袞的手，低低的說了許多話，那睿親王只是搖著頭。那皇后翠眉緊鎖，粉臉含愁，一隻玉也似的手，按在睿親王肩頭，連連搖著睿親王的身體。睿親王只自搖著頭不說話。皇后急了，撲的拜倒在地，求著，睿親王急轉個身子去，抬著臉，望著別處，依舊不說話。皇后又湊在他耳邊，輕輕的說了許多話，睿親王聽了，才慢慢的臉上露著笑容，連連點著頭。站起身來，扶皇后坐下，自己退出宮去。多爾袞回到崇政殷，文武官員都圍著問消息。多爾袞高聲說道：「如今皇上殯天，皇后痛楚萬分，心神昏亂，沒有主意，特喚小王進宮商議國家大事。皇后的懿旨，已決定立皇九子福臨為皇帝。諸位大臣可遵旨麼？」睿親王的話，誰敢不依？只聽得哄的一聲齊說：「遵旨！」多爾袞便帶著百官進宮去哭拜，拜過以後，把皇帝的屍身搬到崇政殿收殮；一面抱著皇子升坐篤恭殿，受百官的朝賀。那福臨年紀只有六歲，一切禮節都聽睿親王指導。皇后傳旨出來，「封多爾袞、濟爾哈朗兩人為輔政王，幫著皇帝辦理朝政。」

多爾袞接過懿旨，便對大臣們說道：「我們今天同心共事幼主，便當對天立誓，永無二心。」當下眾大臣齊聲答應。多爾袞便請大學士范文程當殿寫下誓書，當天立下香案。親王大臣們拜過了，贊禮官捧過誓書來大聲讀道：

代善，濟爾哈朗，多爾袞，豪格，阿濟格，多鐸，阿達禮，阿巴泰，羅洛尼，堪博洛索托，艾度禮，滿達海，屯濟，費揚古，博和託，屯濟喀和扎等：不幸值先帝升遐，國不可無主，會議奉先帝子纘承大位。嗣後有不遵先帝定製，弗殫忠誠，藐視皇上沖幼，明知欺君懷奸之人，互徇情面，不行舉發，及修舊怨，傾害無辜，兄弟讒構，私結黨羽者，天地譴之，令短折而死！

福臨即位以後，世稱世祖皇帝，改年號稱順治元年，從此一切朝政大權，都落多爾袞一人手中。那鄭親王濟爾哈朗，也明知道這睿親王不是好纏的，便也樂得做個人情，諸事不管，一任聽多爾袞在宮裡獨斷獨行。這時文皇后升做皇太后，正在盛年，如何守得空房？虧得睿親王知趣，早晚陪伴著，說笑解悶。皇太后又怕別人說閒話，便封睿親王做攝政王，朝廷大事由攝政王一人管理。從此攝政王便住在宮裡，藉著辦理朝政的名義，時時和皇太后見面，越發把家裡的小玉妃丟在腦後了。

獨有肅郡王豪格，心中十分難受，他便與豫王多鐸商量，藉著訪問朝政為名，進宮去見攝政王。這時多爾袞正和皇太后說得情濃，聽說豪格求見，心中老大一個不樂意，便在上書房傳見。豪格見了多爾袞，臉上止不住露出怒容來。多爾袞問他：「什麼事？」豪格說道：「如今皇上年幼，朝廷事又繁，攝政王一人怕有精神不濟的地方。小王和豫王，意思要每天進宮來幫著攝政王辦事。」一句話不曾說完，多爾袞早明白了他們的來意。便冷笑一聲說道：「多謝兩位王爺的好意，如今俺既當了這個職分，萬事都由俺擔當，辦得好，是俺的功；辦得不好，是俺的罪。不用兩位王爺費心。人多主意雜，反會把國家的大事耽誤了！」一頓話說得他們兩人啞口無言，只得諾諾連聲，討了沒趣，退了出來。

從此攝政王和豫王、肅王的仇恨愈深，派人四下裡偵探他們的動靜。大學士范文程是多爾袞的心腹，他又是歸在豫王部下的，多爾袞便把范文程傳進宮來，悄悄的囑咐他，留心豫王的動靜。知道范文程正斷了弦，便把一個鶯姑娘賞給他繼配。說起這位鶯姑娘，原是明朝顏參將的女兒。那時多爾袞在松山打仗，把她擄來，養在自己府裡。這時鶯姑娘年紀還小，已出落得皓齒明眸，輕盈嬌小。多爾袞原打算待她長大起來自己受用的。如今為籠絡人心起見，便把她賞給了范文程。范學士見了這樣一個絕色美人，早把個攝政王感激得深入肺腑，他天天伴著這鶯姑娘在房裡，親熱調笑。

說起偵探豫王的事體，鶯姑娘便替他想法子，備下上好的酒菜，請豫王到家裡來吃酒笑笑。又打扮四個齊整丫頭，輪流在豫王身旁侍奉。有時也把豪格請來，他兩人背地裡說許多怨恨多爾袞的話。豫王覺得范文程家裡有趣，便也常常來走動。說起酒菜滋味很美，豫王問：「是誰做這酒菜？」范文程便老實說：「是內人料理的。」豫王久聽得范文程的繼配是一位美人兒，苦於沒有機會，如今聽得范文程說起，便介面說道：「既勞動了夫人，便請出來，待小王當面謝過。」范文程不敢違拗，便吩咐丫頭到內院去請夫人。他夫人顏氏，聽說豫王請見，忙梳妝了一會，四個丫頭圍隨著，走出客廳來。多鐸見了，不覺眼前一亮，看那顏氏，打扮得好似一枝花朵兒。那一陣陣脂粉香味，送進鼻管來。豫王原是一個好色之徒，當時引得他目瞪口呆的，做出許多醜相來。顏氏遠遠的站著，行個禮，一轉身進去了。隔了許多時候，豫王才回過氣來，對范文程冷笑一聲，說道：「范老先生！你年紀已經六十歲，鬢髮都全白了，家裡藏著這位嬌滴滴的夫人，不怕說閒話麼？如今限你一夜，快快和那美人兒商量去，明天到府中來回話。」豫王說完了話，一甩袖子，大腳步踱出去了。

豫王去了多時，范文程才領會他的意思來，知道他不懷好意，忙到內院去和顏氏商量。顏氏說道：「這事只有睿王爺救得俺夫妻的性命，你快求睿親王去。」

這日天色已晚。到了第二天一清早，范文程穿戴起來，趕進宮去。誰知學士府中范文程一轉背，便有豫王府的一隊親兵到來，不問情由，擁進內院，搶著顏氏便走。把顏氏推進暖車，簇擁著進了豫王府。多鐸正在府中盼望，見顏氏到來，把他喜得心花怒放，忙上前去拉著顏氏的手，勸她莫要驚慌。他說：「只因俺福晉知道夫人又聰明又美貌，特把你接進府來做一個伴兒。」顏氏原是一個貞節的婦人，聽了豫王的話，便亂嚷亂哭，又指著豫王大罵。豫王被罵得惱羞成怒，便喝令侍女拉下這賤人的小衣來。

原來豫王生成有一個下流脾氣，他專喜歡看女人的身體。兩旁的丫頭，便一齊動手，把顏氏接在榻上，先把羅裙拉下。只見顏氏兩只小腳兒亂蹬，又上來兩個丫頭，把小腳捏住。

正待要動手，忽見兩個內監，慌慌張張的跑進來，說道：「王王王爺不不不好了！宮裡來了三百御林軍，把府門前後看住……」他一句話不曾說完，只見一個太監，帶著十多名兵士踱進屋子來，口稱皇太后有旨。豫王到了這時候，也頓時矮了半截，忙撲的跪倒在地接旨。太監讀過了懿旨，便吩咐把王爺押進宮去，待豫王到得宮裡，那肅郡王豪格也被御林軍押進宮來。多爾袞坐在上面，審明豫王強搶命婦、圖奸未成的罪名，罰金一千兩，奪去十五牛錄；肅親王豪格，知情不發的罪，罰銀三百兩。那豫王受了罰，出宮來，滿肚子怨恨，便索興放肆，天天帶著府中的兵丁，到百姓人家去，見有年輕的女人，便拉來看她。嚇得八旗的女人，個個躲在屋裡，不敢到外面來探頭。後來給都察院承政公滿達海知道了，上了一本，攝政王大怒，又把豫王拉進宮去，罰了許多銀子。因此，豫王把多爾袞越發恨入骨髓去，並和豪格商量。豪格平空裡罰去銀子，心中原也十分怨恨。他便悄悄的拉了固山額真阿洛會，議政大臣揚善，甲喇章京伊成格，羅碩和他一班私黨在府中商量行刺多爾袞的事體。豫王說道：「多爾袞死後，小王便做攝政王，到那時諸位還怕不富貴嗎？」

誰知說話的時候，那阿洛會早已一溜煙逃出府去。他原是攝政王的心腹，當時便趕進宮去請見。這時多爾袞正在內宮，看皇太后梳頭。豪格的福晉，這時恰巧也進宮來請太后的安，見她婆婆正梳頭，這位福晉，原梳得一手玲瓏的髻兒，當時皇太后見了，便喚她幫著梳頭。肅王福晉不敢違命，便把袍袖高高捲起，露出雪也似的臂兒來。多爾袞在一旁看了這樣潔白的皮膚，早已看出了神。再看這福晉的臉時，正是一副宜喜宜嗔的春風面。多爾袞心想，豪格這小子，倒有這樣的豔福，幾時俺報了仇，把這美人兒留在府裡自己享用。要知這位福晉如何結局，且看下回分解。

# 救愛妾三桂借兵　殺宮眷崇禎殉國

卻說多爾袞正在那裡想他的侄兒媳婦，忽然宮女進來說：外面有何洛會求見。多爾袞知道有機密事，忙出去在西房中傳見。何洛會一見了攝政王，把豪格等人如何謀刺攝政王的話，和盤托出。多爾袞聽了，又驚又恨，立刻打發何洛會，便帶宮中兵士，悄悄的趕到肅王府中去，把在場的幾位親王貝勒大臣，通通捉住，押解進宮裡來。內中只有多鐸早已走脫。攝政王見了豪格，想起從前他在太宗皇帝跟前說自己的壞話，恨不得把他一口咬死。當時便會同鄭親王，升坐篤恭殿審問。何洛會做見證。豪格見無可抵賴，便把惡言頂撞。攝政王大怒，便吩咐把肅王廢為庶人，永遠監禁在高牆裡，把王府抄沒，卻悄悄地把侄兒媳婦取進自己府去，偷空回府去，便和侄兒媳婦尋樂。當時又把阿達禮、碩託和吳丹等大臣，定了死罪；大學士剛林，也監禁起來。同時犯罪殺頭大臣，也不知有多少；抄沒的家產女眷，通通送進睿王府去。自從豪格監禁以後，多爾袞便拔去了眼中之釘，天天和太后放膽取樂，便也毫無顧忌。世祖皇帝年小，又住於別宮，如何能知道他們的事體。倒是范文程，打聽得外面人心不服。

這時明朝李自成、張獻忠造反，帶領陝西的饑民，裁去的卒驛，共有二十萬人馬。占據陝西、河南、湖北、四川各省。起義軍中頭目有老回回、曹操、華裡眼、左金王、改世王、射塌天、橫天王、混十萬、過天星、九條龍、順天王。分十三家七十二營，到處橫衝直撞。明朝官兵，投降他的也很多。這十三家七十二營原是李自成的舅父高迎祥為頭的，那高迎祥原是馬賊出身，後來和饑民頭目稱大梁王的延安府張獻忠聯合到一塊兒，自稱闖王。張獻忠自稱八大王。高迎祥被官兵殺死以後，李自成便襲了闖王的名號，向西安出發；張獻忠向四川出發，明朝萬曆皇帝的兒子福王常洵，被李自成殺死，把他的血和酒吃，名叫福祿王。王世子田松，赤身露體，逃在荒山裡。後來李自成打進西安，占據了明朝親王秦王的王宮，殺死秦王，自己便立大順國，改年號稱永昌。他一面帶兵又打破太原、大名、真定各處城池。明朝崇禎皇帝得了這個消息，十分害怕，忙下詔征各處勤王兵，保護京城。無奈這時奸臣專權，皇帝萬分窮苦，滿朝不見一個忠臣。

這個消息傳到范文程耳朵裡，便對多爾袞說道：「機會不可失，王爺趁此去收服明朝，立了大功，誰敢不服。」攝政王聽了，說這主意不錯，忙去對太后說明。太后心中雖捨不得離開叔叔，但為國家大事，又為多爾袞前程起見，便也答應。一面吩咐他兒子世祖皇帝，選個吉日，升坐篤恭殿，拜多爾袞為大將軍，統領滿洲蒙古兵三分之二，和漢軍恭順等二王和續順公的兵隊，不下十萬人馬。皇帝又賞多爾袞黃傘一柄，大纛二面，黑狐帽、貂袍、貂襪、貂坐褥、涼帽、蟒袍、蟒褂、蟒坐褥、雕鞍、駿馬等許多東西。多爾袞進宮去辭別了太后，奏明：倘然奪得中原，接太后進關去，共享中國的繁華。午時三刻，城外炮聲震天，大將軍跨鞍上馬，前面豎起八面大旗，浩浩蕩蕩，殺奔山海關來。出了邊境，多爾袞分派多鐸、阿濟格、孔有德、耿仲明、尚可喜和朝鮮王子李，各帶大兵，向前進行。自己統領牙兵，在廣寧附近翁後地方駐紮，候前軍消息。

正在遣兵調將時，忽然由前軍阿濟格送進一個明朝的差官來。見了多爾袞，趕忙跪倒，口稱明朝平西伯吳三桂有公文，特差劇將葉禹鐘送上大將軍親看。當即有侍衛官接過公文。多爾袞看時，見公文上面說崇禎帝吊死煤山，李自成打破北京城，求大將軍發兵救中國大難。多爾袞看了上面的話，不覺發怔。說道：「好厲害的李自成！不多幾天，就鬧出這樣的大事來！」又問葉禹鐘：「崇禎皇帝怎麼吊死的？」那葉副將不曾說話，先淌下眼淚。說道：「崇禎皇帝，枉送了一條性命！……」

說話李自成兵臨城下，北京百姓還不曾知道。直到三月十七早朝，皇帝問：「外間賊勢如何？」文武百官聽了，只有掉眼淚的本領。停了一會，午門外報進來說：「李自成兵隊環打九門。」大臣們聽了，也顧不得皇帝，一個個溜出殿去。崇禎皇帝看了，只嘆了一口氣，退朝回宮，對皇后痛哭一場。

這時有一個總管衛太監，見皇帝哭得淒涼，便不覺動了忠義之氣，當下招呼了宮裡的太監，共六百多人，各個拿了兵器出去，把守皇城。到了十八這一天，外面攻打得十分危急，便有一個太監，名叫杜勛的，偷偷逃出城去降李自成，把宮裡的情形，通通告訴給賊人知道。李自成便打發杜勛，連夜用繩子掛進宮裡去，見崇禎皇帝，請皇帝讓位給李自成。皇帝大怒，把杜勛監禁起來。直到十八傍晚時候，太監曹化淳，偷偷的去開了彰儀門。那賊兵一闖進城，逢人便殺，逢屋便燒。京城裡一片火光，人聲鼎沸。崇禎皇帝忙吩咐把內城緊閉。可憐皇帝一個人走出宮門，來到萬壽山上，望見烽火連天，嘆一口氣說道：「這白白害了一班好百姓嚇！」說著掉下幾滴眼淚來，回到乾清宮裡，他拿起硃筆來，寫一道上諭：「著成國公朱純臣，提督內外諸軍事，輔助東宮。」寫完上諭，便吩咐請皇后出來。一霎時，皇帝跟前站著許多宮女，皇后和袁貴妃也坐在一旁。皇帝吩咐擺上酒席，連喝了三大杯，便覺得醉醺醺的。隨即回過頭來，對皇后說道：「大事去矣！」皇帝才說得一句，只聽得那班宮女們嗚嗚咽咽的痛哭起來，皇后也抹著眼淚，說道：「臣妾侍奉陛下十八年工夫，每有勸諫，總不肯聽，致有今日！」皇帝也不和她多說，便把太子永王安王喚來，拉住兩人的手，只說得一句：「逃性命去吧！」便吩咐太監，把兩位太子送出宮去，寄養在外戚周家、田家。

不一會，宮女報說：皇后吊死了！皇帝急急進去看時，已是斷了氣。皇帝只說得一個好字。那公主在一旁哭著。這位公主年紀十五歲，長得沉魚落雁的容貌；皇帝覷她不防備的時候，便拔下佩刀來，把袍袖遮住臉兒，一刀殺過去，斬斷了公主右面的臂膀。公主倒在血泊裡，輾轉呼號，皇帝一面抹淚，一面說道：「誰叫你生在我們帝王家裡呢？」袁貴妃聽了，便對皇帝拜了又拜，解下腰帶來，便在皇帝跟前上吊，才把身子吊上，那帶子忽然斷了，袁貴妃又醒過來。皇帝便擎起刀來，在貴妃肩上狠命的砍了幾刀，才死去。皇帝收了佩刀，慌慌張張的夾在幾個皇宮太監裡面，擠到東華門口，被兵士們攔阻住，又折到齊化門朱純臣家裡，又被看門的攔住，不放進去。急轉身走到安定門，那城門關得鐵桶相似，也不得出去，皇帝嘆了一口氣，又折回宮來。這時皇帝身上穿著藍袍，在街道上走來走去，也沒有人認識他。到十九一清早，內城也被賊兵打破了，皇帝悄悄地一個人走上煤山去，在壽皇亭裡坐下。一陣陣喊殺聲音，傳到皇帝耳朵裡，皇帝連連嘆了幾口氣，便拿起案頭硃筆，在衣襟上寫了幾個字，解下袍帶，吊死在亭子裡。待到李自成打進宮來，有一個太監名叫王承恩的，在宮裡四處找尋皇帝。找到壽皇亭裡，見皇帝高高吊死在窗檻上，散著頭髮赤著左腳，右腳穿著朱履。再看那衣襟上寫的字道：

朕自登極十有七年，逆賊直逼京師，朕雖薄德匪躬，上干天咎，然皆諸臣之誤朕也！朕死無面目見祖宗於地下，可去朕之冠冕，以發覆面，任賊分裂朕屍，勿傷百姓一人！

那王承恩讀過皇帝衣襟上的遺詔，不禁嚎陶大哭。對皇帝的屍身拜了八拜，說道：「萬歲在陰間慢走，奴才來了！」說著，也在腰間解下一條帶子來，吊死在皇帝腳邊。

破城的時候，崇禎皇帝獨自一人升殿，跟前一個太監也不見，皇帝便下殿來，自己打鐘，打了半天，也不見一個大臣到來。後來李自成進宮，坐在金鑾殿上，打起鐘鼓來，便有成國公朱純臣領了合朝文武大臣，上殿來拜倒在地，口稱：「新皇萬歲！」李自成查問時，只有范景文、倪元璐幾個大臣盡忠的。又查問崇禎皇帝的下落，大臣們都不知道。後來在煤山上尋得皇帝的屍身，問那看管壽皇亭的小太監時，那小太監把皇帝臨死的時候的情形和王承恩殉難的情形，一一說出來。李自成吩咐卸下一扇宮門去，把皇帝的屍身抬來，用柳木棺草草收殮，丟在東華門外的篷廠裡。每天只有三四個老太監看守著。李自成住在宮裡，每天自有文武百官去上朝，卻沒有一個去拜皇帝棺木的。

那時陳演、魏藻德、張若麒、梁兆陽、楊觀光、周奎一班明朝的奸臣，都因趨奉李自成，得了大官。還有吳三桂的父親都指揮吳襄，也投降了李自成。吳三桂有一個愛妾，名陳圓圓的，原是外戚田畹家的歌姬，長得和出水芙蓉一般。吳三桂在田畹家吃酒，一見傾心，向田畹取來，十分寵愛，天天摟在懷裡，噙在嘴裡。因受了皇上的旨意，帶兵往山海關駐紮；怕陳圓圓嬌嫩皮膚，受不住關外風沙，便把她寄在京城父親家裡。待到李自成攻打北京，吳三桂封平西伯帶兵回京，才走到豐潤地方，便得到京城陷落的消息。打聽得他父親吳襄，也投降了賊人，連他愛妾陳圓圓也被賊將劉宗敏擄去轉獻給李自成享受。這怎麼叫吳三桂不惱？他便一面率領兵士，晝夜兼程，殺進京去；一面又打發副將葉禹鐘到關外來討救兵。

當下多爾袞問明白了來蹤去跡，深中下懷。便立刻催動人馬，軍前豎一面大旗，上寫著「仁義之師」四個大字，耀武揚威的殺進北京城來。平西伯的兵隊領路，走在前面。李自成聽說滿清兵到，慌得他逃出武英殿，擄著明朝的太子和兩位王爺，向西逃去。吳三桂追上前去，殺死他父親吳襄，問陳圓圓時，已被闖王李自成擄出城去。吳三桂又向前追趕，在驛亭裡遇到陳圓圓，獨自一人坐著。吳三桂見了，真是悲喜交集；吳三桂既得了他心上的人兒，便也無心去追趕，回進京城去，那多爾袞已是老實不客氣的高坐在武英殿上，受百官的朝賀了。

睿親王一面收拾宮殿，一面親自寫了一封奏摺，打發輔國公屯濟克和託，固山額真何洛會，到盛京去迎接兩宮進京；一面又派明朝降臣金之俊，修理從山海關直到北京的官道，沿路蓋造行宮。睿親王在盛京的時候，和皇太后是天天見面親熱慣的，如今兩處離開，不由得他天天盼望，夜夜思量。直盼到九月二十，順治皇帝陪皇后進北京城。多爾袞傳集了滿漢文武大臣，全身披掛，出城九里，恭接聖駕。只聽得九聲炮響，前面金鼓儀仗，龍旗鑾輿，一隊隊的藍翎侍從，夾護著龍車。車子裡一個豐頤盛鬋的太后，懷中坐著一個七歲的天子。龍車由永定門進大清門，沿路家家擺設香案；人人在窗戶內偷看，御駕進了紫禁城，文武大臣一齊退出；只有攝政王一人，隨駕進宮。順治、太后進了慈寧宮，略略休息一會，便傳多爾袞進去。兩人久別重逢，自然有一番情意，直談到傍晚，才退出來，回到私邸裡去。這時小玉妃和豪格的福晉，也跟著進京來。多爾袞回府去和小玉妃說笑了一會，又和二十個侍妾周旋一會，便溜進侄兒媳婦房裡去了。

這小玉妃自從嫁了攝政王以後，因為王爺心中念念不忘她姊姊，和她毫無恩情，小玉妃心中的怨恨，自不消說得。她幾次想趕到宮裡去，和她姊姊大鬧一場。又想她姊姊如今做了太后，自己勢力敵她不過，便也忍耐下去。那多爾袞因這幾天宮裡有事，便日夜在宮中伺候。

順治皇帝挑選定十月初一日登基，從九月二十六日起，下諭朝內大小臣工，替崇禎皇帝掛孝三日。到了初一這一天，大家都換了吉服，皇帝升座武英殿，文武百官一齊拜倒在地，三呼萬歲。當下皇帝傳下三道上諭：第一道是把明朝改稱大清，大赦天下，蠲免全國賦稅一年。第二道是令天下臣民，限定在十日內，一律剃髮。第三道是封阿濟格為靖遠大將軍，會同吳三桂尚可喜等，由大同邊外會合蒙古兵士，入榆林延安，攻陝西背後，去剿滅李自成一班賊寇；又封多鐸為定國大將軍，會同孔有德一班降將，直下江南，去收服明朝天下。

單說這剃髮一道上諭，當時也不知死了多少忠臣義士，這且不去說它。如今再說多爾袞分發各路兵馬已定，便天天在宮裡和太后飲酒取樂。那各親王的福晉也天天輪著進宮去賀喜，只有那小玉妃因把她姊姊恨入骨髓，便也不進宮去；但是看看她丈夫一連幾天不出宮來，這口酸氣，心頭實在按捺不住。又挨過幾天，看看多爾袞還不回家來，她可再也耐不住了，頭也不梳、衣服也不換，坐著府裡的車子，直闖進慈寧宮去。那把守宮門的太監和宮女們，見她來勢凶殘，便上前來把她攔住。小玉妃一肚子怒氣無處發洩，見被眾人攔住，她便在外院裡指天劃地的大罵起來，口口聲聲要喚多爾袞出來，我和他評評理。她罵到十分氣憤的時候，把皇太后和多爾袞兩人的私情事體，通通喊了出來，嚇得那班宮女太監們，掩著耳朵，不敢聽她的話。便有幾個宮女上來說了好多好話，拉她到西書房去坐；一面又打發人到裡面去通報攝政王。停了一會，宮女傳出話來，說請福晉先回，王爺今夜一定回府。小玉妃聽了，也無可奈何，只得上車回去了。到了傍晚時候，多爾袞果然回家來了，小玉妃見了王爺，把日間的氣惱，一齊拋在九霄雲外；眉開眼笑的把王爺接進房去。多爾袞也並不提起日間的事體，用過了晚膳，便宿在小玉妃房裡。侍妾們看了這情形，十分詫異。到了第二天一清早，大家到小玉妃房裡去伺候；只見那小玉妃直挺挺的躺在床上，七孔流血，早已死了。這明明是被多爾袞謀害死的，大家也不敢吱聲了。多爾袞只把差官傳來，吩咐他買辦衣衾棺槨，草草收殮，外面只知道睿王福晉是害急病死的，照常開吊出喪。

事過以後，多爾袞依舊向宮裡一溜；十天八天，不見他出來。他叔嫂兩人的事體，自從給小玉妃吵嚷過以後，鬧得宮裡宮外人人知道；這個風聲傳到皇帝耳朵裡去，雖說皇帝年小，卻也覺得十分難受，肚子裡又羞又氣。誰知那時有一位禮部尚書名叫錢謙益的，早已看出攝政王和皇帝的心病，便大膽上了一個奏章，說：「皇太后正在盛年，獨處深宮，必多傷感；攝政王功高位尊，又值續弦。不如請太后下嫁攝政王，既足以解太后之孤寂，又藉以酬皇叔之大功。」這個奏章，原是多爾袞看；他看了，不由得心花怒放。當即帶了奏章進宮去，和太后商量。太后到這時候，卻害起羞來，溜了多爾袞一眼，笑說道：「俺不知道，你和他們商量去！」多爾袞回到府上，把錢謙益傳進府去，兩人商量了一夜；第二天錢謙益上朝，把這個意思奏明皇上，又說從此皇太后和攝政王定了名分，免得外人多說閒話。順治皇帝當即准奏，第二天發下一道上諭來，家家傳誦。那上諭說道：

朕以沖齡賤祚，定鼎燕京；表正萬方，廓清四海。藐躬涼德。易克臻斯？幸內稟聖母皇太后訓迪之賢，外仗皇叔攝政王匡扶之力；一心一德，斯能奠此丕基。顧念皇太后自皇考賓天之後，攀龍髯而望帝，未免傷心，和熊膽以教兒，難開笑口。幸以攝政王託股肱之任，寄心腹之司；寵沐慈恩，優承懿眷。功成逐鹿，抒赤膽以推誠；望重揚鷹，掬丹心而輔翼。金靖亂，立姬公負之勛；鐵券酬庸，今邱嫂轅羹之怨。藉此觀臚萱室，用紓別鵠之悲；從教喜溢椒宮，免唱離鸞之曲。與使守經執禮，如何通變行權？既全夫夫婦婦之倫，益慰長長親親之念。嗚呼！禮經具在，不廢再醮之文；家法相沿，詎有重婚之律？聖人何妨達節？大孝尤貴順親。朕之苦衷，當為天下臣民所共諒。其大婚儀典，著禮部核議奏聞，候朕施行。欽此。

要知皇太后如何下嫁，且聽下回分解。

# 酬大勛太后下嫁　報宿恨天子重婚

話說禮部接了聖旨，便議定太后下嫁的禮節；派定和碩親王充欽為大婚正使，饒餘郡王充大婚副使。先挑選定下聘吉日，正副使引導攝政王到午門外行納採禮。那禮單寫著：文馬二十匹，甲冑二十副，緞二百匹，布四百匹，黃金四百兩，銀二萬兩，金茶具兩副，銀茶具四副，銀盆四隻，間馬四十匹，駝甲四十副。禮物陳列在太和殿，在乾清宮賜攝政王筵宴。宴畢，到壽寧宮行三跪九叩首謝禮。

到了大婚這一天，五更時候，攝政王排齊全副執事；一隊白象領隊，後面寶乘、樂隊、紅燈、冠軍使、整儀尉、引仗、柳仗、吾仗、立瓜、臥瓜、星、鉞、五色金龍小旗，翠華、金鼓、門、日月、五雲、五雷、八風、甘雨、列宿、五星、五嶽、四瀆、神武、朱雀、白虎、青龍、天馬、天麓、犀牛、赤熊、黃熊、白澤、角端、遊麟、彩獅、振鷺、鳴鳶、赤鳥、華蟲、黃鵠、白雉、雲鶴、孔雀儀鳳、翔鸞等旗、五色龍纛、前鋒纛、護軍纛、驍騎、黃麾、儀鍠氅、金節、進善納言旌、敷文振文旌、褒功懷遠旌、行慶施惠旌、明刑弼教旌、教孝表節旌、龍頭幡、豹尾幡、繹引幡、信幡、鸞鳳赤方扇、雉尾扇、孔雀扇、單龍赤團扇、雙龍赤團扇、雙龍黃團扇、壽字扇、赤方傘、紫方傘、五色花傘、五色九龍傘、黃九龍傘、紫芝蓋、翠華蓋、九龍黃蓋、戟、殳、豹尾槍、弓、矢、儀、刀、仗、馬、金、機、金交椅、金水瓶、金盥盤、金唾壺、金香盒，金爐、拂塵，一隊一隊的過去。共用內監一千二百四十六人拿著，從大清門直接往壽寧宮門。沿路鋪著黃沙，站滿了執事。

攝政王多爾袞，端坐在金輦裡，後面六百名御林軍，各個掮著豹尾槍、儀刀、弓、矢，騎在馬上，耀武揚威。最後面豎著一面黃龍大纛，慢慢的走進宮門去。宮裡面早有一班親王福晉，貝勒貝子夫人，內務大臣命婦，內管領命婦，都是按品大裝，在內院伺候。到了吉時，皇太后穿著吉服，皇帝率領一班王公大臣，到內宮行三跪九叩首禮，跪請皇太后升輦；十六位女官，領導太后下輦，三十二名內監，負輦出宮。陪送的福晉、夫人、命婦，各各坐著彤輿，跟在後面。攝政王的金輦，在右面護行，到了王邪門口，儀仗站住；到儀門口，大小官員站住；到了正院，金輦停下。女官上去，把太后從金輦中扶出來，進西院暫息。到了合巹吉時，把太后請出來，女官跪獻合巹酒，攝政王和皇太后行合巹禮，送進洞房。

第二天，順治皇帝登太和殿，百官上表慶賀。皇帝降諭，在東西兩偏殿賜群臣喜慶筵宴。從此以後，皇帝下旨，稱睿王為皇父攝政王。每日早朝，皇父攝政王坐在皇帝右面，同受百官跪拜，太后自從嫁了攝政王以後，終日在新房裡尋歡作樂，忘了自己是快四十歲的人了，卻還是和二八新娘一般，朝朝連理，夜夜並頭，只因太后生成嬌嫩皮膚，妖媚容貌，望去好似二十許少婦；況且如今和多爾袞定了名分，越發沒有顧忌了，終日把叔叔霸占在房裡，那二十位侍妾和那侄兒媳婦，休想沾些微雨露。

這位攝政王，終日伴著嫂嫂，新歡舊愛，這恩情自然覺得特別濃厚。待到滿月以後，他反覺得淡淡的起來。這是什麼緣故？從來有一句俗話說得好，家花不及野花香。他叔嫂兩人，未定名分以前，暗地裡幽期密合，倍覺恩愛；如今定了名分，毫無顧及，反覺得平淡無奇。再加一個半老徐娘，一個正在壯年，便漸漸的有點不對勁了。他常常溜到侄兒媳婦房中去尋樂，給太后知道了，未免掀起醋海風波。這時有一位大學士洪承疇，原是太后的舊相識；太后常常把他召進府去，攝政王不在跟前的時候，和他談談，解解悶兒。後來給攝政王知道了，心裡十分不快。

這時候多鐸在江南，打平了南邊各省，享用繁華。他手下軍官，擄得美貌婦女，便來獻與豫王。那江南女子，細膩柔媚，另有一種風味。多鐸府中，粉白黛綠，養著四五十個絕色佳人。內中有一位寡婦劉三秀，年已半老，卻長得玉肌花貌，嫵媚動人；豫王最是愛憐，封她作王妃，天天和她在一處遊玩。這時正是端陽佳節，豫王帶著劉三秀在江邊看龍舟之戲，想起太后在宮中，雖享盡榮華，卻不曾見過這水上的玩藝兒。便定造了十隻龍船，選了二十個美貌女孩兒，連同船戶樂隊，一齊獻進京去，孝敬太后。太后便吩咐在三海里開龍船大會，邀集了許多福晉夫人命婦，在水閣中看龍船。順治皇帝坐在正中，攝政王陪在一旁。那十條龍船，打起十番鑼鼓，在水面上掠來掠去，做出許多花樣來。只見那十條龍船，一齊駛進閣前來，二十個女孩子討皇太后皇上的賞。皇太后看那班女孩子長得有趣，便吩咐一聲「賞」！那太監便把預備下的二十籮碎銀子衣服玩具果品，送上船去。

大家正看女孩兒的時候，忽然一個大漢，從船頭上跳進閣來，手擎鋼刀，直向攝政王殺來。攝政王眼快，忙走避時，鋼刀也下去得快，斬死了一個小太監。閣子裡頓時大亂起來，御林軍一擁上前，把這刺客捉住，發下刑部去審問。那刺客直認是有一位天下第一個大人叫他來行刺的。又問他這位大人叫什麼名字？他又不肯說。第二天，再從牢裡提出來審問時，那刺客早已自刎死了。攝政王知道，十分動怒，吩咐把刑部尚書和許多承審官員，一齊革職拿問。又想那刺客是從江南來的，豫王原和自己有宿怨的，說不定那刺客也是他指使來的。想到這裡，又十分生氣，便立刻和太后說明，下一道聖旨，把江南總督革職，派洪承疇去做江南總督，暗暗的吩咐他多立兵隊，慢慢的收伏豫王的兵權。這一來，把洪承疇調開，在攝政王又拔去一個眼中釘。這都是何洛會的計策。但是，攝政王和皇太后正式做了夫妻以後，恩情反不如從前，如今洪承疇雖不在眼前，攝政王心中醋意未消，再加這個刺客的事體，心中不免有幾分害怕。

皇太后雖說下嫁，在攝政王府中只住了一個月。滿月以後，仍回進慈寧宮去住著。攝政王宮中府中跑來跑去，怕遭人暗算，便也不常進宮去，只在府中和侄兒媳婦尋歡作樂。日子多了，便覺得膩煩起來。

這時朝鮮派大臣金玉聲來進貢，住在客館裡，說起他國王兩位公主，長得如何美麗嬌嫩。這句話聽在何洛會耳朵裡，便悄悄的去告訴攝政王知道。攝政王在府中正住得乏了味，聽了這個消息，忙吩咐何洛會如此如此去行事。何洛捨得了命令，忙悄悄的去和朝鮮大臣商量。那大臣聽是攝政王的意思，如何敢違背，忙回國去，和國王李淏說知。那李淏聽說攝政王要娶他兩位公主做妃子，他正要仰攀上國，如何不願意，便一口答應，一面和女兒說知。還是這兩位公主有主意，他姊妹二人說：到大清國去做妃子，原是願意的，但是聽說如今大清國皇太后下嫁攝政王，寵擅專房，我姊妹二人嫁過去，沒得吃她欺侮。倘然那攝政王必要娶我姊妹二人，便請攝政王到中國中來成親；替俺姊妹造一座高大的王府，俺姊妹永遠在府中住著，絕不肯離開親生父母的。朝鮮王便打發人把姊妹的意思去對攝政王說了。攝政王也很願意避開皇太后的耳目。便是堂堂一位攝政王，到屬國裡去做親，未免太不成體統。後來何洛會出了一個主意，在朝鮮相近地方喀喇城裡，造一座行宮，把兩位朝鮮公主，悄悄的接到行宮裡候著。這裡攝政王便推說出關巡邊去，便帶領八旗固山額真官兵，挑選定吉日，在北京起程。皇太后雖不捨得離開攝政王，但國家大事，又不好攔阻得。看著自己兒子順治皇帝，年紀慢慢地長大起來，他終身事體也十分要緊。從前攝政王做主，說定科爾沁部主吳克善的女兒做皇后。為今攝政王要出京去，皇太后便和攝政王說定了，要給皇帝挑選個吉日成親。攝政王這時一心只在那兩個朝鮮公主身上，宮裡的事體，悉聽皇太后做主，自己急急趕出關來，到行宮裡和兩位公主成親。這時攝政王一箭雙鵰，自有許多樂處。

誰知天下的事，往往樂極生悲。攝政王住在喀喇城地方，天天和兩位公主尋樂。這喀喇城原是一個荒僻去處，兩位公主空閒下來，無可消遣，便哄著攝政王出去打獵。有一天，攝政王帶了兩位公主正在城外打獵。一班官兵，正保護著公主追鹿兒到樹林深處，那林下忽然跳出一隻野豬來，見林子裡有人，急向林外逃去。攝政王一個人騎著馬站在林子外面，那馬見野豬兒直衝過來，嚇得它拱著前蹄，和人一般的站了起來。攝政王騎在馬上，一個措手不及，直撞下鞍橋來，那野豬恰巧從攝政王身上跳過。可憐多爾袞，一霎時跌斷了左腿，被豬腳踏傷了面部，一時鮮血直迸，痛徹心脾。隨從武官，急上來救息，忙回出林子來看，哭著喚著，總不見他醒來；再細看時，那腦漿也迸裂了，人已經不中用了。急把攝政王的屍身抬回行宮，一面發喪成服，一面通報朝廷。這時攝政王年紀只有三十九歲。消息傳到宮裡，第一個哭壞了皇太后，順治皇帝也十分傷心。一面特派大臣出關去盤柩，一面下諭臣民人等帶孝。那朝鮮公主不肯進關，待攝政王靈柩動身，便也動身回朝鮮國去。

皇父柩車到北京這一天，順治皇帝穿了孝衣，帶同親貝勒文武百官，出東直門五里處迎接。皇帝親自奠爵行禮，百官跪在路旁舉哀，從東直門直到玉河橋。四品以上各官，都在路旁跪哭，直到王邸。公主福晉文武命婦，都穿著孝衣，在大門內跪哭。靈柩停在王府大堂，諸王貝勒通夜守喪，另有六十四個喇嘛和尚，誦經超薦。這一場喪事，直鬧了四十九天。皇太后雖不便入府守孝，但寡鵠離鸞，閨闈冷落，是十分傷心的。

順治皇帝和太后，到底是母子，關乎天性。見母親孤苦可憐，便把太后迎進宮去，母子兩人朝夜見面，十分親熱。這時，順治皇帝也有十四歲了，便下詔親政，每天五更坐朝，查問國政，十分精細。文武大臣，都見了他害怕。到了十六歲以上，皇太后做主，挑選定吉日，皇帝大婚。那吳克善把女兒送進京來，這時豫王也回京了，便借住在豫王府。在順治皇帝心裡，原不願意要吳克善的格格搏爾濟錦氏做皇后，只因是皇太后做主，不好意思反抗，只得勉強成親。皇后住在坤寧宮裡，新婚不五天，皇帝便和皇后口角，從此夫妻之間，越發生疏了。

話說那蘇克薩哈、詹穆濟倫和鄭親王、端重郡王、敬謹親王、巽親王一般親貴，原都是和攝政王有宿怨的。如今攝政王已死，他們趁此機會報仇，天天在皇帝跟前說攝政王的壞話。又說攝政王的事體，都是那阿洛會一人鬧的鬼。順治皇帝原不樂意攝政王的，如今聽了許多大臣的話，便把舊案重翻，立刻下一道聖旨，把阿洛會正法，追奪多爾袞生前一切封典爵位。多爾袞母子的封典，也一併奪去。到第三年，皇帝心中因為皇后是多爾袞做主給他娶的，便下詔把皇后廢了，另立科爾沁圍鎮國公綽爾濟的格格為皇后。這位新皇后，雖是皇帝自己做主娶來的，但是皇帝不曾見過，誰知娶進宮去一看，卻是又蠢又笨。皇帝心中又加了一層煩惱。

那皇太后見皇帝獨斷獨行；又因自己下嫁的事體，心裡總覺得有幾分慚愧，母子之間便生出嫌隙。再加那班宮女太監們從旁煽弄，皇太后心中竟十分怨恨皇帝。皇帝在宮庭之間，越發乏味。虧得不多幾天，那江南總督洪承疇回京來，叫他母子兩人心中都得了安慰。皇太后和洪承疇原是有舊情的，今日久別重逢，自然可以彼此安慰。那皇帝又是得了什麼安慰呢？原來此番洪承疇從江南地方帶了一位絕色美人進京來獻與皇帝。那皇帝看了，滿心歡喜，便十分寵愛起來，天天和美人宴飲說笑，寸步不離，真好似唐明皇和楊貴妃一般。

這位美人名叫董小宛。她原是如皋才子冒巢民的寵姬。那時江南有四位公子，都是有財有勢，有學問，朋友又多，誰也不敢去驚動他。洪承疇到了江南地方，打聽江南一班美人，什麼冠白門、馬湘蘭、李香君、顧橫波，一個個都是嫩柳嬌花，驚才絕豔。洪承疇滿心想拼著花去千金，買他一個回來。誰知江南地方，那班美人都一個個有了主人，這洪承疇心裡十分懊喪。過了幾天，又打聽得有一個董小宛，是金粉魁首，士女班頭。如今嫁與冒巢民為妾，跟著丈夫住在邗溝西城綠楊村地方。這地方山清水秀，花木繁茂。冒氏住的屋子，名叫水繪園，風景又是絕勝。洪總督自從知道了這位美人兒，越發想得廢寢忘食，長吁短嘆。

他有一個心腹二爺姓佟，原是一個壞蛋，終日趨奉主人，很得主人青睞。如今見他主人好似有什麼心事，便在閒言閒語裡，套出主人的口氣來，知道主人是想董小宛想得厲害，他便自告奮勇，說道：「大人放心，這件事都在小人身上，十天以內，總可以回大人的話。」佟二爺說了這句話，便不見了。隔了八天，到第九天上，洪承疇正在書房裡看公文，忽然佟二爺笑嘻嘻地從外面進來，搶到洪承疇總督身旁去請了一個安，說道：「恭喜大人，來了！」承疇問：「什麼來了？」那佟二爺說到：「董小宛來了！」洪總督聽了，從椅子上直跳起來，說道：「敢是你去搶來的嗎？這還了得！那冒公子是江南才子，京城裡很通聲氣，被他去告一狀，把我的前程也丟了，這還了得！」那佟二爺說道：「大人莫慌，聽小人慢慢地稟告。原來小人早已打聽得冒公子手下養著許多無賴，那無賴都和私鹽販子來往。小人便帶了本衙門全班馬快，連夜趕到綠楊樹去，聲稱到冒公子家裡去捉強盜。有人告密，說冒巢民家裡窩藏私販，又強搶良家婦女。那鄰舍聽了小人的話，怕惹禍水，誰敢來管閒事；那冒公子也嚇得溜出後門逃走了。小人便打進門去，見董小宛扶著一個丫頭，正在要逃走，便不問情由，上去拉著便走。又故意張揚著說，這女人便是冒巢民強搶來的良家婦女，為今送還她家去。」

洪承疇聽到這裡，才急著問：「那女人呢？」佟二爺回說：「連她丫頭都帶進衙門來了。」洪承疇說：「快送來我看！」

停了一會，果然見一個丫頭，扶著一個美人兒進來。看她一雙媚眼，哭得紅紅的，蹙緊了眉心，低垂著粉頸，站在一旁，好似帶雨梨花，又好似捧心西子。洪總督看了，又憐又愛。一時裡不知怎麼是好。便問她叫什麼名字。那丫頭答道：「婢子名叫扣扣。俺主人冒巢民，是如皋地方第一才子，誰人不知道？這位是俺主人第一位得寵的如夫人董氏。為今被大人的手下錯捉了來，快放我主僕兩人回去。京城裡自王爺起直到御史官，都是俺主人的親戚朋友，倘然惱了俺主人，他進京去告狀，怕連大人的功名也保不住了呢！」

洪承疇聽了扣扣的話，心下害怕，想要放她們回去。看看這董小宛，心中又實在舍她不下，便將錯就錯用好話安慰著說道：「你們不用憂愁，只因有人告你主人窩藏匪類，強搶民女，我和你主人原也是朋友，所以吩咐他們暗地裡把你主人放走了。又怕地方上壞人到你家裡來搔擾，嚇壞了這位美人兒，又吩咐他們把這美人兒接進衙門來暫避幾天，等風波過去，再放你主婢二人回去。」洪總督說著，挨進身去，臉上做出一副尷尬神氣來。董小宛看了，知道洪承疇不懷好意，便直跳起來，搶到柱子邊去，把頭向柱子上亂撞，頓時鮮血直流，雲鬢散亂。扣扣忙搶上前去抱住。要知道董小宛性命如何，且聽下回分解。

# 清宮十三朝演義，宮闈風雲錄：
## 從入關之初到帝國終章的華麗篇幅

作　　者：許嘯天
發 行 人：黃振庭
出 版 者：複刻文化事業有限公司
發 行 者：複刻文化事業有限公司
E-mail：sonbookservice@gmail.com
粉 絲 頁：https://www.facebook.com/sonbookss/
網　　址：https://sonbook.net/
地　　址：台北市中正區重慶南路一段六十一號八樓 815 室
Rm. 815, 8F., No.61, Sec. 1, Chongqing S. Rd., Zhongzheng Dist., Taipei City 100, Taiwan
電　　話：(02)2370-3310
傳　　真：(02)2388-1990
印　　刷：京峯數位服務有限公司
律師顧問：廣華律師事務所 張珮琦律師
定　　價：330 元
發行日期：2023 年 12 月第一版
◎本書以 POD 印製

**國家圖書館出版品預行編目資料**

清宮十三朝演義，宮闈風雲錄：從入闈之初到帝國終章的華麗篇幅 / 許嘯天 著 . -- 第一版 . -- 臺北市：複刻文化事業有限公司 , 2023.12
面；　公分
POD 版
ISBN 978-626-7403-69-3( 平裝 )
857.457　112020278

電子書購買

臉書

爽讀 APP